绿 宝 石
Fall into your light

# 我和成州平

（上）

佛罗伦刹 著

北京联合出版公司
Beijing United Publishing Co.,Ltd.

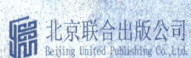

我和
咸州平

WoHe
ChengZhouPing

只要有人不计后果地勇敢，这个世界一定会变得更好。

| 第十一章 —— 气味 | 195 |
| 第十二章 —— 无人问津 | 214 |
| 第十三章 —— 秘密 | 232 |
| 第十四章 —— Z162 | 249 |
| 第十五章 —— 家人 | 267 |
| 第十六章 —— 冬天 | 285 |
| 第十七章 —— 合影 | 303 |
| 第十八章 —— 骄傲 | 320 |
| 第十九章 —— 审判和惩罚 | 338 |
| 第二十章 —— 同盟 | 355 |
| 第二十一章 —— 第二次离别 | 371 |
| 第二十二章 —— 中间人 | 391 |
| 第二十三章 —— 我们故事里的他们 | 410 |
| 第二十四章 —— 黑夜里的枪手 | 427 |
| 第二十五章 —— 极乐太平 | 448 |
| 第二十六章 —— 白色 | 471 |
| 第二十七章 —— 李犹松和成州平 | 490 |
| 出版番外 | 511 |

# 目录

CONTENTS

第一章 —— 修车行 001

第二章 —— 天南地北 019

第三章 —— 德钦 037

第四章 —— 迟到的人 060

第五章 —— 日照金山 079

第六章 —— 第一次离别 099

第七章 —— 开不了口的名字 122

第八章 —— 意外 140

第九章 —— 披着羊皮的狼 159

第十章 —— 初恋 178

# 第一章

## 修车行

### 01

高三的自习室里,只有唰唰的做题声。九点半自习结束的时候,小松还没有做完今天的英语卷子。

自习结束后,住校的同学会留在教室继续学习。她没有回家,待在教室完成了英语试卷剩下的作文。

今天的晚自习,她太困了,没忍住睡了二十分钟,所以没有做完卷子。

小松妈妈是本地其他高中的语文老师,对她的学习一直很严格,这导致她压力过大。高三以来,她明显感觉自己的精力跟不上。但她没有别的办法,这个时候,不能因为自己犯困就松懈了学习。

在她犹豫单词拼写的时候,一道尖锐的声音在她耳边响起:"你骂谁乡巴佬?"

小松放下笔,抬头朝争吵传来的地方看去。

说刚才那句话的是一个扎着麻花辫的女生,她的普通话带有一些乡音。她不像班里其他的女生那样青春洋溢,身上总是有一股阴沉之气。

小松所在的外国语附中是当地数一数二的高中。这个被叫作"乡巴佬"的女生叫王加,是以县城第一名的成绩考进外国语附中的。

王加和大家刻板印象中的县城学霸不一样,她不努力,但很聪明。

小松没见过她学习,晚自习留在教室,别人在做题,她在看杂志,尽管如此,她的成绩仍然名列前茅。而她之所以这么晚还留在教室,只是因为和室友关系不好,不愿回去。

哦,对了,这是小松的故事。只是比起王加,还有这一场突然爆发的争吵，她这人实在没什么好说的。她顺顺利利地上了小学、初中，直到高中。

和王加吵起来的女生是班上有名的直性子。她的好朋友和王加同寝室，平时没少在她面前吐槽王加，她对王加有一种天然的讨厌。

今天，两个人因为一些小摩擦发生了口角。那句"乡巴佬"精准地刺痛了王加。

她是这个班里唯一一个非城镇户口的孩子。她是个自尊心很强的姑娘，抄起自己的牛皮本朝对方扔去。

王加年纪小的时候帮家里干农活儿，她的双臂很结实，去年运动会，她代表班级获得女子铅球比赛的第一名。只听哐的一声，而后，哐啷——

悬挂在教室顶上的投影仪掉在了下方的课桌上。

小松看傻眼了，投影仪就在她前方掉落。

那个骂王加的女孩也傻眼了。不过，她很快就认清现状，推卸责任："这是你砸的，别人都看见了。"

王加说："我会赔钱的。"

赔，怎么赔？小松和其他同学同时想。

王加的家境不富裕。家长会的时候，她的爸爸来过学校，他是个残疾人。外国语附中教学先进，教室里配备的投影仪的价格可能是王加他们家一年的收入。

其实王加自己也不知道怎么赔。她把投影仪从掉落的地点抱起来，抱回自己的课桌上。那画面与整个教室的氛围格格不入。但这毕竟是高三，没有人会把注意力分给别人。

当王加愁眉苦脸的时候，小松出现在她面前："我帮你问问我爸，看能不能修。"

王加朝小松看过去。

在这个以洋气出名的外国语附中，小松不算特别，王加平时会注意到她，是因为她特别安静，或者说专注。她戴着一副黑框眼镜，梳着马尾，在外国语附中这样的学校，并不扎眼。

王加知道自己在这个班级里是被排挤的，很多人讨厌自己，不是因为自己的口音和农村户口，而只是因为其他人也讨厌自己。小松是这个班里为数不多对自己不关注的人。

王加说："你爸会修这个？"

小松说："我们家的电子产品都是他修的，先让他看看吧。"

王加有些疑神疑鬼："小松——"

她还在犹豫小松为何突然要帮她，只听小松说："作为交换，你帮我补课吧。"

王加："你就为了这个？"

每年一千多万的高考生，谁不是为了这个？

小松说："还有不到三个月就高考了，我想再冲一冲。"

王加还是觉得有点儿奇怪，因为小松的成绩稳定在班级前二十名，只要高考不出大问题，是稳上985大学的。

王加："你爸真的能修好吗？"

小松点点头："嗯，周六我去找他，下周一拿给你。"

小松的内心不愿意承认自己是需要帮助的一方。但是，事实很残酷。她每天晚上只睡五个小时，高三这一年几乎戒了全部娱乐活动，才维持现在的成绩。而王加好像只需要出现在考场，就能够轻松地名列前茅。

小松把沉重的投影仪塞进书包，然后骑电动车回家。

她到家的时候，龚琴还在批改学生作业。

"今天怎么回来这么晚？"龚琴问。

"我在教室看了半个小时书。"

"教室永远是最好的学习环境，这是对的。"龚琴赞赏，"楼下有卖菠萝的，妈给你买了菠萝，切好放你卧室了。"

他们家在学区老楼里，房子不大，母女一起生活。

作为老师，龚琴不比学生轻松。她每天晚上都要批改作业，然后备课。原本她是在书房工作的，小松高三之后，她就把书房腾出来，在餐桌上工作。

小松进入书房前看了眼母亲。

她先吃了两块菠萝,然后从书包里拿出千斤顶似的投影仪,放在书桌上捣鼓。虽然她是理科生,但对电子产品实在没有见解。

她摁了开机键,投影仪没反应,她又把所有的按键都按了一遍,投影仪还是没反应。于是她放弃了探索投影仪的念头。

背完单词,小松在卫生间一手拿着牙刷,另一手拿着手机,噼里啪啦地单手打字。这条短信是发给她爸李长青的。由于李长青工作的缘故,她不能直接打电话联系他。

她洗漱完,就没再看手机了。第二天早晨,手机闹钟响了,小松拿起手机,看到一条未读短信:"我周六晚上在宏达汽修,你吃完饭过来吧。"

她想,李长青默认她知道什么是"宏达汽修"。实际上,这是她第一次听说这个地方。不过,找到宏达汽修也不是太难的事。

小松用手机导航搜了一下,发现宏达汽修位于本市东南角的城乡接合部。

她去那里,坐公交车得倒三趟。高三的时间是最宝贵的,为了节省时间,她痛下血本,打车过去。这次打车花了她四十块,对两点一线的高中生来说有些奢侈。

最近天黑得晚,她到宏达汽修的时候还没有完全天黑。但这时候路灯都亮了,她扫过周围的环境,除了几棵柳树和臭水沟,没什么看点。

周围一带都是汽修行,偶尔夹着几家餐厅。路上没人,很多店这时候也都关门了。

马路上时不时有大货车呼呼地驶过,小松来不及害怕。在看到宏达汽修的牌子后,她攥紧书包带走了过去。

一个穿灰背心的男人站在宏达汽修的红色招牌下,他单手拿着一根水管,在冲洗一辆满是泥点的银灰色轿车。

很显然,他是这个汽修行的人。小松找他带路是最方便的,但她没有。因为这个男人和小松平时看到的人不是同一类。

他拿着水管的那只手还算正常,而另一只手正夹着烟往嘴里送,视线朝下,文身遍布在他肌肉分明的手臂上。他的头发剪得很短,路灯照着他的脑袋,看得见青色的头皮。

小松朝里面看了眼。

那个男人余光看到了小松:"是老李的女儿?他在里面打牌呢,你直接进去就行。"

小松看了他一眼:"谢谢。"

小松十分不喜欢这个地方,气场很不对。

李长青和龚琴前年离婚,家里的房和车都给了龚琴。小松不觉得有什么遗憾,他们离婚后龚琴的生活更好了。在离婚之前,他们家和大部分家庭类似,母亲承担了大部分家庭责任,父亲只顾自己的事业。

在她小的时候,龚琴经常带她去自己的办公室,她对龚琴的工作环境很熟悉。这还是她第一次来李长青的工作环境,见到他的同事。

小松推开门进去,里面是个类似仓库的厂房,堆着轮胎和汽车零部件。在她的视线尽头,有一道门虚掩着,光从里面透出来。她正向里张望时,里面传来声音:"我不信治不了你们这群人。"

那是李长青的声音。

小松听到父亲的声音终于能放心了。她掀开门帘走进去,屋里坐了四个男人,都在低头打牌。

要不是李长青是她爸,她还真分不清他们谁是谁。他们穿着同样的灰色T恤,身上有汗臭味,就连发型都一模一样。

有个男的看到了小松,提醒说:"老李,女儿来了。"

李长青抬头看自己女儿的时候手上还在熟练地发牌:"小松,你坐旁边看电视吧,等我打完这局。"

小松目光瞥向电视机旁边,那里有个小小的茶几,茶几上堆满了泡面桶。

她已经忘了自己上一次见到李长青是什么时候。也许,她私心也想和李长青在一起多待一会儿,于是她说:"我跟我妈说今晚去同学家,不着急,我去外面看书了。"

她出去的时候听到李长青炫耀说:"我女儿像她妈,爱学习。"

小松觉得,如果不是迫不得已,没有多少人喜欢学习。她从这间屋子出去后没多久就看到刚才在门口洗车的那个男人走了进来。

他短促地看了小松一眼,随后进了他们打牌的房间。

小松没有太关注那个男人，尽管他的花臂实在扎眼。果不其然，男人刚一进去，她就听到里面有个人说："成州平，你该不会是借着工作徇私吧。这花臂文的，得多少钱啊？"

"我这花臂算是工伤吧，回头洗文身的钱，老周，你看能不能帮我申请报销啊。"

跟屋里其他几人不同的是，那个人很年轻。不过，待在一屋子四十岁的中年男人中，他也不显得违和。

"花臂男"说完话以后，李长青开口："成州平，就你小子心眼多，路还长着呢，在哥哥们面前老实点儿。"

他们你一句我一句。

小松复习了三页错题后，终于意识到李长青压根儿忘了她在这里。她拎着书包走进去："你出来，我有事找你。"

李长青一副被抓包的样子，他把手上的牌往桌子上一扣，站起来，却是看向成州平："成州平，这局你替我。"

"赢了算我的啊。"成州平走到李长青的座位上坐了下来。

他一只手夹着烟，拿起牌，小松在他脸上看到了一抹极其嚣张的笑。在这一刻，她脑海里蹦出一个不合时宜的想法——这一把他的牌一定很好。

李长青从打牌的房间里出来，见女儿正举着一台投影仪，不知道为什么他心里突然有些恐慌。他说："闺女，有话好好说啊。"

小松把投影仪放在收银台上："爸，我们班投影仪坏了，我记得你会修这个，你能帮我修好吗？"

李长青松了口气，走到投影仪前面，挨个儿按了按上面的按键，说："我先拆开看看，要是主板烧了的话就麻烦了。"说完，他把头伸向打牌的房间，"成州平，螺丝刀呢？"

里面传来成州平的声音："你打电话问琪哥啊，我打牌呢，没空。"

李长青在女儿面前被后辈顶嘴，面子有些挂不住，一本正经地教育小松："小松,你好好念书,以后就不用和这种无赖打交道了。"

小松说："他不是你同事吗?"

李长青一边用手机翻手机号,一边说："都跟你爸一样,没出息。"

小松说："你别废话了,快点儿修吧,回去太晚,我妈该担心了。"

李长青打通电话,找到螺丝刀,拧开了投影仪后盖,发现只是几个模块错位了。他把那些模块重新焊好,连上投影仪的电源线,投影仪就亮了。

小松欣喜地说："还是你厉害。"

李长青自吹道："你老爸还是有点儿本事的。"

小松看了下手表,现在已经晚上八点四十七分了。她说："我得回去了,我妈给学生补课,她十点就到家了。"

李长青说："那我开车送你回去。"

小松惊喜地问："可以吗?"

李长青说："送自己女儿回家,有啥不行?"他又进了那个打牌的房间。

小松把投影仪小心翼翼地装回书包里。她看着自己手表上的计时,电子手表数字在增加,时间却在流逝。

李长青拎起外套,跟成州平说："今晚你替我打,赢了算你的,我送小松回家。"

他说完,老周拉了下他的胳膊,小声说："你送她回去不方便,别忘了刘队家是怎么出事的,成州平安全,让成州平送她吧。"

李长青没说话,叹了口气,扭头正好看到一条花臂。花臂的主人刚赢了一把大的,眼里欲望膨胀,毫不遮掩。年轻人见到点儿钱就眼放狼光。

他把外套丢到成州平的胳膊上："你帮我送一下女儿,兴和嘉园,离咱这儿四十多分钟的车程,她是偷跑出来的,她妈不知道,你赶在十点前把她送回去。"

成州平说："你们欺负新人啊。"

老周和李长青对视一眼,笑着说："你这小子上学的时候就跟我们混了,还新人,我看你现在就是个老油条。"

各行各业都是这样，出来混，你嘴上可以不服气，但行动上就得听前辈的话。

成州平不情愿地从牌桌挪开。李长青瞥了眼他的花臂："你把外套穿上，小松还是学生，让她看到你的文身影响不好。"

老周笑着调侃："别说学生看着影响不好了，我看了都想给你把这条胳膊剁了，你这要是让刘队瞧见，就别想在队里待了。"

成州平斜了老周一眼，将自己的蓝色衬衣套在背心外。

他走出这间屋子前，李长青给他塞了一把红彤彤的人民币："一千五，一千给小松，剩下五百你拿去，把胳膊上这坨东西洗了。"

成州平说："还是我师傅大方。"

老周说："人家老李可没认过你这个徒弟。"

小松在屋外等了很久，她听到里面的对话，知道李长青不能送她回去了。过了一阵，她看到那个"花臂男"走出来。

成州平长得不帅也不赖，反正小松不喜欢这种类型。但他眼睛细长，似双非双的眼皮让他看上去邪邪的，是招女孩子喜欢的那一类。他对付女孩子也很有一套，然而，其中不包括女高中生。

成州平装作在裤兜里找钥匙，尽可能避开小松打量他的目光。他边往外走边说："你爸有工作，我送你回去。"

小松跑这么老远来找李长青，明眼人都能看出来是因为想见他，而不是来修投影仪的。李长青说好送她回去，又临时变卦，搁谁受得了，何况是个女高中生。说实话，她这个年纪真的还是个孩子。

成州平想当然地认为，这个年纪的女孩都是任性的、自我的。

小松背着书包，跟着成州平往外走。

修车行外面停着一辆灰色捷达，成州平刚刚洗的就是这辆车。他看了眼车后座，那里放着一堆乱七八糟的东西。

小松也看到了那堆乱七八糟的东西。她抬头，对上成州平的目光，他随意地说："你坐在副驾位吧。"

小松从没跟成州平这个年纪的男人相处过，她接触过的不是同学就是长辈。她不知道怎么称呼成州平，姑且叫他"花臂男"吧。

"花臂男"坐在驾驶座上，熟练地挂挡踩油门，还贴心地问："你们小孩现在都听什么歌？"

要知道，小孩最大的禁忌是被当成小孩。

小松说："我不听歌。"

成州平觉得自己是自讨没趣。

友好计划第一步，失败。他不是个有耐心的人，原本还打算装一会儿好人，装了两个红绿灯以后，见小姑娘不领情，索性懒得装了。他把袖子卷起来，露出满臂的刺青。

等红灯的时候，他低下头。小松心里想着别的事，没注意到他，直到绿灯了，前面的车已经走掉，后面的车开始按喇叭，他还没有开车。

小松提醒他："绿灯了。"

他没反应。

她扭头看他，看到他叼着一根烟，眉头皱得紧紧的。他的右手扶着方向盘，左手拿着打火机。

打火机没火了。小松专注地听着打火机发出来的咔嚓声。成州平忘了他们的车正停在马路中央，只想着这个打火机到底能不能出火。

后面的司机催得急了，成州平一踩油门，左手把烟从嘴里拿出来，骂了声。

小松不知道他是在骂后面的司机还是在骂打火机，反正她觉得整条街上最该挨骂的人是他。

车开到前面的那条街上，速度慢了下来。成州平把车停到路边，小松朝他停车的地方看了眼，那里有个便利店。

他停好车，说："我下去买个打火机。"

小松坐上他的车犹如上了贼船，她没有第二个选项。她说："好，不过，你能不能快一点儿？我要赶在十点前回家。"

成州平问她："现在几点？"

小松拉开卫衣袖子，看了眼手表，说："现在九点十分。"

成州平说："那就对了，还有四十分钟，你急什么？"

小松想说这叫时间观念，但是看到那条花臂，她收回了自己想要说的话。

成州平不知道是花臂的威力，还以为是自己的教导起了作用。

小松等了一阵，觉得买打火机不该花费这么长时间。做他们这一行的可以这么没有纪律吗？她十分诧异。

她等得有点儿失去耐心了，心想，要是她有驾照，就自己开车回去了。啊，对，她不会开车，可是她可以打车，干吗非让"花臂男"送她回去呢？

这个念头刚刚出现，小松就看到一道浅蓝色的身影从便利店里走出来。

成州平站在便利店白色的灯牌下，迫不及待地点燃烟，深深地吸了一口。白色的烟雾笼罩住他的面容，他抽烟时，和李长青他们都不一样。那是一种闲适松弛、毫无压力、毫无担忧的自信。

成州平吸了两口后，便叼着烟朝车的方向走过去。

小松本来就害怕那条花臂，看到他这样更害怕了。他和她接触到的正常人形象太不同。

成州平打开车门，递给她一个塑料袋："我不知道你喜欢吃什么，就买了些女孩子都喜欢吃的零食。"

小松可不会被一袋零食收买。她虽然单纯，但不至于对社会毫不了解，这种行为就叫献殷勤。

看着那些粉嫩包装的零食，她一点儿食欲都没有。她生硬地说："我胃不好，不喜欢吃零食。"

成州平友好计划第二步，失败。

现在的孩子真难讨好。他说："那你扔到后座吧。"

剩下的路程上，成州平放了歌，一路听着歌快活地过去了。他和小松谁也没理谁。

他的车速很快，半小时的路程被他压缩在了二十分钟内，到了兴和嘉园才九点半。

兴和嘉园是学区房，典型的房价高，设施差，周围拆拆补补，全是工地。

小松说:"路上施工,车进不去,我走进去就行了。"

成州平看了眼前面那条施工的道路,几个民工正蹲在墙角抽烟。他说:"我送你到楼下。"

小松这回倒是没有拒绝。于是成州平把车停在路边,他们下了车。

这里到兴和嘉园只有一条路,成州平不用小松带路,自己走在前面。

小松有点儿怕被认识的邻居看到她和成州平走在一起,万一让龚琴知道了,她百口莫辩。她理解他是担心她一个人走夜路,但是他一定不知道,这附近,他看上去最像危险分子。

成州平走着走着,突然想到了什么,回头说:"书包给我。"

小松愣了一下:"啊?"

成州平说:"你背着投影仪,不沉吗?"

他这么一说,是挺沉的。小松给他书包的时候倒是没犹豫。

小松走在他后面,看着自己老老实实的书包被拎在一条花臂上,也变得不太老实了。

成州平意识到小松并没有跟着自己走,他回头看过去:"你怎么不走啊?"

小松找了个借口搪塞:"我刚刚系鞋带呢。"

小孩子的另一个特征——爱说谎。

成州平这人警觉性一流,他心知肚明,刚才小松是在看自己的花臂,于是故意舒展开手臂,露出上面的青龙、鲤鱼、太阳……一堆乱七八糟的图案。不过,话说回来,他也不太清楚这到底是些什么。

他问:"看清楚了吗?"

小松说:"嗯,挺恐怖的。"

成州平失笑地看着她:"你这么胆小啊,跟你爸一点儿都不像。"

小松身高有一米六八,在同龄人中也算亭亭玉立,甚至偶尔可以鹤立鸡群。可是在成州平眼里,她就是个又瘦又小的小孩。

他不知道,小松只是单纯地觉得他的文身挺丑的。"丑"这个字,但凡有点儿情商,也不能随便说,所以她用"恐怖"二字代替了。

这段路有些长,路上的路灯多到数不清。

成州平说:"我叫成州平,是你爸同事,不是坏人,你今年高三的话,那我比你大六岁,你喊我成哥就行。"

小松说:"我叫李犹松。"

成州平只听李长青叫过她小松,不知道她大名原来这么绕口。他无聊地问:"怎么写?"

小松说:"李长青的李,犹如的犹,松树的松。"

"这也太绕口了。"

小松说:"名字是我妈起的,她是语文老师,白先勇有本散文集叫《树犹如此》,她很喜欢,就给我起了这个名字。但我后来在辛弃疾的一首词里也看到了它。"

可惜流年,忧愁风雨,树犹如此。

小松妈妈虽然是语文老师,但小松语文并不好。仅仅是因为这句词和她的名字有关,她才牢记在心。

"看来你爸说得没错,你真是个书呆子。"

"他这么说我?"

成州平一不小心成了挑拨父女关系的人。他说:"这是好话,夸人的,等你长大就知道了。"

小松不喜欢成州平。她觉得,这个人处处都透露着成年人的傲慢。

剩下一段路,他们谁也没主动开口找对方说话。

看到"兴和嘉园"四个大字出现在眼前,成州平松了一口气。他说:"就送你到这儿了,再见,李犹松小朋友。"

这天晚上,小松第一次正视这个叫成州平的男人。

成州平的脸看上去和"好人"二字毫不相关,他的花臂和这张脸简直相得益彰。其实他容貌端正,并不像坏人,多看一会儿,甚至还觉得有几分好看,但他的眼睛里总有一股邪劲。

成州平还没被一个小屁孩这么盯着看过,不由得笑了:"小妹妹没见过帅哥吗?"

小松看着他的眼睛,非常认真地警告他:"以后你不许对我爸没礼貌。"

成州平说:"我们平时都这么相处,你是没见过你爸发脾气的时候,等以后你就懂了。"

说起李长青,他差点儿忘了李长青要给小松的钱。他从裤子口袋里拿出皮夹,数了十张:"你爸给你的零花钱。"

小松并没有要接下这些钱的意思。于是,成州平拿着钱的手僵在半空。

成州平说:"爸爸给钱,哪有不要的?"

谁也不会跟钱作对。小松的家境不差,家里有三套房,离学校近的学区房用来自住,其他的房都租出去了。

李长青的工作挣得不多,但他出生在一个背景很好的家庭里,当初离婚的时候,他几乎把所有财产都给了小松母女。小松妈妈龚琴也非常有理财头脑,平时又在外面给学生补课,家里什么都不愁。

小松从来不用担心物质上的问题,只是她仍然很需要钱。龚琴对她管教严格,零花钱按月给,她想要这些钱,但更想要李长青亲手交给她。

成州平见她不收,懒得和小女孩耗下去,于是直接把钱塞进她的上衣口袋里。

他突然过去,小松吓得后退一步。

"你干什么?!放开我女儿!"龚琴的声音从小松身后传来。她举起牛皮包,朝成州平头上砸去。

小松拉住龚琴的胳膊,说:"妈,你误会了!"

一个文着花臂,看上去很不正经的陌生男人,给一个十八岁的女孩塞钱。脑回路稍稍正常的人都会想歪,哪个母亲目睹这一幕会不生气?

03

成州平挨了龚琴皮包一记砸,骂了一声,然后抬手握住龚琴的手腕。龚琴身高一米七,成州平一米八多一点儿,他握着龚琴手腕的手有点儿累。他解释说:"嫂子,我是李哥的同事,帮忙送小松回来。"

龚琴愣了一下,突然挣开成州平的手,回头一言不发地打了小松一耳光。

成州平被这举动吓着了。

他有点儿明白为什么李长青要离婚了,这搁谁受得了?如果说刚才龚琴误会他和小松的关系只是生气,那么在得知小松去见李长青之后的行为称得上发疯。

她打完小松,从小松口袋里拿出那一千块,塞回成州平手里,骂他:"你有多远滚多远,带话给李长青,问他是不是想让小松出事。"

刚才龚琴打小松的那一耳光实在过分,成州平都替她委屈。可当他看到小松的时候,她眼里流露出的神情是非常冷漠的,在她眼里看不到丝毫委屈。

成州平知道自己必须离开。一来,他不想多管闲事;二来,他觉得,他要是不走,龚琴会继续伤害小松。

他懒得应付这场面,看都不看一眼,扭头就走了。转身后,他听到一些训斥声,自始至终,小松一句话都没说,没有哭闹,没有辩解。

成州平也是从这个年纪过来的,他能明白小松的沉默,这孩子是被压抑坏了。

小松在母亲的谩骂声中抬起头,看着那个在路灯下越走越远的身影。他竟然就这么走了……真的是见死不救啊。果然,成年人大都是自私、冷漠的。

这晚龚琴发完疯也意识到自己不对了。她是高中老师,比学生更清楚高三压力有多大,所以周末的时候,她带小松去了一家新开张的火锅连锁店吃饭,让小松放松一下。

不过,对小松来说还不如不来呢,在龚琴的说教下热热闹闹的火锅店比教室还要可怕。龚琴的长篇大论总结一下,大概就是高三这一年多重要,作为高三学子不该为任何事分心。

这一点,不用龚琴说,小松也知道。她比龚琴更迫切地希望自己高考可以有一个好结果,所以除了去见李长青那一回,剩下的时间她都在努力学习。

她帮王加解决了投影仪的事,作为约定,王加帮她补课。

王加有时候都受不了:"大周末的,你不休息啊?"

小松把书包放到市图书馆的安检仪里，过了安检，跟王加说："我最近做了一套数学卷子，有些地方怎么都想不通，你给我讲讲。"

王加觉得她可能听不懂人话。跟她说休息的事呢，她也能扯到学习上。

小松找了个靠窗的位子坐下，把书包抱在腿上，从里面拿出一个iPad。王加记得这款iPad是去年刚出的，那段时间，学校门口公交站都挂着它的广告。

小松手指戳戳，iPad屏幕上显示出她的错题，这是一道几何题。

王加看了眼错题，拿起笔，在草稿纸上唰唰地画了起来。她说："你辅助线画错了，答案怎么可能对呢？"

"这样啊……"小松照着王加教的办法重新画了辅助线，然后一步步解题，果然是辅助线的问题，"谢谢你，我之前都没想过可以这么画辅助线。"

王加说："有什么可谢的。"

下午从图书馆出来，小松请王加吃了自助火锅。

王加是个直爽的人，她见小松出手大方，就直接问："你们家条件是不是挺好的？"

小松说："我爸妈离婚了，我妈是高中老师，家里就我跟她两个人，没什么经济问题。"

"那你爸呢？给你抚养费？"王加来城里上学以后一直处于被孤立的状态，不知道这些问题带有冒犯性，只是凭着直觉询问。

小松说："我也不知道他干什么。"

"我还以为你爸是开厂的。"

"为什么？"

"上次投影仪不就是你爸修好的吗？"

小松没想到是投影仪带来的误会，她舀了一勺虾滑放进沸腾的锅里，笑着说："误会大了，他要是开厂就好了。"

小松五官有些钝，没有任何攻击性，平时对王加出手大方，王加虽然嫉妒她，但总体来说还是很喜欢她的。

两个女高中生的饭量可不一般，两个人吃了三个人的量，不但吃回了本，还赚了。

从火锅店出来，王加突然说："我看你有iPad，我能借来玩几天吗？"

小松爽朗地说："当然可以啊。"

不过，她刚答应完就发出了这样的疑问："你不怕耽误学习吗？我觉得还挺容易上瘾的。"

王加说："耽误不了的。"

王加的自信像一种讽刺。

小松说："那你拿去玩吧，这是过年我姑送的，但我平时不太能用得上。"

拿人手短，高三剩下的日子，王加几乎像一对一家教一样把她的学习方法倾囊相授，不但如此，平时还会主动关心小松的学习。

在班里小松属于事不关己的老好人，当她和王加这个"边缘人"走近以后，她发现自己也悄无声息地被边缘化了。

高考结束那天，班里同学去聚餐，只有两个人没有收到邀请。她"光荣"地成了其中之一。

王加是住校生，家住县城，明天就回家了。小松预感自己的成绩不会差，王加走之前，她问王加想去哪儿吃，她请客。

王加觉得她可能是个冤大头。

高考结束的那一刻，这些孩子的人生才真正开启。王加的第一反应是想要去放纵一下，体验体验成人世界的灯红酒绿，她怂恿小松："咱去酒吧吧。"

小松说："没问题。"

她现在说得多有种，待会儿就有多怂。

她们所在的城市有一条著名的酒吧街，整条街扎满大大小小的酒吧，那条街被家长和学校的老师视为"禁地"。王加本来是打算长见识的，但到了酒吧街，还没走两步，小松看到几个胳膊上文着青龙白虎的青年就退缩了。她打了退堂鼓："咱们走吧，换个地方，这里是不是不太安全？"

王加说："来都来了，咱们就进去看看。"

小松说:"不行,我妈知道了会打死我的。"

小松是请客的人,她不愿意去,王加也没办法。两人最后找了一家清吧,小松请她喝了饮料,当作饯行。

"你想学什么专业?"王加问。

小松说:"我妈说计算机这几年大热,让我学计算机方面的。"

王加说:"这么大的事,你听你妈的?"

小松说:"我也不知道什么专业好,我妈带过很多届高三,听她的应该没错。你呢?"

王加说:"我没什么选择余地,哪所学校给的奖学金多,我就去哪儿。"

王加说这话有足够的底气。高考放榜那天,她的名字赫然位于榜首。省状元,每所学校都抢。

小松的成绩也很好,全省理科前六十名,这个成绩足够让她去任何想去的地方。只不过那晚之后,她再也没有见过王加,她没有提出让王加把当初借去玩的 iPad 还给自己,而王加也没有提起这件事。

一出分,家里的电话便被打爆了,龚琴心情一下明朗起来,平时这些亲戚的电话她避之唯恐不及,今天通通接了,每个都能唠十来分钟。

龚琴在外面接电话的时候,小松正在自己的卧室里查资料。过了一会儿,龚琴打电话的声音消失了,听到她走过来的脚步声,小松关了电脑网页。

龚琴说:"小松啊,你晚上跟妈妈出去一趟。我们学校的朱老师你记得吧?他儿子是去年高考的,分数和你的差不多,这个报志愿啊,你要多听听人家的建议。"

小松说:"好,妈,那你替我谢谢朱伯伯。"

晚上母女俩去了朱家,朱老师先奉承了龚琴一通,然后又说:"小松这孩子就是随你,态度认真,干什么都能成事。"

这位朱老师是龚琴学校有名的"教导主任",说起话来滔滔不绝,但不谈重点。

小松梳理了他话里的意思,还是说要报考有竞争性的热门专业。

龚琴和他兴高采烈地讨论到晚上十一点半,最后觉得金融、计算机这些专业怎么选都错不了。

填志愿前一天，龚琴已经从四面八方搜集好了情报，甚至帮小松做好了模板，到时候，小松只要照着填就好了。

龚琴是班主任，她带的学生今年升高三，小松解放的时候，她却开始忙碌了起来。她去学校给自己学生开动员会了，所以，这天小松自己在家。

上午她看完小说有点儿饿，家里没水果了，就去楼下超市买水果。卖水果的大妈知道她是今年的高考生，给她多送了一个火龙果。

小松提着装水果的红色塑料袋走回去，看到在她家单元楼门口站着两个穿蓝色T恤的男人。

小松认得他们其中一个，那是老周。她上次去修投影仪，在那个汽修行的棋牌室里，老周和李长青一起打过牌。

老周看到小松，试着让自己和善一点儿，但这些天他没怎么睡，眼圈青黑，胡子拉碴，怎么都笑不出来："小松，今天我们来是想向你传递一个噩耗，你爸他……昨天晚上出任务的时候牺牲了，遗体正在往回运，他是因公殉职，队里会给他办追悼会，你去送他一程吧。"

小松呆在那里，一时间，她的脑子完全空了。

慢慢地，她想到自己昨天晚上在看电影放松，还吃了薯片，她本来想等李长青找她的时候亲自跟他分享喜讯。

小松并不脆弱，但十八岁在这些大人眼里仍是个孩子。她突然撇下李长青的同事，跑回了家，大哭起来。

老周跟一起来的队长刘文昌解释："老李出任务以来，半年多没跟家里联系了。孩子刚高考完，考得还很好，现在出这种事……唉，我就说不要让我开口，估计这孩子以后看到我都有心理阴影了。"

## 第二章

*天南地北*

### 01

李长青是中枪死的，防弹衣都被打穿了，来不及抢救。他的遗体从边境运回来，队里给他准备后事的同时还要安排接下来的工作。

从小松家里回来，刘文昌一脚踹在车门上，愤恨地骂了一声。

老周在旁边点了根烟："我说，你拿车撒气干啥，这是你自己的车，踹坏了又不能报销，要我说，你要踹就踹那些毒贩子去。"

刘文昌又连着嗵嗵嗵踹了几下车门。

老周眼尖，看到马路对面龚琴骑着电动车回来，拍了刘文昌一下："龚琴回来了，咱赶紧走吧。"

龚琴是个很厉害的女人，当年和李长青闹离婚闹得沸沸扬扬，队里的人轮番给她做思想工作，都没行得通，后来他们就不劝了。

说实话，其实他们心里也都能理解龚琴的做法。

刘文昌进了车里，老周拿打火机给他点上烟。

抽了会儿烟，刘文昌冷静下来。他问老周："成州平那里思想工作做好了吗？"

老周说："年轻人敢往前冲，尤其成州平这种要强的，根本不用我说太多。"

刘文昌问："他跟家里关系怎么样？"

老周说："他跟李长青混得多，听李长青说，他家不是本地的，跟家里基本不联系。"

刘文昌说："我倒不担心意愿的问题。成州平的教导员是我的老战友，我打听过,他说成州平各项能力都很突出,是他带过的学生里胆量排前三的,但缺点也很明显,争强好胜,性格太张扬,你也知道,干这个,一得脑子灵光,二得稳重。"

老周说:"等先做了压力测试再说吧,不过说实话,我看好这小子。"

到了队里,刘文昌回了办公室,老周去宿舍找成州平。

老爷们儿的宿舍就一个特点:难闻。

成州平宿舍门没锁,老周推开,在看到成州平那一瞬间,他的火噌一下就上来了:"我给你放假是让你休息,你在这儿给我打游戏?"

成州平笔记本电脑里传来一个娇嗲的女声:"警察哥哥快掩护我啊。"

老周气不打一处来,举起成州平的笔记本电脑砸在地上:"成州平,亏我还在刘队面前给你说好话。"

李长青牺牲以后,老周成了他的领导。

新电脑被摔得四分五裂,成州平也不心疼。他手插兜从床上站起来,就算驼着背,也比老周高半个头。他低头看着老周,慢慢悠悠地说:"我打游戏就是休息。"

老周和李长青是同年调来的,好好一个人说没就没了,他心里比谁都难受。但他上要面对领导,下要面对李长青的家人,不能崩溃,这几天他压抑坏了,气全撒到成州平身上了。

他朝成州平头上拍了一巴掌,成州平被打偏了头。

"你给我穿上衣服,下午刘队开会,你跟我一起去。"

…………

李长青的葬礼在小松填完志愿的第二天举办。

这次任务缴获二百公斤毒品,李长青光荣牺牲。市里很重视李长青的葬礼,来了很多人。

本来老周是要去接小松的,小松知道龚琴不会让自己去,便拒绝了老周的建议。

龚琴早晨出门前特地叮嘱她:"你不能露面,那些毒贩有多疯狂,你根本不知道。小松，不是妈妈不让你去送你爸，妈妈就你一个女儿，你要是出事了，让妈妈怎么活？"

小松说："妈，你赶紧去上课，我比你的学生懂事多了。"

小松本来就没打算去。她不知道自己应该怎么面对那样的场面，甚至可以预想到那些同情的眼神和毫不起作用的安慰。失去父亲她比任何人都难过，可是，天也没有因此塌下来。

她给自己热了饭，看了会儿杂志，又睡了一觉，醒来也才上午十点。

小松打开手机，发现老周给她打了四个电话。她看了会儿自己的手表。时间在走，她在发呆，一动不动，直到分钟一栏跳了一个数字，她倏地一下站起来，跑进洗手间，洗了个澡，吹干头发，扎上马尾。她没有黑色的裙子，就穿了白T恤，外面套着一件朴素的黑色外套。

小松打车去了灵堂，场面比她想象的要更大一些。不过，因为她来得晚，人已经不多了。

灵堂门口，老周穿着成套警服，手里拿着帽子扇来扇去，一看就是在等人。

小松下了出租车，老周看到了她，惊喜地跑过去："现在还来得及看你爸最后一眼。"

他喊来一个年轻的女警，让她带小松进去。

女警刚带着小松往前走了几步，身后便传来老周暴躁的骂声："成州平，今天是什么日子？局里的领导都来了，你给我迟到？"

老周的嗓门都变调了，小松好奇地回头看去。

她看到了之前替李长青送她回家的那个男人。他和老周站在逆光的地方，虽然老周是骂人的那个，可看上去他才是更强势的一方。

老周个头儿矮，一米七不到，人又驼背。成州平和他正好相反。老周骂他的时候，他就歪着头站在那儿。身高的绝对优势，让他看起来丝毫不像在受训。

因为李长青的工作性质，小松对警察这个职业会有一种不自觉的关注。

虽然现实生活中的警察不像艺术加工之后那样充满光彩，他们大多数是和李长青一样的普通人，可这份职业本身赋予了这些普通人不同寻常的色彩。那个叫成州平的男人打破了小松对警察的固有认知。

今天大多数前来吊唁的人都穿着警服。可成州平只穿了件黑色T恤，领口有几道明显的压褶。他的头发比老周他们的长一点儿，乱糟糟的。

他给人的印象和那天一样，吊儿郎当的，说直白点儿，他不像个警察。

"听老周说，你是今年的高考生，成绩很好，填了什么专业？"小松身旁的女警突然问她。

小松说："临床医学。"

女警说："那真是太好了，当医生好啊，受人尊重。"

女警带着小松进了灵堂里面，局里的领导都在。见到小松进来，一个看上去很稳重的男人走了过来："你爸是人民英雄，你要以他为荣，像他一样坚强、心怀正义，知道吗？"

身后的刘文昌拉了一下那人："让小姑娘先去看她爸吧。"

看完她爸的遗体，小松没有哭。

没过多久，成州平进来了，他也看了李长青最后一眼。

这里的氛围很奇怪，一大堆老爷们儿哭得稀里哗啦的，唯一没哭的是一个小姑娘。

成州平差不多已忘了他们上次见面的场景。

小松和成州平都来晚了，悼词在他们来之前已经发表过了。

段局，也就是刚才主动和小松说话的那个男人，在合棺的时候，对在场的所有警察说："缉毒口的同志是咱们金色盾牌上最硬的一块。李长青是咱们所有同志的表率，我们要学习他舍小为大的精神，尤其是年轻的同志们。"发表完感言，段局走到小松身边，"小姑娘，请你替我们向你的爷爷奶奶传达我们的歉意。"

成州平正在老周身后低着头快速给前几天认识的一个女孩发短信。听到这句话，他分神地想，这帮人，自己不敢面对人家家里的老人，就让小姑娘去。如果不出意料，这小姑娘大概也就老老实实地答应了。

成州平有一阵没回短信，对方在半分钟内连着发来三条。

"你又去招惹谁了?"

"你怎么不说话?"

"你是不是心虚了?"

成州平单手快速打字:"没谁,你也别招惹我了。"然后任手机嗡嗡地振动,他也没有回复。

听到他手机振动,老周回头瞪了他一眼。

成州平把手机装进裤兜,和其他人一样,老实地站在警队里。他听到李长青的女儿说:"我爸是英雄,是烈士,对我们一家来说这都是种荣誉。我想,我爷爷奶奶肯定希望这份荣誉是由他的战友交到他们手上的。"

成州平心想,这一局小姑娘绝对反杀。

后来李长青下葬,刘文昌跟老周说:"让小松别跟着去了,孩子看了心里肯定难过。"

老周找到成州平,扔给他一把车钥匙:"你送老李女儿回去。"

成州平皱眉:"怎么又是我去?"

老周说:"不是你去谁去?老李生前对你咋样?你再给我推托一下试试!"

成州平没办法。论资排辈,他不送谁送呢?

老周特地叮嘱:"你多说说好话,安慰一下小姑娘。"

成州平讽刺地说:"我哪有这能耐?"

老周说:"你给我装,队里谁不知道你对付女的有一套?"

那能是一回事吗?成州平在心里说。

他从老周手里接过车钥匙,等所有人都走了,他出门买了两瓶冰红茶,回来的时候,小松已经不在了。得,现在他也不用送了。

成州平把其中一瓶冰红茶拿出来,拧开盖,喝了一口。

小松从洗手间出来就看到这个场面。喝饮料是个很平常的动作,她之所以会为之一怔,是因为看到了成州平的胳膊。

成州平刚从警校出来没多久,正是身材最好的时候。因为常年训练,他裸露在外的胳膊色泽暗沉,在短袖的袖口处有一道明暗分界线。

当然，这些都不足以让小松感到特别。让她感到特别的是，成州平的胳膊很干净，已经没有任何文身的痕迹。

成州平拧住瓶盖，把塑料袋朝小松递过去："拿着，今天外面挺热的。"

小松接过装着冰红茶的塑料袋，对他微微一笑，说："谢谢你。"

"谢谢"是大家挂在嘴边的一句话，但后面加一个"你"字，给人的心理感受有极大的不同。成州平觉得小松其实挺像李长青，脾气都好。

他说："走，我送你回去。"

成州平送小松回去的情形和上回一样，没什么话可说。他对小松家的路比对小松本人熟悉。他还记得上次在小松家楼下碰到她妈的情形，所以没把车开进去，而是停在路边。

成州平停车的时候，小松看了眼手表，中午十二点了。

出于工作的缘故，李长青吃饭很不规律，忙的时候，每天泡方便面。小松对他的遗憾自然而然地转移到了成州平身上。

小松说："中午在我家吃吧。"

成州平哪敢去她家："不用麻烦了，我回单位凑合吃一口就行。"

小松说："你送我回来，我也不知道怎么感谢你。我妈不在家，我炒饭，很快的。"

成州平感受到了她的友善，可说实话，她不该这样。家里发生这么大的事，就算她胡搅蛮缠也情有可原。

人家孩子都这么请他了，他也没有必须拒绝的理由。他说："行，那谢谢你，小松。"

02

小松家在五楼，没有电梯，炎热的夏天一口气爬五楼，她开门的时候一边喘气，一边流汗。

成州平跟在她身后，作为客人，他不知道该怎么表现得更加自然。

开了门，小松在玄关蹲下来，拉开鞋柜抽屉，找出一双灰色的男士拖鞋。她自己换了拖鞋，把外套挂在门后的衣架上，然后对成州平说："你的衣服挂在门口就行。"

成州平看着她说："好。"

小松家装修不算复杂，但很干净，还有一股淡淡的香气，香气的来源是餐桌上的插花。电视墙上贴满明黄色的奖状，非常醒目。

小松带他走入餐厅："你坐在这里等我，十分钟就好。"

成州平不做饭，什么饭是十分钟能做好的，他还真不知道。

小松套上围裙，转身就进厨房忙活了。

厨房和餐厅由一道透明的推拉门隔开，她关了推拉门，打开抽油烟机，成州平只能看到她忙来忙去的身影。

手机振动了一下，他低下头，看着手机上的短信默默发呆。

做蛋炒饭是小松的强项。她从冰箱拿出昨天的剩米饭，又拿出四个鸡蛋，熟练地打开蛋壳，搅拌。米饭和鸡蛋液混合，锅里倒油翻炒几下，放盐、酱油、出锅，关抽油烟机。

抽油烟机的噪声戛然而止，她听到了成州平的声音："就是今早短信中说的那意思。"

她回头看了他一眼，见他在打电话，就回头去做自己手头的事。她把两碗米饭放在托盘上，端着托盘出去。

成州平这时已经挂了电话。

小松把大碗给他："你吃多的。"

她自己就吃一小碗，成州平问："你就吃这么点儿？"

小松说："我早上吃了水果，不太饿，对了，你吃水果吗？"

成州平说："你别折腾了，我有口饭吃就行了。"

他们充其量只是有交集的陌生人，本来就没有什么话可说，吃饭的时候，更无话可说。

小松低头吃饭，不知不觉想到刚才成州平讲电话的口吻，他的语气听起来有些差，显得很不耐烦。她不自觉地抬起眼，扫了他一眼。

成州平正大口扒着饭。他吃得快，可以说是狼吞虎咽。一方面，他本来吃饭就快，另一方面，他想赶紧走。他就这样吞着吞着吞到一个硬质的物体——鸡蛋壳。

本来成州平对这顿饭还有点儿惭愧，他一个大人吃人家孩子做的饭，也是脸皮厚，直到吃到鸡蛋壳，这愧疚瞬间消失了。他笑着说："厨艺可以啊。"

站在小松的视角，他的笑没有根据，莫名其妙。

成州平面相就很邪，笑起来的时候尤甚。

人的样貌是天生的，但气质是后天养成的。成州平这类男人，底子不赖，不论和同性还是异性相处，都有人愿意捧着他，时间一长就养成了这种目中无人的邪气。

对小松来说，样貌倒是其次，比起外貌，更重要的是面相透出来的好坏善恶。成州平的面相不是传统意义上的好人，她对他的友善也只是出于对父亲同事的礼貌。

她躲开成州平邪门的视线，谦虚地说："还凑合，我妈有时候不在家，我自己倒腾着做饭。"

这段对话虽然简单，但极大程度上缓和了他们之间僵硬的气氛。小松扒了勺米饭，正想事情的时候，家里门锁被打开了。

小松慌了。她看着走进来的龚琴，想解释，又闭嘴了。

龚琴本来就是个低气压的女人，看到自己家餐厅里坐了个陌生男人，火山爆发一样冲过来："李犹松，你真的出息了，考上大学就不把你妈放眼里了？"

半年前成州平送小松回来的那天夜里，龚琴和成州平有过一面之缘。龚琴没记住成州平的长相，但成州平对她的印象很深。想起她打小松的那巴掌，他仍然头皮发紧。

他站起来，解释说："嫂子，我送小松回来，顺便来蹭口饭。"

龚琴没有听进去他的话，甚至没有看他一眼。她直接冲向小松，拉起小松的胳膊："我让你填志愿，你填了什么？我为你好，你怎么就不听我的话？"

小松被龚琴拉起来，她的身体晃了一下。面对龚琴时不时的发疯，她也有她的对策——耐心点儿，等她发完疯就好了。

"你说，你是不是因为你爸？我都让你少跟他来往了！"龚琴先是打了几下小松的胳膊，还没泄愤够，又抄起餐桌上的花瓶，朝她身边摔去。

花瓶被摔得粉碎，鲜艳的葵花躺在那些灰色碎片之间，以不染尘埃的大理石为背景，仿佛是一幅衰败的画作。

龚琴又抄起桌上的杂志去砸小松。

"行了。"成州平这个事不关己高高挂起的男人突然开口。

他一把握住龚琴的手腕，他真用力了，龚琴压根儿拧不过他，只能对他大喊："我教育我女儿，关你什么事？"

谁也不想多管别人的闲事。但就算是成州平一个外人，也知道那个叫小松的女孩承受了很多。

"我看见了就关我的事。"成州平说，"有你这么当妈的吗？"

听到这句话，小松暗自叹了口气。

这个男人说了些有的没的。他还不如直接告诉龚琴，这是家暴，如果构成故意伤害，是可以拘留的。不过，他的举动让龚琴开始把对李长青的怨恨都转移到他身上。

在龚琴训斥成州平的时候，小松转身去厨房拿来笤帚，将地上的花瓶碎片打扫干净，倒进垃圾袋里。大理石地板再次变得光滑、明亮。

她给垃圾袋系了个死结，然后走到被龚琴喷得无从还口的成州平身后，对龚琴说："妈，今天我爸出殡，他们领导让成哥送我回来，我不好意思让人家白跑一趟，就请他来家里吃午饭，没别的。我爸没了，你再也不用担心我去看他了。"

龚琴知道李长青的事，她这些天一直都表现得无动于衷，但当从女儿的嘴里说出"我爸没了"这四个字，她突然崩溃大哭起来。

见龚琴松开了成州平，小松拉了下他的手腕："我送你下楼。"

出了门，成州平感觉世界无比安静且安全。

小松走在他前边，边下楼边说："我妈平时不这样，以前也不这样，是之前有一回，我爸抓了几个人，后来有人在我们家门口扔了几只死猫，她吓到了，才成了这样。"

成州平问："你没吓着？"

小松开朗地说:"我像我爸,从小就胆子大。"

成州平倒是不知道该说什么了。老周叫他来安慰人家,结果人家小姑娘根本不需要他安慰。

出了单元楼,小松把垃圾袋扔进黑色的垃圾桶里,跟成州平说:"今天谢谢你送我回来,请你帮我跟周叔说一声,我没事,让他别担心。"

成州平手插在兜里,朝她扬了扬下巴:"那我就不管你了,再见。"

小松朝他摆手:"再见,成州平。"

七月,这座城市已经进入了酷暑阶段,成州平离开后,小松去超市买了几根雪糕。

回到家,她见龚琴蜷缩在沙发上,还在哭。龚琴对李长青还有感情,她一直知道,所以她也没真正记恨过龚琴。

小松把雪糕放在茶几上,说:"妈,我买了雪糕,你吃哪个?"

龚琴抱住她:"小松,妈不能没有你,你一定不能出事。"

小松拍了拍龚琴的背,安慰她说:"我是去上学,怎么可能出事?你不要自己吓自己啦。"

龚琴想把小松留在身边,但志愿已经填完了,撤不回来。

得知小松被北方一所知名高校的医学院录取,家里各路亲戚都过来祝贺,祝贺的人多了,龚琴心情开朗起来,对小松自作主张填报志愿这件事逐渐释怀。

小松本来打算等开学前一天再出发,但她姑姑李永青,也就是李长青的妹妹打来了电话。

李长青家在北方,后来认识了龚琴,就申请调到了这座城市,为此和家里关系闹得很僵。

小松是李长青唯一的女儿,要去北方念书,李家的人都很重视。李永青作为代表,邀请小松在假期前往那座城市,先适应一段时间。

小松没有在电话里答应李永青。

晚上,龚琴从学校回来,小松给她热了饭。

龚琴放下包,把她叫来:"你姑今天给我打电话,让你提前过去,适应几天。听她说,她问过你,但你没答应。妈是想你早点儿过去也是对的,顺便看看你爷爷奶奶他们。"

小松在默默变化,龚琴也在变化。小松发现,李长青去世后,龚琴整个人都松弛下来,再也没有像以前那样神经紧绷了。

她说:"我还想多陪你几天。"

龚琴说:"我又不是没事干,高三老师和学生一样辛苦。你呢,就趁着假期还有点儿时间多出去走走。"

小松心里肯定是想出去玩的,龚琴都这样了,她装模作样地推辞两下,装作拗不过的样子,半推半就答应了。

第二天,她开始收拾上大学的行李。李永青在电话里叮嘱她少带些行李,说到了以后再带她去买。

原本李永青打算叫人来接小松过去,但小松意外得知王加也要提前去学校,于是两人搭伴坐火车,没让大人接送。

比起小松只会暗暗憧憬,王加对未来的向往是非常外放的。一上火车,她就高兴地说:"终于要离开了。"

小松问她:"你不想家吗?"

王加沉默了会儿,冷笑说:"你家里条件好,什么都不缺,才会想家。"

小松但笑不语。

火车上的乘务员推着卖零食的小推车过来,王加买了两瓶可乐,请小松喝:"李犹松,祝咱们都前程似锦。"

…………

成州平也是在这天离开这座城市的。他不是本地人,高考考到了这里的警校,毕业后就留在这里了。

昨天晚上,刘文昌把他叫去了自己家里。刘文昌的老婆给他们做了一桌子菜,成州平到了还没一会儿,老周也提着一瓶白酒来了。

出任务前,刘文昌和老周两个人轮流嘱咐了很多。

这次李长青在边境缴获了二百公斤毒品,但遗憾没能逮着头目。

刘文昌问成州平:"韩金尧的资料都记住了吗?"

成州平抬起下巴说:"你考我吧。"

刘文昌看了眼老周，老周赔笑说："现在出来的年轻人就是跟咱那时候不一样，自信，自信啊，好事儿。"

刘文昌点根烟："你就是护犊子。"

这次是长线卧底侦查任务，除了成州平，还有其他几个候选人。经过半个月的测评，最后还是决定让成州平去。

直到现在，刘文昌还是没办法完全放心。成州平性子太邪了。如果是短线任务，刘文昌完全可以信任他。但让这样一个人独自长时间浸淫在贩毒集团里，他能挺多久？

那玩意儿一克高达上千元，在巨大的利润面前，他又能挺多久？别说他，就算是他们这些老警察，也无法自信地保证不会犯错。

刘文昌倒了杯白酒，对着成州平举起杯子，问："我最后问你一句，怕死吗？"

李长青出任务的时候身上套了好几件防弹衣，还是那结果，能不怕吗？

成州平端起杯子，跟刘文昌碰了一下。他看着刘文昌，眼神没闪躲："按照出事概率，轮不到我。"

刘文昌一口喝完酒，说："好好完成任务，生活方面有需要帮助的跟老周说。别害怕，咱们干这个的就两个结局，一个叫平安，另一个叫光荣，都是好结局。"

九点多，成州平和老周从刘文昌家里离开。

老周说："明天我送你去火车站。"

成州平坐的这趟火车是开往西南边境的，每天只有一趟，发车时间是早晨七点二十分。老周和成州平提前一个小时到了火车站，离检票还有一段时间，老周下车买了两份早餐。

他们在车上吃了早餐，成州平拎起后座的黑色双肩包，打开车门。

老周问他："你就这点儿行李？"

成州平低头瞥了他一眼："我去旅游吗？带那么多东西。"

老周想，旅游才不用带那么多东西。他把成州平送到检票口，说："这段时间该跟你说的也都说了，知道你们年轻人不爱听唠叨，但现在我要说的这句话是保命的，你必须记牢了！"

成州平缓慢地开口："你说吧。"

老周说："从这一刻起，如果听到有人喊你名字，千万别回应。"

执行任务中，有人喊他名字，那就意味着暴露身份。他一个人暴露身份，横竖就那样，但整个系统会因为他的一念之差功亏一篑。

后悔吗？后悔的话，他当初就不干这个了。公安系统那么庞大，多的是选择，又不是别人逼他来缉毒口的。别人可以质疑他，可他自己从不会质疑。

成州平低头从皮夹里拿出车票，说道："我知道了。"

他站到检票口的队列里，这时身后传来老周的声音："成州平！"

成州平无法不鄙夷老周，老周刚说过，有人喊他名字千万别回应，他回头的话，傻吗？他抬手摆了摆胳膊，老周看到欣慰地笑了。

### 03

小松和王加是上午十一点到这座城市的。下了火车，她们第一反应是这里空气好干。

小松带着一个二十四寸的超大行李箱，背着一个书包。王加和她不一样，只带了一个小小的行李箱。

换个地方，连空气都是不一样的。耳边夹杂着天南地北的口音，小松环顾了一下周围环境。

"出站口在这边！"王加对小松说。

"哦！"小松拉着拉杆箱，跟上王加的脚步。

从站台到出站口，要下楼梯。小松呆了："没电梯啊。"

王加轻松地拎起行李箱："谁让你带这么多东西？"

小松正要提行李箱，一个中年男人帮她拎起行李箱："小姑娘，行李箱够沉的。"

因为陌生人的帮助，小松对这座城市的第一印象很好。在路人的帮助下，她成功带着行李箱来到了出站口。

出站口的人是火车上的百倍，王加"哇"了一声，说："我感觉从来都没见过这么多人。"

"李犹松！"在灰沉沉的人群里，一个鲜亮的身影拼命地招手。

小松朝声音的来源看过去，拉住正往旁边走的王加："我姑在这儿呢！"

说话间，李永青已经走到她们面前。

王加第一眼看到的是李永青胳膊上挎着的那个包。她认得那个logo（标志），也只认得那个logo。再看李永青全身，她穿着一件桃粉色的套裙，在王加之前的人生中从没见过这样的款式。

李永青生活滋润，有些富态，王加觉得小松除了更年轻、更瘦，还是挺像李永青的，不是长得像，而是那种生活优渥的气质像。

小松介绍说："姑，这是王加，我同班同学，我们省状元，厉害吧？"

李永青说："哟，那今天我得请你们吃饭啊。"

王加摇摇头，说："不用麻烦你们，那个……我学校有同学接我，我和他们一起走。"

小松还没开口，李永青便问："人多吗？要不然我送你们回学校？"

小松说："你都不问人家哪所学校。"

李永青说："省状元的话，去哪所学校都顺路。"

王加说："听说来了好几个学长学姐呢，肯定坐不下，您不用管我了。小松，之后联系。"

李永青掏出钱包，拿出两百块给王加："上大学就算步入社会了，有些人情世故早懂比晚懂好。这钱你拿着，给来接你的学长学姐买水。别跟我客气，这点儿钱对我来说算不了什么，对你来说能让你的大学生活比别人更顺利。"

她给了王加一个非得接受这二百块钱的理由，王加无从拒绝。

小松和王加道了再见，便跟着李永青去停车场。

行李放在后备厢，小松坐在副驾座上。

李永青戴上墨镜，边倒车边说："你同学不好意思坐我的车，才说有学校的人来接她。"

小松刚才就发现了,她并没有在出站口看到有穿学校文化衫的人。

李永青给王加钱其实是让她打车去学校。

小松微笑着说:"小姑,有你真好。"

李永青说:"咱们先去吃饭,你爷爷奶奶都等你呢。这次吃饭主要是给你接风洗尘,庆祝你上大学,别提你爸的事。"

小松说:"嗯,我明白。"

李永青又说:"明天带你去学校,看看能不能先把宿舍收拾好,开学那天就不用太辛苦了。"

小松说:"谢谢小姑。"

李永青说:"谢什么?你要是别人家的孩子,我用得着忙前忙后?"

小松这次只是莞尔一笑。李永青等红灯的时候朝小松那里看了一眼。她看到小松的左手手腕上戴着一块薄荷色的电子手表,很老的款式,那是以前她出国的时候李长青让她帮忙带回来的。

李永青问:"你这表还能走吗?给你换个新的。"

小松说:"能用,我喜欢旧东西,这个好像叫恋物癖。"

李永青笑道:"你年纪不大,知识面真广。"

李永青把车开到饭店,中午按照安排在饭店吃饭,下午小松陪爷爷奶奶待了会儿,晚上李永青带她回自己的住处。

李永青家是郊区的别墅,她和老公离婚,育有一女,女儿在国外工作,家里全是空卧室,但她晚上还是跟小松挤一间卧室。

"小时候我们住在平房,我怕鬼,非要跟你爸睡一屋。"

躺在一个被窝里,小松更清楚地感受到了李永青的悲伤。

李永青说:"我根本不敢去送他。听说你去了,小松,你真勇敢。"

小松说:"其实没什么事,我爸爱干这个,有成就感,我觉得这就挺好的。"

过了一阵,李永青呼呼地睡了。

第二天早晨,李永青先带小松去学校看了一趟,把该放宿舍的东西都放在宿舍里,下午就开始带小松到处去玩。

她们花了三四天时间走遍了这座城市有名的景点,小松又休息了一天,就是开学的日子。当天李永青临时有事,小松信誓旦旦地说:"我自己能搞定。"

开学当天,小松才意识到李永青多有先见之明。开学典礼、报到、办卡、交学费、领书、搬宿舍,这些事都集中在一天进行,要不是李永青提前帮她搬了宿舍,她现在也和其他室友一样兵荒马乱。

国内高校有个定律,越老牌的高校宿舍条件越差。小松的宿舍是六人间,前两天只有她一个人来的时候还好,今天室友到齐了,东西塞满一整个宿舍,再看过去,就觉得这里特别像二十世纪电影里的女工宿舍。

对床的室友抱怨:"这跟电视剧里的大学宿舍差得太远了吧。"

另一个室友说:"那是你没见过人家留学生的公寓。"

那女孩刚说完,又对站在地上无所事事的小松说:"室友,帮忙拿一下枕头。"

小松立马把她放在椅子上的枕头递了过去。

室友接过枕头:"我叫吴舒雅,你呢?"

小松说:"李犹松。"

屋里没空调,只有两个嗡嗡转来转去的风扇。

小松没有要收拾的,便说:"我去看看在哪儿领书,你们有要帮忙领书的吗?"

"我!"室友们纷纷举起了手。

还真不客气啊。小松说:"行,那待会儿可能会用到你们的学生卡,咱们建个群,你们拍照发群里吧。"

一共六个人的书,小松预想到会很沉,所以去超市借了推车。

他们宿舍都是临床专业的学生,小松没想到书会那么厚,她咬着牙把推车拉回宿舍大楼。

电梯里的人进进出出,大家带的都是大件行李,小松和她的手推车根本挤不进去。正当她犹豫要不要走楼梯的时候,一个女生直接推着她的推车挤进了电梯。

小松也挤进了电梯,那女生问:"你几楼?"

小松说:"五层。"

女生按了五层。等到五层的时候，她带着小松的推车出来。

小松感激地说："谢谢你。"

女生说："没事，我去年来学校的时候也跟你一样只会傻愣着。"

小松朝她抿唇一笑："你是学姐啊？"

女生点点头，然后把自己的书包放到胸前，拉开拉链："这个白大褂，你们之后也是要上网买的，我这儿和网上差不多价格，你从我这儿买就行。"

小松这才明白对方是混进新生楼来卖白大褂的。不过，既然人家帮了她的忙，而她之后也得买白大褂，不如现在顺手买了。

小松说："好，多少钱啊？"

"我一般都卖八十。和你挺投缘的，就算你六十吧。"

小松给她转了六十。对方又问："你办手机卡了吗？我这里办校园卡，在新生优惠上还有一层优惠。"

小松说："我办了本地卡，但没有办校园卡，校园卡有什么不同吗？"

女生说："你看看这个单子，优惠都写在上面。"她又从书包里拿出一张花里胡哨的宣传页。

小松说："可是我已经有手机卡了。"

女生说："这样，你留我一个联系方式，之后要是有需要，随时找我。军训期间办卡都有优惠。"小松还没说什么，她已经报起了自己的手机号，"我姓方，叫方芸，你喊我芸姐就好。"

她双眼盯着小松把自己的手机号输了进去。她说："我去别的层了，你有任何需要帮助的地方，随时联系我。"

小松把白大褂放到推车里，一起带回宿舍。

室友们把宿舍收拾得差不多了，吴舒雅说："刚刚有学姐来推销白大褂，我帮你买了，你回头把钱转给我就行。"

小松看着自己桌上的白大褂，抬起头问上铺的吴舒雅："多少钱？"

吴舒雅说："四十。"

小松意识到自己被骗了。她说："刚刚一个学姐卖白大褂给我，花了六十。"

室友姚娜说:"啊?六十你也买?"

小松没话说了。

姚娜说:"可能就是看你好骗。"

吴舒雅说:"两件换着穿吧,二十块买个教训,一点儿都不亏。"

大家都是从各地来的,第一次离家这么远,本来都是很难过的,但小松这个冤大头花六十块买了一件白大褂的事转移了她们的注意力,思乡之情反倒没那么重了。

晚上她们以宿舍为单位前往教室开班会,开完班会,大家回宿舍,开始打电话跟家长聊天。

小松听到有人在阳台上哭了,有人则是笑着跟家长插科打诨。

她也拨通了电话。拨了三次,对方才接听:"喂。谁呀?"

小松努力让自己的语气听上去和善:"方学姐,这么晚,打扰你了。我是今天从你那儿买白大褂的学妹,明天想在你那儿办张校园卡,你有时间吗?"

对方一听又推销出一张校园卡,忙说:"当然啊,不过,你明天是不是要军训?这样吧,明天中午咱们在食堂见。"

小松笑笑说:"那我们明天中午见。"

## 第三章

德钦

### 01

新生本来以为军训没那么快，结果上午刚分配完教官，紧接着就开始了在太阳底下的魔鬼训练。

结束军训，女孩们互相帮助着去了食堂。

到了食堂一层，姚娜对小松说："吴舒雅她们去占座了，咱们直接去打饭。"

小松说："我约了学姐，不和你们一块儿了。"

姚娜说："哟，你这还挺受欢迎的，一来就认识学姐了。"

小松太累了，她笑笑，不说话。

昨天六十块卖她白大褂的学姐方芸给她打来了电话："一楼人多，我在二楼，你上二楼吧。"

小松说："好，你稍等。"她深吸一口气，朝二楼的方向走去。

方芸瞧见她，热络地招手说："哎，这里。才一上午你就晒黑成这样了？是不是没抹防晒霜？"

小松笑起来软软的："黑得很明显吗？"

方芸边往食堂里走边说："吃饭的时候，我给你介绍一下卡里的套餐。"

小松说："好。"

二楼食堂比一楼的档次稍微高一些，人也相对较少。方芸带小松到窗边，找好座位，她起身去打饭，嘱咐小松："你占座，我回来你再去打饭。"

小松点点头："嗯。"

过了会儿，方芸端着一碗山西刀削面回来，跟小松说："你快去打饭吧。"

小松在军训服口袋里摸了摸："我饭卡怎么不见了？"

方芸看她皱眉的样子，好心说："你先用我的饭卡吧。"

小松为难："那怎么好意思？"

方芸说："别磨蹭了，再不去打饭就没饭吃了。"

小松接过饭卡，说："谢谢你啊，学姐。"

方芸见小姑娘这么有礼貌，有些为骗她的事愧疚，但这点儿愧疚并不影响自己继续逮着她宰。

小松先买了一碗米线，米线十七块，离二十块还差三块，生煎包一块钱一个，她又买了三个生煎包。

看着小松端着满当当的餐盘回来，方芸诧异："你吃这么多？"

小松抱怨："军训消耗太大了。"

方芸自己先吃完，就开始给小松介绍校园卡套餐。随着她眉飞色舞的介绍，小松时而点点头。

方芸说："那你把你的身份证给我，我给你办。"

小松抬头："我的身份证和饭卡在一起，都不见了。"

方芸："啊？你连自己的身份证都看不好？"

小松没说话。

方芸说："那给我你的身份证号，应该也行。"

小松说："身份证号太长了，我记不住。"

方芸愣了愣，忽然变了语气："学妹，你是不是耍我呢？"

小松说："真的。"

方芸说："你就装吧。"

小松深呼吸，说："我刚来学校，跟你有什么好装的？"

方芸气出汗了，抄起传单扇来扇去。她看着吃生煎包的小松，说："那你先把饭钱打给我。"

小松说："好，没问题。对了，昨天你卖给我的白大褂，我室友给我多买了一件，她们的只要四十，我能把从你这里买的退了吗？"

方芸这才明白:"你就为了二十块钱跟我整这一出?"

那还真不是二十块钱的事。凭什么被骗了还要吃哑巴亏?

方芸看到小松这副人畜无害的样子,再想到她的作为,突然没忍住拍了一下桌子:"我说你们这些大一刚来的,啥都不懂,烦不烦人?屁大点儿事都要我们教吗?教你你不说谢谢就罢了,还摆出这副样子。"

小松知道她是在虚张声势。

整个二层食堂的人都朝她们看过来,数不清的目光盯在小松脸上。小松想就这样一走了之,但方芸一把拉住她:"干什么?心虚了就想走人?"

小松不会骂人,对方芸说:"谁心虚谁自己知道。"

方芸还打算变本加厉,刚开口,她身后就传来一个声音:"方芸,你怎么还为难学妹呢?"

小松抬起头看向说话的人。对方戴着一副无框眼镜,穿白衬衣,高高瘦瘦,清爽干净。

看到这个人,方芸突然没声了。

宋泽绕过小松,站在她这边,对方芸说:"多大点儿事,在食堂闹成这样。"

方芸对小松说:"行了,我的那批白大褂进价就四十了,质量跟卖你四十块一件的相比好还是坏,你自己心里清楚。这事我当吃了个亏,这顿饭也请你了。"

小松:"我没觉得质量有多好。"

小松这么说,宋泽和他几个朋友都笑了出来。

这场闹剧客观来说不分胜负。

那天以后,小松再也没在这座校园里见过方芸。校园的面积比她想象的小,但人远比她想象的更多,有过一瞬间交集的人,那一瞬间就是这辈子唯一一面。

军训后,学校各大社团、学生会忙着招新。

周五晚上,小松和吴舒雅去洗漱,在洗漱间,碰到邻班的女孩子在讨论加入哪个社团。

大家的顾虑很一致,医学院跟别的学院不同,他们几乎没有课外时间。

师兄师姐的意见也是别把时间花在课外活动上,全身心投入专业课。

宿舍门口,邻寝室的女生逮住小松和吴舒雅,问她们报哪个社团。

吴舒雅说:"哪有时间参加社团活动?"

邻寝室女生说:"现在不参加,以后更没机会了。"

吴舒雅说:"我是来学医的,不是来搞七七八八的。"

虽然话是这么说,但第二天她们还是一起去了招新活动现场。操场上占地面积最大、最醒目的一块是学生会的台子。

"学妹,了解一下我们。"一个穿蓝格子衫的矮个子男生拦住小松她们。

吴舒雅接过学生会的宣传手册,开始浏览。小松在一旁的阴凉处等待着吴舒雅。

一个学姐热情地给她递来一瓶水和宣传手册:"学妹,你也看看。"

小松没有参加学生会的打算,但盛情难却,她没有直截了当地拒绝。

"哎。"她低头看宣传手册的时候,头顶传来这么一声。小松抬起头,看到宋泽的脸。

这是上次在食堂帮她解围的男生。

"是你啊。"小松笑着说。

宋泽说:"你报哪几个社团了,小朋友?"

小松的笑容僵了僵:"咱们还不认识,你这样叫我是不是不太尊重我?"

宋泽朝她伸出手:"宋泽,机械工程,大二,你呢?"

大多数情况下,小松都是个非常友好的人。她握住宋泽的手:"我叫李犹松,临床医学,大一新生。"

宋泽说:"白衣天使啊。"

吴舒雅走过来:"你们认识?"

后来小松才知道宋泽是学生会预备主席,方芸是他手底下的干事。别说,屁大点儿学生会,内部层级还挺森严,所以当天宋泽一出面,方芸的气焰立马就被打压了。

吴舒雅在学生会干事的甜言蜜语下报了相对清闲的办公室部门。

小松没填报名单，宋泽问她："真不考虑？也不会浪费你太多时间，平时大家就一起吃吃喝喝，多认识点儿朋友，没坏处。"

小松说："算了吧，我们专业课真的太多了，我怕自己兼顾不了。"

宋泽开朗地说："那这样，只要你想来，随时找我。记一下我的微信。"

这样明目张胆地要微信，小松立马明白宋泽在接近她。但她对宋泽的印象并不差，甚至还有点儿好感。对方又是学生会预备主席，刚刚满足她小小的虚荣心。

一帮人在太阳底下互相加了微信，宋泽说："中午我请客，你们想吃什么？"

大家众说纷纭，很难统一意见。

宋泽朝小松扬下巴："小朋友，你想吃什么？"

小松微笑："咱们要不然去吃海鲜自助吧？"

谁不知道海鲜贵？

宋泽笑容不减，反而越来越深。这女孩是披着羊皮的狼。

招新这天小松宰了宋泽一顿，之后宋泽叫她"小朋友"，她也无所谓了，他爱叫什么就叫什么。

吴舒雅加入学生会后经常怂恿小松和她一起去他们的聚会，一来二去，小松和宋泽自然而然就熟悉了。

虽然老师再三强调，大一的课程看起来相对轻松，却是打好基础的关键时刻，但有些学生该玩玩，该混混，考试还是靠临时抱佛脚。

期末，宋泽请他们去家里，给大一干事补一些公共课。

吴舒雅报名去了，走的时候顺便拉上小松。

小松正打算去图书馆，说："我就不去了，这是你们内部的活动，我去干吗？"

吴舒雅说："不是为了请你，宋泽会叫上我？小松，你是真没发现宋泽对你不一样，还是装不知道啊？"

小松说："考试要紧。"

"喊，现在才大一，又不是高三，不挂科就行了，就算挂科，也能补考，甜甜的恋爱可就只有这一回，没地儿让你补考。"

小松还是没去，晚上李永青要来学校看她，她懒得跑来跑去。

李永青接上她，直奔吃饭的地方："这学期过得怎么样？"

小松说："挺好的，听师兄说下学期开始我们就要上专业课了。"

李永青说："别光学习啊，处对象没？"

小松抿唇，摇摇头。

李永青开始教育她："大学跟以前不一样了，你要学会适当地放松，恋爱早谈比晚谈好，不管结果是好是坏，都是你很宝贵的人生财富。"

李永青说话的时候，小松侧头看着窗外的高楼大厦，车水马龙。李永青的话进入了她的耳朵，并没有进入她的心里。

吃完饭，李永青送她回学校，突然说："今年过年，你别回去，把你妈接来一起过吧。"

小松说："我妈带高三，肯定走不开。"

李永青说："过年怎么也有七天假，有什么走不开的？你也体会一下这里过年的氛围，等之后你进医院实习了，还真不一定有这时间。"

小松说："我还是回去吧，明年我妈带高二，我再叫她来一起过年。"

期末考完试，小松和几个室友一起去商场给家里买东西，小松给龚琴买了件羽绒服。

李永青本来要给小松买机票，让她省点儿时间，但小松一早就买了火车票。

高校放寒假时间都差不多，最近车站多了很多学生。小松上了火车，找到自己的床铺。她把行李塞到下铺底部，脱掉厚重的羽绒服。

"小松？！"对铺的人惊讶道。

小松看向对铺躺着看书的女孩，愣了愣："王加，这么巧呀。"

02

小松和王加的学校只隔了一站地铁，可上大学以后，两人再也没联系过。

小松上车后还看了眼对面的床铺，但没认出来对面床铺上躺着的人是王加。王加像完全变了一个人，头发留长了，染了浅浅的栗色，她穿着一件蝴蝶领的毛衣，下身是一件格子毛呢裙，黑色丝袜包裹着她紧致的小腿，挺有个性的，但不稀奇。

小松知道，王加是那种逮着一切机会要脱离自己家庭的人，内在无法脱离，就从外在开始。

小松从书包里拿出一包薯片："新出的口味。"

王加没跟她客气，抓了一把薯片："你怎么一点儿变化都没有？"

小松穿着一件红色的格子衬衣，外面套着一件灰色毛衫，头发刚到肩膀的地方，用黑色发圈扎了一小撮。上车一安顿好，她就拿出眼镜戴上。黑框眼镜，王加记得她高一戴的就是这副眼镜。

小松问王加："你们学校怎么样？"

王加说："你指哪一方面？"

小松想了想："课外吧。"

王加说："大学都一样的，干啥都得围绕着学分来。"

她拿出饼干，跟小松分享。她说："对了，我实习了。你呢？"

小松："你们大一就有实习机会？"

王加说："我自己找的，实习要趁早，说实话，我感觉实习比上课有用多了，干得好了，项目奖金比奖学金还多。"

小松说："哦哦，真羡慕你，你一直都很有主见。"

火车第二天早晨到站，王加的叔叔来接她。小松在出站口东张西望，龚琴裹着大衣过来："看什么呢？妈在这里。"

小松一手拎着行李箱，一手挽住龚琴的胳膊："你是怎么来的？"

龚琴说："等会儿你就知道了。"

等会儿，小松就知道龚琴说的是什么意思了。龚琴带她走到火车站对面停着的一辆黑色轿车前，她们人一到，后备厢就打开了，紧接着从车上走下来一个男人。

龚琴介绍说："小松，这是林叔，知道我要来接你，特地开车过来的。"

小松说："林叔好！"

上了车，林广文问龚琴："咱们先去吃饭，还是先回家放东西？"

龚琴转过头，对后座玩手机的小松说："你林叔的孩子刚上高一，让你给说道说道。"

小松抬起头："我怎么说道人家啊？"

林广文说："小松这是谦虚。我们家那个，学习半点儿都不上心，高中就三年，哪来时间给他浪费？你妈经常把你挂在嘴边，说你可自律了，你给他提点一下。"

小松敏锐地问："林叔，妈，你俩是不是在一块儿了？"

龚琴立马否认："你瞎说什么呢？我跟你林叔，妥妥的朋友。"

小松笑道："妈，我问林叔呢，又没问你，你急什么？"

刚才在车站看到龚琴的时候，小松第一反应是她状态很好，那是从内到外地容光焕发，李长青在的时候，她从来没有这样好的状态。

最后他们决定直接去吃饭。

饭吃到一半，林广文的小孩才来。他是个看上去脾气就很倔的男孩，小松和对方友好地打了个招呼，被无视以后，就没再自找麻烦了。

年初四中午，龚琴学校的老师聚餐，她出门后，小松拿起手机，拨打了一个电话。

老周接到小松的电话有些意外。

"周叔，新年好。"小松说。

老周说："小松啊？回来过年了吗？"

小松说："嗯，我回来了，前几天跟我妈走亲戚了。您今天忙吗？"

老周说："年前没休过，就今天放假，还真巧了，新年好啊。"

"那您能带我去看我爸吗？"

老周那里沉默了两秒："好啊，正好我今儿也想去看你爸。你在哪儿？我去接你。"

"我就在家里。"

"那我快到了给你打电话，你下楼。"

"嗯，周叔，谢谢你。"

老周开车带小松去了墓地，小松还没有情绪波动，老周眼眶已经湿了。

小松和老周不算熟，回去的路上，她合理怀疑老周还没酒醒。

老周叨叨了一路："小松，你爸是个有理想的人，你要以他为荣。别人不记得他，你不能忘了，想当年……"

老周没有继续说下去，他不知道在小松面前提起她的父亲，是不是一种残忍。

小松觉得老周比她上次见到的时候老了很多。她说："周叔，你平时多注意点儿身体，作息规律一点儿，酒少喝。"

老周说："我亲闺女有你一半贴心就好了。"

老周把车停到小松家小区楼下的超市边上，说："我去买点儿东西，你等我一下。"

他回来的时候，手里提了一个白色塑料袋，里面装满了零食。他把袋子给小松："叔一点儿心意。"

小松接过零食袋，说："谢谢周叔，干你们这行是不是都挺喜欢给别人买零食的？"

老周说："啥意思？"

小松说："之前成州平送我回来，也给我买过零食。"

听到成州平的名字，老周的神情僵了下，他说："你还记得他啊，我们这些人跟坏人打交道，看起来都比较凶，所以平时就尽量和善一点儿。"

小松只是说了这一句，没再问成州平的近况。对她而言，那个叫成州平的男人只属于瞬间交集，现在她还记得他的名字只是记忆作用，等时间足够长了，她就会忘记这个名字和这个人。她没有问他近况的必要。

小松下车后，老周坐在车里，掏出手机给一个号码发了条短信："小子，新年快乐啊。"

他一直在等对方回消息，对方一刻不回，他的心就一直悬着。后来女儿打电话叫他带东西回家，他才转移了注意力。直到晚上在家里吃火锅的时候，他才收到成州平的短信："正常。"

这两个字隔着屏幕多少显得冷漠。老周嗤笑，浑小子。不过，浑不浑不重要，正常最重要。

小松回学校时，又是林广文和龚琴一起去送她。小松觉得，他们这都不算在一起就是她太迟钝了。她跟二人挥手告别，进了检票口。

出火车站时，小松怎么也没想到会在这儿看到宋泽。她非常惊讶："你怎么来了？！"

宋泽穿着一件黑色羽绒服，双手插兜："怕你被拐跑了。"

他年底一直在健身，成效很明显，站在火车站里鹤立鸡群。

小松厚脸皮地把行李箱丢给他："人贩子要拐也不拐我这种的。"

宋泽说："你不看新闻吗？现在人贩子技术比以前先进多了。"

正说着，一位扛着蛇皮袋的老人家朝他们走过来："小伙子，小姑娘，我车票丢了，你们能不能借我五十块，让我买张返乡的车票？"

"我这儿正好有五十。"小松开始掏口袋。

宋泽说："别找了，我这儿有。"说完，他从自己的口袋里拿出一张绿色的五十元，给了老人。

老人说："谢谢你们，好人有好报。"

宋泽看了小松一眼，拉着她离开。但他们没有出站，而是停在了一个柱子后面，宋泽说："你信不信，他待会儿还要跟别人借钱？"

小松说："你的意思是，他是骗子？"

宋泽说："你自己看啊。"

就在刚才他们被借钱的地方，那位老人又拦住了另一个女生。

宋泽正打算回头嘲讽小松，却看到她气鼓鼓地盯着自己："又不是我骗你钱，你这么看我干吗？"

小松问他："你知道是骗子，还给他钱？"

宋泽和她说理："我眼看着你都掏钱了，还不是害怕你知道被骗会去找他要钱？咱好歹是大学生，大庭广众的，和一位老人吵像什么话？"

小松说："你怎么能确定我会跟他吵？"

宋泽说："那当初是谁在食堂跟方芸闹呢？"

这次换小松无语了。宋泽推着她："走，请我吃牛肉面。"

大一上学期，医学院的学生还能和其他学院的学生一样兼顾学习和课外活动，下学期突然接触专业课，学生的精力一下就被晦涩的术语给榨干了。

吴舒雅因为连续几次没有参加学生会的例会被部长劝退，发短信跟部长大战了几个回合，最后还把这事发到了校内论坛上，引来其他学院的疯狂嘲笑："有空发帖子，没空参加例会，还说什么说？"

吴舒雅看到不但没人帮她，反而数落她，在宿舍气哭了。

姚娜敲了敲小松的床："哎，你让宋泽出面给解决一下吧。"

小松摘下头戴耳机："这跟宋泽有什么关系？"

姚娜说："宋泽是下一任学生会主席，解决这事还不是他一句话？小松，你不会这么不仗义吧。"

小松趴在床头，对姚娜说："你是不是想要道德绑架我？"

姚娜说："你这么想我呢？"

本来在自己床上哭的吴舒雅突然拉开床帘，大喊："关她什么事？现在又不是她被'人肉'。"

小松说："对啊，关我什么事？"

姚娜眉毛竖起："你真傻还是装傻？小松，别闹了，这事闹大对咱寝室的名声也不好，过两天辅导员谈话，你也跑不了。"

第二天是周六，吴舒雅一整个早晨都没从床铺里出来。

小松从解剖室回来，从衣柜里拿衣架，撑起白大褂，挂在阳台晾衣绳上通风。

她闻了闻自己的卫衣袖子，没有福尔马林的味道。她走到吴舒雅床前，敲了敲吴舒雅的桌子："中午我找了宋泽吃饭，你想怎么处理这件事当面跟他讨论吧。"

吴舒雅从床上弹起来："你是不是故意等事情闹大，等我求你呢？"

## 03

小松今天一大早就去解剖室搬模型了，对着各种高仿真内脏器官一整个早晨，回来还要看吴舒雅的脸色，她半句话都不想说。

最近天气转暖，小松换了件连体运动裙，化了个淡妆。

她化完妆，见吴舒雅顶着乱糟糟的头发站在她背后说："你能等我洗个脸吗？"

小松说："你去吧。"

中午他们在校外吃饭，宋泽找了家日料店。

他先安抚了一下吴舒雅的情绪，然后打了个电话。学校论坛管理员是他邻寝室的，先叫人删了帖，然后凑了个狼人杀的局，把吴舒雅和跟她吵架的部长都叫上了。

放下手机，他跟小松说："下午一起去吧。"

小松："我师兄说，下午二院有遗体送学校来，我想去帮忙，顺便看看新鲜的尸体。"

宋泽吞下嘴里的金枪鱼刺身："饭桌上你跟我说这个？"

小松说："这次我就不去了，下次我带你去参观我们的解剖室。"

宋泽冷笑：我给你的室友攒局解决麻烦，你带我去参观解剖室，真公平！

他被芥末呛着了，连咳了好几下。小松立马给他倒水："我跟你开玩笑呢，你不会真吓着了吧！"

宋泽："你这不是吓不吓人，你这就是故意硌硬人。"

小松说："行啦，这顿我请。"

宋泽跟小松早已经越过了互相客气的阶段，他说："那我得再要一个刺身拼盘。"

这顿饭花了小松五百块，小松结账的时候，吴舒雅跟着她一起。

看到账单，吴舒雅嘴巴张大："人不可貌相啊，没看出来，富婆就在我身边。"

回到学校，小松睡了半个小时午觉，从床上爬起来。她从晾衣绳上拿下白大褂，套在身上。

今天有遗体进来，是家属捐赠的。女性遗体，很难得。师兄喊小松去帮忙，小松没多想就答应了。

师兄在楼下跟她疯狂地招手："这儿这儿这儿呢！"

医学楼上来来往往的人都穿着白大褂，白花花一片，像造纸厂里生产出来的白纸，没有任何标记，每张都一模一样。

小松走过去。师兄带她走进楼里，说："新鲜的大体老师跟模型可不一样，你待会儿见着了，怕也别出声，这是对人家的基本尊重。"

小松说："我没那么胆小。"

师兄说："话别说得太满啊。"

师兄果然是过来人。看完遗体，小松几乎是从楼里逃出来的。送到学院的遗体已经是医院进行过冷冻处理的，还保留着死者生前的样子。

师兄追上来，给她递了瓶水，乐道："就你这样，之后上手的时候该怎么办啊？"

小松不是因为害怕，而是觉得悲伤。今天的这位大体老师，因肝病去世，跟她年纪差不多大。

小松坐在花园的长椅上，喝了口水，压了压惊："我没事，就是觉得挺可怜的。"

师兄说："见多了就没这想法了。"

师兄还要去解剖室帮忙，小松先回去了。宿舍楼下，她看到一个熟悉的身影正在晃悠。

"你不是去玩狼人杀了吗？"小松走上去，打了宋泽后背一下。

宋泽说："你摸过尸体的手别摸我！"

小松说："我就看了一眼，还轮不到我摸人家呢。你呢？怎么会在这儿？"

宋泽朝她歪头，说："局推到晚上了，你去不去？"

小松需要一个地方缓解遗体带来的冲击。她说："那我回去洗个澡，出发的时候你喊我。"

宋泽给她比了个 OK 的手势。

宋泽找了个轰趴，吃喝玩乐一条龙。屋里热闹非凡，小松的脑海却无法挥去尸体的印记。她趁别人去 KTV 唱歌的时候，走到天台上透气。

他们晚上在天台吃了烧烤，烤架还没收拾，空气里弥漫着一股烧烤的味道。

宋泽拎着瓶啤酒走上来："跑这儿一个人装什么深沉呢？"

用来装饰的氛围灯将这个大男孩的眼睛照得亮晶晶的，他天生有一种想要人亲近的气质。

小松说："里面太闷了。"

宋泽说："我就知道你会这么说。"

她手扶着天台的栏杆，看着底下一个抽烟的男人，烟雾飘了很远。

宋泽顺着她的视线看过去，顺着说："你不喜欢抽烟的？"

小松说："嗯，我不喜欢人抽烟。"

宋泽说："那我就不抽。"

小松突然问："你假期有什么打算？"

宋泽说："没啥打算啊，你呢？"

小松说："我想去旅行。"

宋泽："这么突然？"

小松问："你想去哪儿？咱们可以一起去。"

宋泽追了她一年，她对宋泽也有好感，只是，她不太确定两人到底合不合得来。她不知道是听谁说旅行很容易检验两个人合不合拍，所以就提出了旅行。

宋泽问："想去哪儿？"

小松想了想："要不然去长沙吧，听说长沙好吃好玩的多。"

宋泽说："行，我还没去过长沙呢。"

小松这么说，宋泽也明白了她的意思。

小松性格很好，开朗又稳重，谁都能跟她谈得来。

决定一起旅行是他们两个人关系的一个重大突破，但这个决定又有些突然，因此两个人都陷入了沉默。

小松打破沉默："你有前女友吗？"

宋泽高中的时候谈过一个女朋友，是那种挺张扬的女孩，小松正好是相反的那一类。

宋泽想，两个人既然要认真，就不能有太多隐瞒："嗯，高中谈的，谈了两年，高三她要艺考，和我分手了。"

小松好奇:"艺考为什么要和你分手?"

宋泽说:"我要是知道,还能让人甩了我?你呢?老实交代。"

小松摇了摇头:"我学习就很困难了,我觉得学习几乎占据了我全部的时间,根本没有精力去做其他事。"

男生的想法很单纯,起初他接近小松,只是觉得这女孩性格真有意思,后来相处久了,觉得她真的很好,开朗大方,又有一点点莽撞。

他前女友的家庭很糟糕,为了逃离糟糕的家庭,她把自己武装成张牙舞爪的样子。他觉得,小松能有这样的性格,肯定是被家庭保护得很好。

宋泽喝了瓶啤酒,他们假期去长沙的事就定下来了。

为了防止期末分心,小松一早就订了票和民宿。到了期末,她和宋泽各自都忙着复习,没怎么联系。

令她意想不到的是王加会来学校找她。她在图书馆复习人体结构图的时候,接到王加的电话:"我陪同学来你们学校,正好找你吃个饭。"

小松说:"好啊,我请你,你在哪儿?我去找你。"

王加说:"我在你们学校西门。"

小松想了想,书和笔记本电脑加起来好几公斤重,于是她把书放在图书馆占座。

小松大老远就看见王加了,比起寒假时见她,她的头发更长,烫成了大波浪,十分亮眼。小松高兴地朝她招了招手:"这里。"

王加拎着包朝她走过去,挽住她的胳膊:"上哪儿吃?"

"教工食堂,比外面好吃。"

"行啊,你们学校的食堂我可是早有耳闻。"

教工食堂饭菜较贵,因此人非常少。

小松和王加两个人点了一份烤鱼,等菜的时候,聊起了近况。

王加也在期末,但是她的期末明显比其他人轻松很多。王加是百里挑一的聪明,到了大学,她优势不减。今天聊天,小松才知王加大一靠着实习还清了家里的外债,尽管如此,奖学金也一项不落。

说起小松,就很平常。

王加问:"你假期干吗?"

"打算去旅行。"

王加眼睛一亮:"去哪儿玩?"

小松说:"去长沙。"

王加追问:"和谁去?"

小松没有隐瞒的必要,说:"一个男同学,我觉得他挺好的,所以想一起出去看看。"

"就你们两个?"王加吃惊地说。

小松:"嗯,怎么了?"

"你也太没心眼了吧,就你们两人出去,人生地不熟,他欺负你怎么办?"

小松说:"宋泽不是那种人。"

宋泽完全符合小松心中的标准。外貌是其次,最重要的是他很干净。他身上有薄荷洗衣液的味道,想到他,小松会联想到阳光,想到绿茵场,想到一切和青春、明亮有关的意象。他是她一定会遇到,也一定会喜欢的那类人。

王加嗤之以鼻:"男的能有几个好人?"

小松说:"你怎么比我妈还古板啊?"

王加说:"这不是古板……这样,我跟你一起去,给你把把关,也防着他欺负你,不管怎么说,男女单独出去肯定是女孩子吃亏。"

小松嘴巴张开,一时都不知道怎么合上了。

王加说:"别担心,我的旅行费用自己出。"

小松低下头,拿筷子扒拉米粒:"不是旅行费的事。"

"我还没去过长沙呢。这样,到时候如果我觉得他人品不错,就不打扰你了,我自己玩。"

小松没答应,也没拒绝,在王加看来,这就是答应的意思。

王加问小松要了他们的旅行信息,自己买了高铁票。见她都买票了,小松也就接受了三人出行的安排。

宋泽考完试,小松给他打电话,告诉他王加要一起去的事。

宋泽倒是表示理解:"没事,你朋友也是担心你,咱们一起去,正好热闹点儿，要不然就咱们两个的话，我还不知道跟你说什么呢。"

小松对宋泽的印象又好了一些，宋泽的情商很高，总会照顾她的面子。因为宋泽的一番话，她对这趟旅行的担忧一扫而空。

他们计划去长沙玩五天，时间充裕的话，可以再去湘潭。小松带了一个二十寸的拉杆箱，宋泽就背了一个包，拎了一个单反相机，王加最夸张，带了一大箱行李。

他们在王加学校门口碰面，打车去高铁站。宋泽左手拎着小松的行李箱，右手拎着王加的行李箱。上了高铁，宋泽把两个女生的行李箱举到架子上，人已经虚脱了。

小松正在包里给他找水的时候，砰一声，王加拉开可乐的环扣，递给他："喝口可乐，补充能量。"

## 04

三个人的旅行，总有一个人显得多余。小松很不幸地成了那个人。

交谈中，王加告诉他们自己正在广告公司实习，而宋泽堂哥正好是那里的创意总监，两人就这个话题说得没完没了。

小松不认识宋泽堂哥，也不想加入他们的话题，她戴上了耳机，拿起旅行手册开始看攻略。

长沙是热门旅游城市，不论是名胜古迹还是餐饮娱乐，都位列全国前排。他们订的民宿在五一广场商业楼高层，正好三室一厅。一进屋，落地玻璃映着开阔的江景，视野无限好。

民宿的装修是原木风，进屋能闻到醇厚的高级木香，不止如此，还有一个巨大的浴池。民宿是宋泽订的，来之前，小松也不知道订房的信息。

他们没急着玩，下午三人轮番洗了澡，在民宿休息到晚上，然后去坡子街吃饭。

暑假给这座旅游城市带来了热潮，想吃饭先排队。小松和王加两个女生反倒比宋泽体力更好，他们一致决定由宋泽排队，女生再去逛逛。

王加和小松拍了几张照，终于玩累了，一人买了一杯果茶。回去的路上,王加突然问小松:"你知道宋泽今天订的房多少钱一晚吗?"

小松摇摇头:"我还没问这个,说好旅行结束了算账。"

王加伸出两根手指:"一共五个晚上,你算算多少。"

小松说:"男生是不是都爱乱花钱?"

王加说:"可能是,你还真有福啊,找了这么一个小冤大头。"

小松咬了咬吸管:"小冤大头,不就是冤小头嘛。"

王加说:"你还真是甩手掌柜,什么都不管。"

晚饭三人吃到扶墙,正好去橘子洲头散步消食。

这个时间段,哪个景点都是人满为患。好好的景点,人一多就没那个味道了。

小松因为人太多,兴致不高。王加拉着宋泽给她拍照,宋泽怎么拍她都不满意,对着照片吐槽说:"这是什么审美,小松你评评理。"

小松看了眼王加的手机屏幕,也很赞同她的说法。宋泽人长得挺好,但拍照技术真的很烂。王加身材高挑,被拍出一米五的样子也是难得。

晚上回到民宿,小松腿脚酸软,她摊在床上,听着客厅里王加和宋泽的斗嘴声直接睡着了。

她一闭眼就睡到了夜里两点,身上黏兮兮的,她从床上爬起来,换上睡衣,打算去洗漱。她刚打开门,便撞上从宋泽卧室出来的王加。

宋泽的卧室和她的卧室面对面,她和王加几乎是面对面碰到的,这样的相遇实在很尴尬。

小松朝王加挑了下眉,微微一笑:"你还没睡啊。"

王加脸上突然挂不住,她说:"你笑什么,你什么意思?"

小松小声说:"去外面说。"

王加跟小松年纪一样,虽然聪明,但终究是个小女孩,小松的反应完全在她意料之外。

她跟着小松到了楼下的二十四小时便利店,小松买了两个面包,结账时,王加抢先把钱付了。

小松说:"谢谢你。"

王加说:"李犹松,你这么能装啊。"

撕开体面，大家的样子都差不多。

小松说："我装什么了？"

本来就是王加勾引宋泽，她理亏在先，小松撞见后无动于衷，她更觉得自己像个罪人。她直白地说："我看上宋泽了，你让给我。"

奔波了一天，小松也懒得装了，她收了笑容，说："我犯不着跟你抢这种人。"

"你——"王加急眼。但她不知道自己急眼是因为小松这施舍一样的话语，还是因为小松终于不再装出一副人畜无害的样子了。

王加深吸了口气，她跟小松吵起来，谁都落不着好。她平静了会儿，冷笑说："小松，你知道吗？你这人看起来真的很完美。但我知道，世上不可能有这么完美的人，你别的不行，装模作样第一名，我服气。"

王加的话已经属于人身攻击，但她说的是实话。

小松说："你为了一个男的跟我恶语相向，我看你也挺一般的。"

小松随口说的一句，让王加觉得自己像个笑话。

"行了，话都到这份儿上了，看来你也不把我当朋友了……对了，李犹松，你把我当过朋友吗？"王加坐在台阶上，弯着脖子说，"没有，对吧？你这人真'奇葩'，装出一副不懂拒绝的样子，其实你根本没把我放在眼里过，你知道吗，你这样就像在施舍别人，但你有什么资格？"

高中时她借走的那个iPad是这样，现在的宋泽也是这样，小松明明知道她的用意，还是说给就给。她无法理解小松。

小松扔给她一个面包："我能耐，不服吗？"

王加咬牙说："行，我看你能装多久。"

两人静悄悄地回到民宿，灯亮着，宋泽坐在客厅，见她们回来，尴尬地站起来："你俩去哪儿了？"

王加黑着脸，不想说话。小松说："买面包去了，晚上吃得太辣了，吃点儿面包缓解一下。"

宋泽说："你俩半夜吃面包，怎么一点儿都不胖？"

小松说："你俩聊吧，我真的太累了，洗漱完就去睡啦，明天见。"

第二天早晨，他们要去岳麓书院。

经过昨夜的事，小松精神依旧很好，今早她也多拍了几张照，不过都是拍风景。而王加因为昨天晚上的事，一点儿拍照的心思都没有。

宋泽则因为心虚，话一直很少。中午他们去吃牛蛙火锅，排了半小时队。小松不挑食，但是当她一筷子夹出两条交缠的牛蛙腿时，一股难言的恶心泛上心头。

这两条牛蛙腿跟王加、宋泽一样。她突然站起来，说："我有点儿头疼，先回民宿了，你们慢慢吃。"

王加不知道她整的是哪一出，宋泽也立马站起来："去药店看看吧。"

小松说："老毛病了，休息一下就行，菜都上来了，你们别浪费。"

宋泽困惑地说："我怎么不知道你有这老毛病？"他们两个认识一年，关系好到都一起出来旅行了，他却不知道小松有头疼的毛病。

小松直接说："遗传病，告诉你干什么？"

小松走后，宋泽咕哝道："她哪来的遗传病？"

王加说："傻子，她随口说的，你也信。"

小松回了民宿，没有丝毫犹豫便开始收拾行李。昨晚，她刚知道王加和宋泽暗中勾搭后还没什么严重反应，但今天看到他们在一起就没来由地恶心，在她的眼里，他们就像实验室里养着的那两只蟾蜍。

她没做错任何事，这样走掉，太便宜那两只蟾蜍了。于是她选择不告而别，让他们干着急。

她打车去了机场，到了机场才发现自己有点儿冲动，机票都没买，万一今天没有回去的机票了呢？

她不经常出来玩，知道她假期和朋友出门旅行，龚琴也好，李永青也好，都让她别省钱，这趟她的预算很高。学医也好，其他专业也好，假期都是越来越少，她不想因为两只蟾蜍浪费自己的假期。

小松站在机场大厅里，抬头看着进出港的航班信息。长沙是连通我国东西南北的重要枢纽地，这里有飞向五湖四海的航班。可这样多的目的地，没有一个是小松特别想要去的地方。

她中午没怎么吃，便先去了肯德基，然后边喝可乐边在网上找目的地。这两天，长沙留给她的唯一印象是：这里人真多。她不想再去人多的地方了,所以搜索的都是人少的小众景点。

她手指迅速地滑动着手机屏幕,滑着滑着,一张照片跳脱地进入她的视线。日光打在连绵的雪山上,雪山被照映成了金色,那个介绍帖子写的是:"一生不得不去的小众旅游景点。"

小松点开帖子,一行加粗的介绍文字跃入眼帘:日照金山。

帖子写得很详细,各种交通工具都介绍了。那张日照金山的照片拍摄于一个叫作飞来寺的地方,照片里的那片雪山是梅里雪山,它是藏区八大神山之首。

帖子里还写道:"我是去年七月来的,周边客栈很空,游客很少,有幸看到日照金山,愿好人一生平安。"

这句"游客很少"成功地撬动了小松的心。

飞来寺是个很小的地方,要去飞来寺得先去丽江中转,正好长沙有直飞丽江的飞机。遗憾的是,今天的航班已经没有了,她只能买明天早晨的机票。

小松索性回到市里,逛了一晚上夜市,第二天一早坐上前往丽江的飞机。

她是理科生,对地理没有概念。印象中,我国西南被大面积植被覆盖,应该是绿意一片,但当她在飞机上往下看的时候,看到的是一片荒凉的枯黄。

飞机抵达丽江当地机场时已经快中午一点。

她一出机场,全是拉客的司机。

"古城拼车!"

"束河古镇拼车!"

"去白沙差一人!"

喊着去"白沙差一人"的大姐,看到小松一个人拎着行李箱,立马过去:"小姑娘,白沙古镇去不去?"

小松说:"我不去。"

另一个年纪和她差不多的女孩过来:"你去哪儿?我是正规出租车,可以只带你一个,你能享受专人专车。"

攻略上说，去飞来寺最方便的公共交通是从丽江坐大巴去德钦县，再从德钦县城打车、拼车，或是坐小巴车前往飞来寺。那个叫飞来寺的地方，它甚至不是一个县，而是县城边缘的景点，本地人除了做旅游业的，基本不知道那个地方。

小松说："我去飞来寺的话多少钱？"

"小姑娘，我的车能去飞来寺。"听她说要去飞来寺，一个黑车司机抬起手。

小松看到对方黝黑的皮肤，有些害怕，觉得还是公共交通安全。她握紧拉杆箱的拉杆，低着头往前走，那个黑车司机突然拦上来："你坐大巴都得一百三，我看你还是学生吧，给你个学生价，收你一百二。"

小松故作镇定："我和朋友约好一起去，我得去古城等他。"

黑车司机说："你们几点出发？坐我的车。"

小松说："那我们出发的时候再联系您。"

黑车司机见她的手紧紧握着拉杆，他提高嗓门："小姑娘，你别唬我啊，不去的话，我明天还拉别的生意呢。"

小松意识到自己被这个黑车司机缠住了。她说："我和朋友两个人，肯定得听他的意见，我自己做不了主。"

另一个等客的女司机说："小妹妹肯定逗你呢，人家就不想坐你的车。"

小松被逼得有点儿急了，提高声音说："我真的是和朋友一起的。"

女司机问："你朋友人在哪儿呢？看你是外地来的，你朋友也不是本地人吧，怎么不一起来啊？"

小松脸色突然凝重起来，她不说话了。

司机以为吓到她了，怪那个女司机："我逗人家玩，你掺和什么？"

小松并不是因为他们而失声。

她的视线里看到一个男人从一辆黑色面包车上下来，他穿着黑色的运动短袖、灰色长裤，下了车就站在车门旁边，从手中的烟盒里抽出一根烟。

小松做过实验，她将一个只有短暂交集的人完全从记忆里抹去的时间是一年。人的脑容量有限,脑海中的面孔一路捡,一路丢。在这一刻,仿佛失焦的镜头重新对焦,她记忆里那个模糊的面容、快被遗忘的名字清晰起来。

云开雾散,雪山骤明。他乡遇故知,而且是在遥远的西南边陲,在这样的处境里,欣喜油然而生,小松高兴地喊出那个名字:"成州平!"

## 第四章

迟到的人

01

两天前，晚上十点，非营业时间，成州平在大理的一家川菜馆里看球。这是一家不起眼的路边苍蝇馆子，里面摆着五六张简陋的桌子，卫生很差，回头客却意外地多。卷帘门从里面已经拉上了，现在馆子里只有他和正在拖地的老板娘。

电视机悬挂在柜台上方的横梁上，成州平坐在最外侧的桌子旁，手搭在桌上，手中拿着一瓶青岛啤酒，专心看着球赛，和老板娘互不打扰。

球赛正到赛点，听到敲门声，老板娘放下拖把去开门。

一个瘦黄的男人，或者说是男孩走了进来："锋哥，闫老板回来了，走。"

成州平站起来，老板娘喊他："刘锋。"

她打开冰柜，装了四五瓶青啤，给他递过去。

成州平说："谢谢嫂子。"

老板娘说："跟我客气啥。"

这家店的老板娘叫段萍，是闫立军的姘头。闫立军入狱以前有一堆姘头，出狱后，就剩段萍一个了，闫立军让他们喊段萍嫂子，相当于认了她的身份。

而这个瘦黄的男孩叫黄河，是在闫立军出狱后才投奔他的。他是闫立军的远房亲戚，高二没念完，辍学以后，在酒吧里卖粉，被抓过好几次，后来走投无路，来找闫立军收留他。

黄河没什么文化，办事虎头虎脑，又是警方重点关注人员，闫立军让成州平带他。

出了川菜馆的门，成州平坐上面包车驾驶座，黄河坐在副驾驶座上，拿打火机给他点上烟："锋哥，今天球赛咋样？"

成州平吸了一口烟，把烟夹在手上，开始倒车。他说："就那样。"

黄河这傻子，车都停不规范。

车上了路，成州平问："闫哥今天在路上睡了吗？"

闫立军是当地人，一堆乡下亲戚，今天带着黄河去家里走亲戚，折腾到这个点才回来。成州平很清楚闫立军的作息，如果他今天休息好了，一切都好说。

黄河说："睡了一路。"

果然，他们到闫立军家里时，他还很精神。

闫立军住在一个带院子的二层楼里，出门就是洱海。他牌瘾大，平时有事没事就要聚一帮人打牌。成州平把车停在院子边上，闫立军家的保姆给他们开了门，两人进去，屋里乌烟瘴气。

一个白发苍苍穿着一套灰色家居服的男人一手拿牌，一手拿烟，看上去儒雅、斯文，这就是闫立军，二十年前边境最大的渠道商。

见成州平来了，闫立军喊他："阿锋，过来给我看看牌。"

成州平把夹克交给阿姨，走到闫立军身后，看了看他的牌，说："这几张随便出。"

矮胖的中年男人嘴抹了油似的，说："刘锋，你行啊，闫哥把牌交给你，那就相当于把命交给你了。"

烫着大波浪鬈发的女人讽刺说："人家刘锋在监狱里给闫哥挡过刀，你呢？闫哥在牢里的时候，你去都没去过吧。"

那个嘴上抹油的男人说："还不是韩金尧那浑蛋的狗眼睛一直盯着我，我怕给闫哥惹麻烦。闫哥，小五这话说得不公道，你给我做主。"

闫立军笑呵呵地说："都过去了，打牌重要。"

牌桌上，自然是闫立军怎么出都行，谁敢赢他？不过，三十年河东，三十年河西，当年道上的大毒枭阎王爷现在只能在牌桌上称阎王。

打完这把，闫立军站起来伸了个懒腰："黄河，这局替我。"他转身对成州平说，"你跟我上书房。"

闫立军喜欢红木，书房里全是红木家具，一整面墙打通成柜子，里面放着他的收藏品。他坐到椅子上，冲成州平扬头："你也坐。"

成州平坐下。过了一阵，阿姨端了瓶洋酒来。

成州平说："待会儿我要开车，不陪闫哥喝了。"

闫立军说："我就欣赏你的自律。人啊，在什么时候都不能放纵，一放纵就得意忘形，得意忘形了就会露出马脚。"

闫立军说话不喜欢说明白，话里有话，成州平听出来他意有所指。成州平说："我记住了，闫哥。"

闫立军说："今天把你叫来是为韩金尧的事。他这趟从东北回来，说来给我过寿，我年纪大了，也猜不透这些人的心思，就让他来了。他后天到丽江，你替我去机场接他吧。"

成州平说："这么大点儿事，打电话跟我说就行了。"

闫立军摇摇头："刘锋，你还是不懂。韩金尧让我找人接他，是什么意思？他是在跟我说，现在他让我干什么我就得干什么。我随便找个人去，他觉得我不重视他，肯定要借题发挥，我亲自去接他，那我成什么了？你去就相当于我亲自去，给足了他面子，也救了我的面子。"

闫立军入狱期间，手头的渠道由他以前的兄弟和对家瓜分完了。一年前他们缴获的那二百公斤毒品就出自闫立军以前的小兄弟韩金尧之手。

成州平说："还是闫哥想得周到。"

闫立军说："这不是周到，是人情世故，等你到我这个岁数自然就懂了。"

成州平低下头，掏出烟，默默点上。

闫立军语重心长地说："你别的都好，就是这烟抽得太凶，我都闻到烟味了，趁年轻赶紧戒了，年纪大了再戒有你苦吃。"

闫立军以前也烟酒不离手，这些都在牢里被迫戒了。用他自己的话来说，二十年监禁让他重获新生了。

他贩毒三十年，但值得玩味的是，他不是因为贩毒被捕，而是故意伤害罪。

成州平说:"谢谢闫哥关心。"

虽然他们行动的目标人物是韩金尧,但从闫立军这里入手,风险比直接从韩金尧那里入手更小。

闫立军出狱后,这个行业的供应渠道翻天覆地,他没货源、没渠道,就只剩下辈分了。现在他急需找到能帮他的人,一年前成州平以刘锋的身份入狱,帮他挨了几刀,和他算过命的交情,比起以前结交的那些人,他宁愿信任在监狱里认识的刘锋。

当然,跟在闫立军身边还有个非常大的好处。闫立军虽然失势,但以前的社会关系还在,跟在他身边更方便套信息。

成州平站起来,从柜子里取来安眠药,拿给闫立军:"闫哥,你这两天就什么都不用管了,招待韩金尧的事交给我。"

闫立军说:"你办事我肯定放心,但韩金尧这种王八蛋,你没跟他打过交道,不知道怎么对付这种人。我能帮你的地方肯定要帮你。"

成州平从二楼下去,客厅的牌局还在继续。

叫小五的女人招呼成州平:"阿锋,人都来了,打两把吧。"

成州平说:"我明天要开车去丽江,今天早点儿回去休息。"

小五手托着脸:"这两天去丽江啊?要挤死个人哟。"

成州平说:"韩金尧要来,我替闫哥给他接风。"

听到韩金尧的名字,小五和杨源进对视一眼。

杨源进说:"闫哥还给他接风?他是啥意思?"

小五说:"现在渠道都在他手上,人家说了算。再说,闫哥都没说话你说什么?"

成州平说:"你们先打牌,我回去了。"他把黄河从牌桌上拎起来。

小五说:"我觉得你人要去,但得防着点儿。韩金尧以前喜欢随身带枪,你最好别空手去,以防万一。"

成州平说:"小五姐说得是。"

小五和杨源进以前都是跟着闫立军混的经销商,韩金尧顶替了闫立军的位子以后,这些经销商陷入旱的旱死、涝的涝死这两种极端境地。这两个倒霉蛋就是旱死的那拨人,他们大费周章拿到的货已经是人家抢剩下的残次品，品质不行，在这地方压根儿没销路。

开车回去的路上，黄河问成州平："锋哥，明天我能跟你一起去不？"

成州平没问他为什么想要跟去，只是说："小五姐今天也说了，明天得防着点儿。我可能自己都顾不过来，你就老实在家里待着，以后有机会再说。"

黄河说："锋哥，听了小五姐的话，你不怕吗？"

这还真不是怕不怕的事，但凡长个脑子，都知道他坐飞机来不可能随身带枪。成州平预想到了，后天见着韩金尧顶多上水果刀。

把黄河送到住处，他开车回去，到了家里，拿出另一部老款的折叠手机，迅速给老周发短信。他输入的信息是韩金尧的航班号。

第二天出发去丽江前，成州平洗了个澡，刮了胡子。路程也就两个小时，他不急着出发，先去吃了早餐。

楼下米线摊摊主是个白族老奶奶，他是常客，老奶奶见到他，招呼孙女："刘锋来了。"

成州平朝她微笑着点了下头。

一年前，他离开那座城市之前，老周郑重地叮嘱，有人喊他名字，千万别回应。但这一年间从没有人叫过那个名字。在庞大的环境下，个体太容易被改变了，第三个月的时候，他就习惯了刘锋这个身份。

成州平对丽江很熟。小五在丽江有几家店铺，平时懒得管，就让他跑腿过来看一眼。他晚上在小五的房子里过夜，第二天上午十一点去了机场。

起初他以为自己记错航班了，拿出手机检查闫立军转来的短信，的确是中午十二点整到达的这一班，但这拨游客都走光了也没见着韩金尧。

闫立军的短信是直接转的航空公司信息，不可能有错。还是闫立军这老狐狸玩他？

成州平等得有些不耐烦，从口袋里掏出用来跟老周联络的手机，一个电话打过去："韩金尧人呢？"

老周以前经常教训成州平，但现在，教训成州平的次数越来越少。一是成州平干这个压力比谁都大，二是他没有教训成州平的机会，通话的时候,成州平的语气一次比一次成熟,一次比一次稳重。

老周说:"刚刚查了这个航班,韩金尧没登机。"

成州平又问:"他人上哪儿去了?"

老周说:"出境,去了泰国。"

感知到电话那头的沉默,老周安慰说:"别着急,这段时间他以避风头为主,咱们钓不到大鱼。"

成州平说:"知道了,我挂了。"

他挂了老周的电话。老周对着手机咋舌,怎么还敢挂他电话呢?

在成州平和老周通话的时候,那个属于刘锋的手机响了。来电显示是小五。

成州平接通电话,小五说:"阿锋,是闫老板让我打给你的,韩金尧不来了,刚刚给闫老板打电话,说他的小宝贝非要去泰国,这摆明是玩闫老板呢。"

成,被毒贩放鸽子了。成州平说:"那我现在回去。"

小五支支吾吾了一下,突然提高声音说:"在丽江多待几天吧,我给你介绍几个妹妹。"

成州平敏锐地问道:"闫哥那里是不是出事了?"

小五实话实说:"也不是出事。闫老板的女儿和外孙回来了,你知道他这个人,很看重家庭。你是他在监狱认识的朋友,他女儿看到可能不太好。"

得,这下不但被这帮王八蛋放鸽子,还被嫌弃蹲过牢。成州平说:"没事,我自己在这儿待几天就成。"

小五说:"我的房子随便住,或者你想住得好一点儿,我公司给你报销。"

挂断电话,成州平有点儿心烦。他打开车门,从车里走出来,打算抽口烟。烟刚含到嘴里,还没来得及点燃,他便听到一声"成州平"。

"如果听到有人喊你名字,千万别回应。"

成州平没有抬头,甚至连片刻暂停都不敢,继续若无其事地点烟。他知道这不是听错,如果他出现幻听,那就真的别干这个了,害人害己。大概率是以前认识他的人，巧又很不巧地来了这里，看到了他。

丽江是座旅游城市，天南海北，人来人往，有人叫这个名字其实没什么，他不回应就行。而且说实话，这些毒贩也没神通广大到会知道成州平是谁。

成州平也知道，现在最正常的想法应该是让这傻子闭嘴。可他心底的渴望蠢蠢欲动，他想让对方再叫一声他的名字。

"成州平！"

"……"傻子还真叫。

## 02

在这里看到父亲的同事，小松喜出望外，她更剧烈地挥动自己的手。周围的司机都用很奇怪的眼神看着她。

因为有认识的人在这儿，对方还是个强健的青年男人，小松瞬间有了底气，胆子大了起来，直接拎着行李箱，冲出司机的包围，风风火火地跑了过去。

成州平想，如果这会儿韩金尧在，或者有其他任何一个坏人在，他已经死无葬身之地了。他无法回应她的呼唤，只能抽着烟，淡淡地看着她。

小松凑到他跟前："成——"

"你怎么在这儿？"成州平为了避免她再次叫出自己的名字，率先开口。

听到他的语气，小松微微一怔。

成州平变了，从语气到神态都变了。以前，他身上那股邪气很重，不论是语气还是神态，都带着浓浓的傲慢和轻视，眼前的他身上看不出丝毫的邪气，气质变得截然相反。简单来说，现在的他看上去像个好人。

小松微笑着说："说来话长。"

"你一个人？"

"嗯。"

小松今天穿着翻领条纹T恤、浅色牛仔裤、运动鞋，背着双肩包，一看就是学生。

于理，成州平不该管她。他甚至可以找出几十个不管她的借口，但有一个理由让他必须管她，她是李长青的女儿。

"你先上车。"他把烟放进嘴里，手里拎着车钥匙，走到后备厢的位置。他打开后备厢，将小松的行李箱放了进去。

小松说："谢谢你！"

成州平咬着烟，下巴朝副驾驶座那里努了努，意思是让她赶紧上车。

小松打开副驾驶的车门，发现车座上放着一个白色塑料袋。成州平这时也上了车，他把那个白色塑料袋扔到后座。

小松上了车，长舒了一口气，这趟旅途真是处处充满意外。

成州平的烟抽完了，碾进烟灰缸里，他问："你去哪里？"

成州平确实和一年前不同了，他的声音变得很沉稳。

小松说："去飞来寺。"

成州平："你说哪里？"

来丽江百分之九十五的游客都是去周边几个古镇、玉龙雪山，或是去大理。小松以为他不知道飞来寺在哪里，打开手机导航，搜到那个位置："它在德钦县。"

成州平先把车开出机场，小松东张西望看着四周的风景，刚出机场，风景有些衰败。

成州平说："这两天古城人多，你去束河，或者白沙，游客相对较少，治安好，去玉龙雪山很近。"

小松说："我不是去玉龙雪山，我要去飞来寺，那里是梅里雪山。"

两人的沟通出现了严重的故障。

小松猜到大概是自己的请求有些过分，她说："你能不能把我送到坐大巴的地方？"

"你去那里干什么？"

"看日照金山。"

车行到了玉雪大道上，视野立即开阔，庄严的玉龙雪山就在这条路的尽头。成州平说："那里交通和信号都很差，你一个人去太危险了。"

小松说:"没事的。"

"你知道每年统计中云南境内的失踪人口是多少吗?"

小松说:"你是不是担心我会失联?没那么可怕啦。"

话刚说完,手机里便弹出一条新闻——女大学生暑假自由行,在景区失联。

今天这些巧合还真是一桩接着一桩啊。

小松立马关掉手机:"要不然,"她盯着大路尽头灰色的雪山山岩,"你认不认识去那里的旅行团?"

成州平算是看出来了,她是非得去那个地方。

闫立军不让他回大理,其实这段时间他没什么事做,如果待在丽江,也是在屋子里闷几天。

"我送你去。"成州平说。

"真的?!"小松惊讶,"你真的可以不用管我的。"

成州平后悔了,一开始在机场外面她叫他的时候他就不该抬头,不该给她回应。在他不知情的情况下,她爱去哪儿去哪儿,可现在他都把她拉上车了,不能再把她赶下去。他说:"我这两天休假。"

小松默认他是因为工作调动来到了这里。

"那这样吧,"小松说,"我请你吃午饭。"

成州平说:"现在是一点半,去德钦路上要开五六个小时,中午在这儿吃饭的话可能得赶夜路,那边路很难走,所以你最好简单买点儿东西在车上吃。"

车上的烟草味很重,小松并不是很想在这里吃东西。但出来玩总不可能事事都由着她自己。她说:"那这里有肯德基吗?我买个汉堡。"

成州平:"嗯。"

他把车开到肯德基的广场前,小松问:"你吃什么?"

成州平说:"不用。"

"那我真的不给你买啦。"小松说。她背着书包下了车,人影很快消失在广场上往来的人群里。

成州平头向后仰去,松了口气。他摸到口袋里的烟,凭着肌肉记忆点了烟。小松去了很久,不见她回来,他就闭上眼睛休息。他刚闭上眼——

"我买了全家桶,你路上饿了可以吃。"打开车门的同时,小松说。

成州平拿起车前排放着的墨镜戴上。他没有表情的时候嘴角微微向下,戴上墨镜遮住眼睛,就好像把"生人勿近"四个字写在了脸上。小松识趣地没再开口说话,对她来说不交流反而更加轻松。

她昨天下午吃了汉堡,昨天晚上吃了汉堡,今天早上吃了汉堡,这顿实在有点儿吃不下。吃了半个汉堡以后,她把汉堡包起来,放回纸袋。

车已经离开丽江市区了,随着景色的变化,她的心境也在变换。

小松戴上耳机,睡了过去。她醒来以后,车已经上了国道。她歪头看了看驾驶座上的男人,见他嘴角绷着,完全没有想要说话的意思,这却让她更加放松了。他们就像两个陌生的路人,以前有过短暂的交集,哪怕意外地重逢,依然是路人。

小松醒了不到十分钟,又睡了,成州平朝她那边看了眼,又点了根烟抽上。

前往德钦的路上,横断山脉的风光和东部截然不同,小松彻底睡醒后,开始拿手机拍照。在成州平的印象中,女孩都挺喜欢拍照的。就这一点来说,小松和其他女孩没有两样。

他们下午六点半到了德钦县城,德钦是迪庆藏族自治州下的一个小县城,县城坐落在狭长的山沟里,这里是藏区,建筑风格和丽江市里截然不同。

成州平问:"你要住县城,还是要住飞来寺?"

小松:"有什么区别?"

成州平说:"看梅里雪山的地点在飞来寺,在县城是看不到的,但是相对地,飞来寺条件会比县城差。"

小松做决定:"那就住飞来寺吧。"

成州平说:"那边有几家酒店,你自己在手机上找找。"他不会做自讨没趣的事,他让对方选酒店,自己置身事外,住得好不好都和他没关系。

小松还没住过青旅,她听说青旅很便宜,而且可以遇到来自五湖四海的旅客。学校是个相对封闭的环境，在那样的环境下待久了，自然就想多了解了解外面的世界。

小松果断地决定要住青旅，但找来找去她也只找到一家青旅。

"住这里吧。"小松把手机递给成州平。

让别人看手机是个表示信任的行为。

成州平看了眼她的手机屏幕，问："能用你的手机直接导航吗？"

小松说："没问题，我给你开导航吧。"

她打开手机导航，成州平顺着导航开过去。

车从德钦县城穿过，这里不是个旅游县城，而是贫困县，在日暮昏暗的天光里显得有些陈旧。飞来寺在半山，开车过去花了快半小时，各个酒店的招牌高低错落，但他们的青旅在相对较低的位置，看不到招牌。

成州平开到一个大院子门口，才发现这是一家青旅。院子被白色的墙包围，白墙红瓦，五彩檐画，是典型的藏族建筑。

成州平问她："你确定住这里？"

小松说："嗯，就住这里。"她迫不及待地想要在青旅里碰到来自不同地方的旅客。

成州平停好车，说："我去拎行李，你先进去。"

小松知道，帮她拎行李是出于对她的照顾。这是很平常的事，之前宋泽帮她拿行李，她从没觉得有什么不对劲。可成州平要替她拎行李，她会有这样的顾虑，他的照顾是否因为她是李长青的女儿？如果是，这让她感到内疚。

小松抱着肯德基全家桶，站在青旅五彩的招牌旁边。成州平拎着她的行李箱过来："身份证给我，我去登记。"

小松说："我自己来就行。"

成州平说："我去办，你坐在大堂休息一会儿。"

他要支开小松。办入住必须拿身份证登记，他不能让小松看到刘锋的身份证。在这偷来的时间里，他想做回成州平。

青旅是原生的藏族风格，木墙上贴满了旅客留下的便笺、明信片、照片。小松站在那面墙下，目光所及之处是一张介绍梅里雪山的明信片：

"梅里雪山,别称太子雪山,藏区八大神山之首,处于世界闻名的'三江并流'地区。其主峰卡瓦格博峰海拔高达6740米,是云南省的第一高峰。它是全世界公认最美丽的雪山,被誉为'雪山之神'。"旁边张贴着一张旧报纸,报纸上是一则中日登山队在攀登卡瓦格博峰时失事的旧闻。

民族文化的对撞、极端的地理条件、壮烈的人文故事,共同铸就了这座雪山的神圣。

前台办入住的是一个藏族妇女,成州平把两张身份证放在柜台上,说:"一个标间,一个男士多人间。"

藏族妇女问:"住几晚?"

成州平问:"明天能看到日照金山吗?"

藏族妇女说:"有人来住半个月了,卡瓦格博老爷爷都不肯露脸,现在七月份是雨季,说不准。"

小五让他这几天别回大理,以他对那帮人的了解,几天就是半个月的意思。他说:"先订两晚。"

藏族妇女开始拿计算器算账:"现在是旅游旺季,标间一晚二百二十,两晚四百四十,男士十二人间一晚五十,两晚一百,一共是五百四十。"

成州平从钱夹里掏出一些零碎的现金,交给对方。

办好入住,他回头在大厅里寻找小松的身影,发现她正在和一个驴友聊天,他没上前打扰。

在驴友滔滔不绝地讲述自己这几天为了看到日照金山吃的苦时,小松注意到了柜台前的成州平。她趁驴友喘气的间隙说:"我去找我朋友啦,祝你玩得开心!"

她拉着行李箱走到成州平身边,成州平很顺手地拎起她的行李箱,上了楼梯。小松跟在他身后,看到自己的行李箱被他拎在手上,显得很轻。

到了二楼,成州平把行李箱放了下来:"你的房间在二楼,这是钥匙。"他把房间钥匙和身份证还给小松,"明天日出时间是五点,我们最晚四点四十见面,能起来吗?"

小松说:"嗯,没问题。"

她大老远跑来这里,就为了看一眼日照金山,别说四点四十起床,熬通宵都没问题。

成州平本来想和她分道扬镳,但是看到她怀里抱着肯德基全家桶,手指上套着钥匙环,指间夹着身份证,另一只手拉着行李箱,他无奈地说:"把行李箱给我。"

小松说:"不用啦,我能搞定。"说完,身份证啪一下掉到地上。

小松觉得自己今天真是点儿背。她松开行李箱:"成州平,谢谢你。"

成州平一言不发,拉着她的行李箱找到230号房。

小松用钥匙打开门,本来期待着天南海北的室友,可看到的是两张双人床。她这个年纪的女孩脑洞一向有些奇怪,成州平不会要和她住一起吧?

成州平说:"多人间人来人往,不安全,这个标间视野挺好的。"

小松问:"那是不是比多人间贵?"

成州平没回她这句:"明天凌晨四点四十,我在楼下等你。今天是你到高原的第一天,晚上不要洗澡,明天穿厚一点儿。"

成州平的语调很冷淡,但或许因为他们早就认识,小松并不觉得和他有距离感。她微笑着说:"好,明天见,四点四十。"

坐了六个小时车,小松浑身疲惫,她洗漱过后换了睡衣,定了四点二十的闹钟,头挨到枕头就睡着了。

第二天,小松蒙蒙眬眬地拿来手机,看到手机屏幕上显示的时间,她瞬间清醒。

现在是北京时间十一点半。她不但迟到,还迟了大概七个小时。

## 03

小松最引以为豪的是她有错就认,从不找借口。她昨晚把凌晨的闹钟设置成下午了,闹钟没响,她睡到自然醒。

今天不用再急着赶路,洗漱过后,她把头发披了下来。

这趟旅途最开始的目的是和宋泽两人单独出游,所以她特地带了一件牛仔连衣裙。旅途的每一天都让她意想不到,这条裙子直到现在也没有穿的机会。

她换上了牛仔裙,又迅速化了个淡妆。虽然这显得很有心机,但没办法,人都是视觉动物,大家对好看的人天生更加宽容。

小松不知道成州平住在哪间房,也不知道他的手机号。她下了楼,坐在大厅里。

两个带着单反和"长枪大炮"的男生见她一个人,凑上来问她:"美女是自己来的?"

小松说:"我和朋友一起。"

其中一个染着红头发、一身潮牌的男生问:"你是大学生吗?"

小松点点头,她不想透露自己的信息,所以把话题抛了回去:"你们呢?"

"我研一,他待业,我俩来采风,你呢?"

小松转移了话题:"你们去拍日照金山了吗?"

另一个男孩说:"嗐,别提了,我俩在这儿蹲半个月了,啥也没看到,明天再蹲一天,看不到就要回丽江了。"

小松心想,看来想要看一眼日照金山真的很需要运气。

"红发男"说:"今晚青旅有 party(聚会),你来不?"

Party 这种外来词用在这个古朴、宁静的地方十分违和。小松第一眼看到那片神圣的山峰就觉得这里应该是安静的。她说:"晚上再看,我看看朋友的安排。"

"红发男"说:"别啊,叫上你朋友一起来玩嘛。要不然留个手机号,晚上热闹的话我们叫你。"

这个时候,她完全可以谎称自己是和男朋友一起来的,可是她没有这么做。她有自己的原则,是就是,不是就不是,没有必要欺骗。她说:"我跟你们不认识,不太方便给手机号,有缘再说吧。"

两个男生对视,另外一人嘲笑"红发男"搭讪受挫。

气氛有点儿尴尬,"红发男"说:"那有缘再见,反正我们明天才走,之后你和你朋友去丽江,咱们也可以搭伴玩。"

两个男生离开后,小松起身到书柜前拿起一本旅游手册,边看边等待成州平。

看完了旅游手册，成州平还没有来，小松开始担心他是不是自己走了，毕竟今天她放了他鸽子，而他也不是那种没脾气的滥好人。

她举起手腕，看了眼手表：十二点。她打算再等十分钟，成州平还不来，她就自己先去找吃的。

说曹操曹操到，她放下手，刚一抬头就看到那个黑色身影出现在楼梯口，成州平停在那个位置，视线在青旅大厅内扫视。他身上还穿着昨天的运动短袖，灰色长裤上有些褶皱，利落的发茬上挂着水珠。

对上小松的目光后，他又回头看了眼墙上挂着的表，十二点。他正色走过去："不好意思，起晚了，你一直在等？"

小松站起来，轻松地说："我今天也起得有点儿晚，下楼都四点五十了，我没赶上日出，也没看到你，就回去又睡了一觉。"

成州平说："我失约了，请你吃饭吧。"

小松脸不红心不跳："吃什么？"

成州平说："这里牦牛火锅是特色，吃这个吧，昨天来的路上我看到了一家店。"

成州平往外走的时候打了个哈欠，小松问他："你不会睡到现在吧？"

成州平并不是一个会为迟到而内疚的人，至少以前不是。眼前的小女孩是他前上司的女儿，他不但迟到，还晚了近八个小时，面子上真有点儿挂不住。他声音低沉地说："嗯。"

他的诚实反而搞得小松内疚了。小松说："你开车送我来这儿，我还想找机会答谢你呢，这样，今天中午这顿我请，你千万别跟我客气。"

成州平点头说："行，不跟你客气。"

这里吃饭并不贵，他们去了一家人少的餐厅，两个人要了一个大锅，加了两份肉、三份青菜，花费才一百出头。

等锅里的白汤沸腾时，小松说："有个驴友跟我说，他们来这里半个月也没见到日照金山。"

成州平说："现在是雨季，很难见到。"

小松说:"我刚刚等你的时候,看旅游手册上写到这里最佳观景期是十一月,几乎每天都能看到。"

这里交通极其不便,所以前来的旅客都会在出发前了解这些信息。成州平看着小松:"你来之前没有做攻略吗?"

小松说:"我就想找个人少的地方,没有做攻略。"

成州平说:"我就订了两晚的房。"

小松问他:"你有事要先走吗?没看到是有点儿可惜,不过,我现在知道从这里怎么回丽江了,我可以自己回丽江。"

成州平发现她压根儿就没有想过另一种可能。万一一直看不到呢?冬季以外的季节,日照金山的现象可遇不可求。如果看不到,她还会等吗?

成州平说:"我没事,最近游客不多,可以续房。"

小松听出来他话里的意思是,她待多久他就待多久。她不会用男女关系解读成州平的行为,她说:"你是因为我爸,所以才一直在这里陪我吧?"

在小松的记忆里,李长青也没有这样陪伴过她,尽管如此,也不妨碍她以李长青为荣。

成州平抿了抿嘴,唇角有两道细细的纹路。

小松说:"虽然我爸没了,但你和周叔都很照顾我,我也算有点儿收获吧。"

成州平始终无法分辨她是真的坚强,还是假装坚强。不过,很显然这个话题让氛围沉重了起来。

小松打破僵局:"我还没问,你昨天为什么会在丽江机场?"

成州平说:"我休假。"

不对。他开的那辆面包车是本地车牌,而且型号很老,车看上去很旧,如果是休假来这里,按照正常人的逻辑,一定会选择性能好的车。而如果他调到了这里,为什么不直接告诉她?她清楚他们这个职业是不允许有假期的。

"可以下了。"店里的藏族小哥提醒他们。

藏族小哥的话打断了小松的思绪,她没有继续思考下去。

她夹了一筷子肉，味蕾被俘获，于是对成州平说："好好吃啊。"

小松的眼睛很明亮，黑白分明，不论看向任何人，都显得很虔诚、真挚。

成州平说："高海拔耗能大，你多吃点儿肉。"

成州平刚起来，不太饿，他吃了两块排骨，突然站起来："我出去抽烟。"

成州平烟瘾大，从昨天开始到现在，小松眼睁睁地看着他抽完了一包烟。

李长青和老周他们烟瘾都很大，他们这个职业承受着旁人无法想象的压力，必须有个解压的方式。但成州平才二十来岁，小松虽然与他只有几面之缘，可她感觉这个人的一部分已经完全被李长青、老周他们给同化了。这种感觉在她以前见他的时候是没有的。

成州平抽完烟回来，小松吃得八九成饱，她的这件裙子是收腰的，现在肚子那儿有点儿勒了。她站起来："我溜达着回去了。"

成州平说："注意安全。"

小松说："你手机号是多少？我记一下，以防今天早晨那种情况发生，联系不到你，或者你记一下我的手机号。"

成州平忽然放下筷子，抬头看着小松："我会一直在青旅。"

离开飞来寺，他们将不会有任何联络的可能。成州平有两部手机，一部是刘锋日常用的，另一部是用来和老周联系的。哪一部都不能存小松的号码。

小松也意识到了他的拒绝。她想，每个人的习惯都不同，人家可能觉得不方便，无可厚非。她手心朝向他，五根手指张合了一下："那我们在青旅见。"

今天是阴天，山上雾蒙蒙的，雪山隐在云雾里，只有浅灰的一片。小松绕着飞来寺走了一圈，回去休息了一个小时，见出太阳了，她拿出 iPad，去楼下大厅的沙发上坐着，连上 Wi-Fi，查阅当地的基本信息。

青旅人来人往，有人来，有人走。一个和她差不多大的年轻女孩朝她走来："你也是一个人吗？咱俩要不要一起去凑顿晚餐？"

小松没有和成州平约晚餐，中午分别后，她就没再看到成州平了。她答应了女孩，女孩找到当地排名第一的餐厅，晚上又吃了牦牛火锅。

女孩是自己来的，下午那会儿刚到飞来寺，她热情地拉着小松去雪山前拍照，小松意外收获了很多好看的照片。

两人玩到尽兴已经快天黑。她们走回青旅，刚到门外，就听到里面有人在唱歌。

小松无意间抬头，看到天台上站着两个身影，一男一女。天台上没有灯，他们是站在栏杆前的，小松从院子里仰望，视线里唯一的光源是一簇蓝色火苗。

那个女人穿着一件白色民族风的裙子，黑色长直发，只看身影就是个大美女。她身体柔软地倾向男人的方向，熟练地将打火机送到他嚼着的烟上。至于那男的，小松认识。他穿着黑色T恤，头发颜色很黑，眼睛颜色也很黑。女人打火机的火苗照亮了他嘴角若有似无的笑。

那是成州平。

同行的女孩拉着小松进去："进来唱歌啊。"

小松视线从天台上挪开，对女孩点头说："好。"

选择住青旅的群体年纪偏轻，大部分都是二三十岁的年轻人，大家在大厅里玩成一片，唱歌、喝酒，气氛很热闹。

小松喝了半罐啤酒，正好微醺，几个小伙子拱着让她唱歌，她推辞说："我就不去了。"

早上碰到的"红发男"说："你害羞什么？别人都唱了，就你没唱。"

别人都去了，所以，她也要去吗？

小松礼貌地说："我嗓子不好，唱得也不好听，我听你们唱。"

当她和"红发男"推拉的时候，一男一女一前一后从楼梯上下来。小松的视线越过"红发男"落在他们身上。

成州平上身套上了冲锋衣，下身穿了件深蓝色短裤，他跟在"黑长直"美女后面。

"黑长直"停在楼梯下，手捏着烟，把自己咬过的烟送到成州平手里，殷红的唇瓣翕张,小松辨认不出她的唇语。

只见"黑长直"走到柜台前,在旅客留言用的便利贴上开始写字,然后撕下便利贴,走回成州平身边,将便利贴贴在他胸口的位置。离得很远,但小松能看清楚那张便利贴上写的是一串数字——手机号。

小松知道自己的表情管理垮了。成州平收下了"黑长直"的手机号,却不愿意记下自己的手机号?

"黑长直"从成州平手里拿过烟,冲他非常暧昧地笑了笑,然后走到唱歌的人群里。

"红发男"还在催小松:"出来玩要放开一点儿啊。"

小松冷着脸,看向他,一字一顿道:"我说了,不去。"

"红发男"见她甩脸,有点儿难堪,咕哝道:"叫你玩,摆什么架子啊?"

小松说:"我认识你吗?"

男性……或者说绝大部分人,都习惯用强势、大声来维持自己的"正义"。"红发男"自尊受挫,他大声说:"你别给脸——"正当他说话的时候,看到一个高大冷漠的男人走了过来。

男性在比自己强大的生物面前会变得格外脆弱、自卑。"红发男"一米七八的身高,有点儿块头,但他的体格,或者说他男性的人格,在眼前这个男人面前犹如一只没断奶的小猫。这不是比身高、块头、穿着就能追赶的。

他自己一身潮牌价值不菲,发型也是时下流行的,因为这身外在的装备,不论在学校还是出来玩,都会有女生主动搭讪。对方只穿着一件没有牌子的冲锋衣,留着最普通的寸头,可他的气质很硬,从他的站姿、眼神就能看出他对自己人生的确信,这是许多男生梦寐以求却无法企及的。

"红发男"尿了,从小松旁边站起来,说:"原来你朋友是个男的。"

小松坐在沙发上,抬头看着成州平。成州平手插在兜里,低着头对她说:"该回去了。"

第五章

日照金山

01

小松跟着成州平上了楼，在二楼入口的位置，她说："明天凌晨四点四十，这里见。"

成州平点点头。

她微笑着说："晚安。"

"等一下。"成州平留住她。

成州平说："出来玩的男生有百分之八十的目的都不单纯，要真出了事报警很难说清，以后不要和这些人来往。"

小松的眼神忽然有了变化。

顶灯从上而下照亮小松的脸庞，她的头发柔顺地垂在脸侧，瞳仁因灯光的缘故更加黑亮。她的眼睛一向是清澈、干净的，可现在，成州平也道不明她的神情。

"你管我啊。"小松轻慢地说道。她的语气带着微微的调侃，还有一些小女孩独有的骄纵。

成州平说："我没看到也就算了，我看见了不能不管你，你还是个学生。"

"管好你的'黑长直'姐姐吧。"小松说。虽然她很清楚成州平和"黑长直"之间绝对不是那种会来电的关系，可一想到成州平和"黑长直"的所作所为，和他对自己的双重标准，她就觉得很可笑。

成州平说："我能掌控自己的私生活，但你不能。"

他话里的意思其实很明白：我是猎人，而你，是猎物。小松觉得这些男人都挺自大的，没有任何依据，就以为自己一定是男女之间更有利的一方。

她不否认自己对成州平是有好感的。这种好感来源于他可靠的外形，来源于他职业的特性，来源于一年前在她家里他帮她阻止了龚琴的暴力。然而，这些都不足以掩盖他作为男性天然的自大，这一点，他和那个"红发男"并没有本质上的差异。

小松抿了抿嘴唇，在想怎么对付成州平的自大。正巧这时候，"黑长直"姐姐的身影出现在她的视线内。

小松忽然上前一步，跟成州平隔着一拳的距离，双手背在身后，仰着头，一脸纯真地对他说："谢谢你，你的话我记住了。"

"黑长直"本来在看手机，一抬头就看到了这幕。她从成州平身边经过，看了眼小松，放心地笑了笑，那种笑容充满了女人对女孩的蔑视，一个看起来不谙世事的小姑娘没什么威胁。

她扭头对成州平说："记得给我打电话啊。"

她无视了小松。

小松回头，看着"黑长直"进了屋。她后退两步，手臂在胸前折叠交叉："记得给人家打电话啊。"

成州平说："你要是在我眼皮子底下出事，我没办法跟你爸交代。"

小松说："人各有命。"说完，她转身朝自己房间走去，边走边提高声音说，"明天你不要迟到。"

经过这两天的相处，更准确地说，经过刚才这场带着火药味的对话，成州平对小松的认识已经不再局限于李长青女儿的身份了。她变脸变得比雪山脚下的天气还要快。

也是因为这场带着火药味的对话，小松的胜负欲被激起了，她不允许自己明天比成州平到得晚。晚上，她定了五个闹钟。

第二天不负期望，在凌晨四点半起床了，小松迅速刷牙、洗脸，随手扎了个丸子头，套上运动服，拎上帆布包出门。她出门前看了手表，现在是凌晨四点三十八，但当她沿着拐角走到二楼楼梯口的时候，成州平已经站在那里了。

成州平说:"先下楼吃早点。"

小松整理好心情,走上前,问道:"你几点起床的?"

成州平说:"四点。"

小松:"那你几点睡的?"

成州平:"十点左右吧。"

旅客们都是为了赶早去看日照金山的,这会儿一楼大厅坐满了吃早餐的人。成州平环视一圈,没有找到座位。

这时候,一个身影突然朝他招手:"帅哥,这里有座。"

小松闻声望去。是"黑长直"姐姐。

"黑长直"和与她同行的夫妻坐在一桌,正好还能加两个座位。

小松看见她就倒胃口,对成州平说:"我不吃了,你去吃吧。"

成州平低头看着她:"这里是高原,身体耗能很快,没胃口的话,喝点儿热汤。"

小松说:"我来这两天也没什么反应,适应得很好。"

成州平说:"听话。"

这字眼用他淡漠的语气说出来却并不突兀。这时候,她听到邻桌的老大爷说:"今天天气很好,说不定能看到日照金山。"

小松不想因为自己的任性而错过日照金山,就算心里不情愿,但还是坐到了"黑长直"姐姐那桌。

成州平没坐下,站在小松身后的位置,说:"你想吃米线还是面?"

小松说:"我吃米线。"

成州平去柜台点餐了,这时,"黑长直"的女性朋友开口说:"你眼光不错啊,和帅哥昨夜锻炼到几点?"

"黑长直"对她朋友说:"吃饭的时候少说话。"

她们的对话完全没有避讳别人的意思,小松自然听到了。难怪成州平今天起那么早,说不定昨晚忙着锻炼根本没睡。

"黑长直"的朋友又问小松:"你是那帅哥什么人啊?"

小松说:"我和他是在路上碰到的。"

成州平点完餐过来,坐在小松和"黑长直"中间。他刚刚坐下,"黑长直"突然捂住胸口,她的动作很夸张,像韩剧女演员一样,小松心想,不会要开始演戏了吧。

"黑长直"脸色发青,这时候其他人都在吃饭,而成州平在看手机,小松是第一个反应过来的:"你是不是高反了?"

"黑长直"觉得自己一开口说话就要吐出来了,连连点头,她的女性朋友问自己老公:"你的红景天呢?"

那男的在腰包里一通翻找:"啊!不会落在大巴上了吧?"

女的开始骂:"你怎么不把自己落在大巴车上呢?"

男的委屈:"你们啥东西都往我这儿塞,我顾得过来吗?"

女的忽然一阵头晕:"我也有点儿高反,谁有药?"

"我这儿有。"小松从自己的帆布包里拿出一盒红景天,"给你们吧。"

"黑长直"一边难受,一边问她:"那你自己高反了怎么办?"

小松肯定地说:"我能适应,而且我又不晚上锻炼,不会高反的。"

"锻炼"两个字让"黑长直"的脸色更加难看。

女人之间的暗潮涌动并没有影响到成州平,虽然他跟小松说自己昨夜是十点睡的,但其实多人间一直有人打呼,他一个晚上都没合眼,现在正灵魂出窍,精神很薄弱。

"黑长直"冷着脸说:"小姑娘,你是什么意思?"

小松说:"你都明白了,为什么还要再问我一遍?"

"黑长直"的女性朋友劝她:"人家小姑娘把药都给咱们了,你能忍一忍暴脾气吗?"

"黑长直"这一路上积累的不满终于爆发出来,对她的朋友说:"我都忍你一路了还不够啊!"

高反的时候最忌讳情绪波动,两人一激动,症状更严重,走都走不稳。与她们同行的男人扶住自己的老婆:"你俩回去躺着睡吧,谁也别去看日照金山了。"

男人很瘦弱,只能顾住自己的老婆,至于"黑长直",他则拜托成州平:"帅哥,麻烦你帮忙送一下我的朋友。"

成州平受人所托，扶"黑长直"起来，对小松说："我送她回去休息。"

小松说："好。"

成州平没想到花了那么长时间。"黑长直"一回房间，就立马趴到马桶上上吐下泻，从厕所传来她无力的声音："帅哥，你能帮我烧壶热水吗？"

成州平出于好心给她烧了一壶热水。这时候窗外已经明亮起来，透过"黑长直"房间的窗户可以看到半面雪山，日光将雪山染成了金色——日照金山。

他对厕所里的人说："热水正在烧，我得走了。"

他匆匆下楼，大厅里已经空了，只有小松一个人坐在角落。

今天有日照金山，无数旅客来到这个地方就是为了这短暂的时刻。

成州平边走向小松边问："你怎么没去？"

小松说："我等你一起，你怎么这么久？"她只是简单地问了一句，语气并没有责怪的意思。

成州平觉得有点儿可惜，他常驻在此，七月没看到，冬天还可以来，今年看不到，明年还能来。但小松上学的城市离这里很远，来一趟要几经周折，错过这一次，不知何时才能见到。

成州平说："看天气预报，明天和今天天气差不多，大概率能看到，在这儿多留一天吧。"

这句话让小松对成州平又改观了一点儿。他是个注重细节且心怀正义的人，不管是陌生人的请求还是她一些微小的情绪，他都照顾到了。

小松愉快地说："那明天再留一天，你快吃早点吧，米线要凉了。"

成州平坐下来，握住筷子，一次性捞了几乎半碗米线。

小松问成州平："'黑长直'怎么样了？"

成州平说："她叫丽娜。"

这是她叫什么的问题吗……小松说："丽娜怎么样了？"

成州平说："挺严重的，你也注意点儿。"

小松说："我又不锻炼……你昨晚不会真的和她锻炼了吧？"

成州平这才明白她说的锻炼是什么意思。他挑眉:"你说呢?"

要小松来说,她觉得丽娜就是想玩一夜情。她又想表达自己的意思,又不想说得太直白,于是换了一个委婉的说法:"我觉得她可能不会对你负责。"

"那你觉得我会对她负责吗?"成州平皱着眉问她,眉间的川字纹很深。

小松说:"……不好意思,是我想复杂了。"

成州平说:"小孩好好念书,别乱想。"

小松并不喜欢"小孩"这个称呼,这个称呼本身就是一种偏见,尤其是她不觉得成州平比她大多少。也许现在看,她才进入大学,而他已经步入社会,可是三十年后,甚至更久,五十年后呢?那时候他们都是养老院的老人,这点儿差距将不值一提。

小松越想越远,本来他们只是在聊"黑长直"的话题,她怎么就想到五十年后了?她立马把自己的思绪拉回当下:"今天你有什么安排?"

成州平说:"开车带你去周围转转吧。"

"真的?"

小松两眼放光,在她的眼睛里,成州平看到了雪山金色的影子。

成州平开着面包车带她去西当村转了一圈,一路上,他们都在向着梅里雪山的方向前行。和他们一路同行的景色,除了巍峨的雪山,还有山下一条汹涌的大江。

小松戴着耳机听了一路歌,看到山下江水奔腾,她摘下耳机问成州平:"这是什么江?"

成州平说:"是澜沧江,发源于唐古拉山,流经中国、缅甸、老挝、泰国、柬埔寨、越南,最后注入南海。"

小松说:"这个我在纪录片里看到过,在中国境内叫澜沧江,在境外叫作湄公河。"

成州平认可地说:"嗯,没错。"

西当村是他们今天的终点,小松看到路边有叩拜的藏民和徒步的驴友,她问成州平:"他们要去哪里?"

成州平说："可能是去转山。"

小松昨天在青旅听一些旅客说，他们要去梅里雪山转山。转山是藏族的一种宗教活动，如今也成了驴友中流行的一种户外方式。

成州平对这个地方几乎无所不知，小松好奇地问："你怎么对云南这么了解？"

成州平一手扶着方向盘，一手在口袋里摸烟："我老家在这里。"

小松感到诧异："我以为你是北方人。"成州平个子高，虽然皮肤不算白，但和当地人黝黑的肤色是不同的。

成州平说："我离开得比较早。"

他们在中午就回了青旅，成州平昨天一晚没睡，早晨的山路又艰险，他一直保持精神高度集中，回去的时候身体有了明显的不适。

他连饭都没吃，进了青旅直接上楼，小松跟上去："要不然你在我屋里休息，多人间太吵了，你休息不好。我下午自己出去走一走。"

成州平说："不用了，今天房里人走得差不多了。"

小松有些不放心他，要是他病倒了，她可是一点儿办法都没有。她说："我行李箱里还有其他感冒药，要不然给你送过去？"

成州平知道她是好心，但真的没有这个必要。他说："不用了，我有葡萄糖，喝这个就行。"

成州平的身材看上去就是常年锻炼的那一类。小松没有太担心，感慨道："看来真的不能晚上锻炼。"

成州平发现她的脑回路和常人不太一样。他说："你也好好休息，高反说来就来。"

直到现在小松都适应得很好。成州平都觉得她很神奇，东部低海拔地区来高原的人很少有不高反的。

小松回去躺在床上看了会儿书，自然睡着了。她晚上六点醒来一次，觉得头很晕，便又躺了下来，直到晚上十点，她开始上吐下泻，浑身无力。她意识到自己高反了。

## 02

成州平一觉睡到晚上才醒，醒来后，他去公共浴室冲了个冷水澡。

他把毛巾搭在脖子上，穿着拖鞋从浴室出来。浴室在三楼尽头，穿过大半个走廊，才能到他住的多人间。他走到楼梯口，看到一个左右张望的身影。

成州平："你来找我？"

小松半个身体趴在楼梯扶手上，她浑身虚脱，嘴唇发白："我好像高反了。"

成州平见她一副严重的样子，眉头轻轻蹙起："你在这儿等我。"

小松听话地点点头，眼巴巴地看着成州平进了屋，然后回忆起自己刚才看到的画面。

刚刚她的视线正好和成州平的躯干齐平。他洗完澡，身上潮湿，黑色运动T恤紧贴在身上，勾勒出胸腹间凹凸的棱线。她期末刚考完解剖学，在看到他上半身的那一瞬，脑海里浮现出各种解剖学的名词。

小松以为他进屋去拿药了，过了片刻，他关上房门出来，身上换了长袖长裤，手里拿着车钥匙："我带你去医院。"

小松说："用不着用不着，喝点儿红景天就行了。"

"这会儿店都关门了，只有医院开着。"

小松只想喝了药，赶紧回床上打开电热毯睡一觉。

成州平已经手插兜下楼了，他没听到小松的动静，站在楼梯拐角的地方，说："快走。"

小松眼前一阵眩晕，头重脚轻，她乞求道："能不去医院吗？"

成州平看她的样子实在很难受，走回她身边，抓住她的胳膊："我扶你走。"

有成州平扶着，小松不再死死地扒着楼梯扶手了。她刚一松手，便觉得全身像颠倒过来："我有点儿头晕。"

成州平抬起手在她的额头上摸了摸，烫得要命："你发烧了。"

小松："……"

成州平说:"忍一忍,去医院挂完水,明天就没事了。"

小松虚弱地说:"嗯。"

上了车,小松开始浑身发冷,她蜷缩在后座上:"成州平,能不能开快一点儿?"

成州平说:"开快了你会更严重。"

小松抱着膝盖:"我冷。"

这样子的小松和白天生龙活虎的她判若两人,成州平单手扶着方向盘,把冲锋衣脱下,扭身放到后座:"你自己盖上。"

小松揪住冲锋衣的衣领,将自己从头盖住。成州平衣服上的烟味很浓,闻到这味道,她更加反胃。

"我要是吐你衣服上——"小松说。

"你试试。"成州平说。

小松忍也得忍住。

县城就一家医院,成州平给小松挂了急诊,高反是这家医院最常见的病情,挂完号,护士给了成州平一个床号,让他先带着小松去病房。

成州平把小松送到床上,给她盖上被子,说:"我去找找有没有卖粥的。"

小松从被子里伸出手,在他袖子边上抓了抓,又收了回去。她觉得这个动作有些唐突,因为她和他的关系还不到那个地步。

"你不用回来了,我在这里睡一晚,你明天早晨来接我。"这样的语气有些像命令他,小松又说,"好不好?"

成州平当然想把她丢下不管了。可在这里,他不管她谁管?他说:"等我回来再说。"

急诊科晚上还是很热闹的,时不时有病人被送进来,病房的灯一直亮着,小松打不起精神,却也睡不着。作为医学生,她对急诊室这个地方有着特别的情愫,人间万象就在这一方小小的空间里无数次轮回上演。

护士是个藏族姑娘,一边给她挂水一边说:"一般高反大家都是吃药,你是今天第二个来挂水的。"

小松眨巴眼:"第一个呢?"

护士说:"在你旁边躺着呢。"

小松扭头往邻床看了一眼。

真是无巧不成书——邻床的高反病友正是"黑长直"姐姐。"黑长直"在医院躺了一天,脸上没有妆,头发毛毛糙糙,和精致毫不相关。

她在床头刷手机,看到小松在看她,放下手机,讽刺道:"你这是也去锻炼了吗?"

小松没有丝毫力气反驳她的落井下石。

护士说:"你俩认识啊?"

"黑长直"已经恢复得差不多了,微笑着对护士说:"我们都爱锻炼,所以都高反了。"

护士觉得这个"黑长直"美女还挺会开玩笑的。

护士叮嘱了小松几句,又说:"你俩好好休息,争取明天一起出院。"

小松把被子往上掖了掖,打算睡了。"黑长直"闻到她身上那股烟味,问道:"你真跟他锻炼了?"

小松身上有那个男人身上的味道,她自己不在意,但别人闻得很清楚。

小松懵懵懂懂地问:"跟谁?"

"黑长直"说:"和你一起的那个帅哥啊。"

小松语塞——她怎么可以误会自己跟成州平?她和成州平是两个被生活、年龄、阅历隔离开的个体,就算这一次他们同行,也依然没有想过了解对方。

小松说:"你能不能想些正经的?"

"黑长直"轻笑一声:"大家是出来玩的,谁是来正经的?"

小松翻了个身,背对着"黑长直"。"黑长直"却没话找话:"是你今早先戗我的,我要是真跟那男的锻炼了,也就认了,屁都没发生,你吃个什么醋?"

小松听她这么说,发现是自己误会了。但她之所以生气,并不是为那件事本身。她对成州平的私生活没有兴趣,只是讨厌他区别对待。而且她觉得,那种有始无终的男女关系是对这片雪山的不敬。

"黑长直"好奇地问她:"你俩真是在路上认识的?"

现在这个时代网络高度发达，两个素未谋面的陌生人都可以拥有彼此的联系方式，她和成州平却没有。这足以说明他们的关系。

小松回答"黑长直"："嗯，真的是在半路认识的。"

"黑长直"说："那他人真挺好的，萍水相逢，还这么照顾你。"

小松也意识到了这个问题，成州平这人虽然既不愿意和她交换手机号，又一直冷着脸，但从他的行为上能看出他为人确实挺好的。想到这里，她心里一暖。毕竟这世上热脸冷心的人太多，遇上一个面冷心热的真的很可贵。

小松说："他也照顾你了，清晨的时候因为送你回房间，他错过了今天的日照金山。"

"黑长直"开始内疚："那我真得好好感谢他，听说今天的日照金山是这个月唯一一次。"

成州平这一路帮了她很多，小松想借鉴一下"黑长直"表达感谢的办法，于是翻过身，面朝"黑长直"问："你打算怎么谢他？"

"黑长直"意味深长地看了她一眼："男人比你想的简单，也比你想的更坏，让他们满足很容易。"

小松听她这么说，又觉得没劲了。她期待日久生情的感情，两个人只有在长久的相处中才能真正触及彼此的全部，这种靠下半身联结的关系是对生命的一种亵渎。

她问"黑长直"："为什么一定要满足他们呢？"

"黑长直"笑着摇头："你没谈过男朋友吧。"

小松："这和我们在说的事有关系？"

"黑长直"："小妹妹，不要对感情抱有过高的期待，男人心眼都一样脏，你那位也不例外。"

小松不喜欢聊感情的事，明明是很简单的事，却被这些人说成很复杂的样子。她说："我累了，要睡觉了，晚安。"

成州平是在小松睡着之后才回来的。他跑遍了整个德钦都没有找到开着的餐厅，最后开车回了青旅，借青旅的厨房煮了一碗粥。

他提着保温桶回到医院，急诊病房灯火明亮，小松蒙着头睡了。

邻床的"黑长直"正在举着手机自拍，看到成州平，她说："帅哥，一起拍张照吧。"

成州平躲开她的镜头："不行。"他不能留下任何影像。

"黑长直"无奈地说："行吧。"

成州平说："你也没吃东西吧，我带了粥，你也吃点儿。"

"黑长直"的两个朋友把她丢在医院，自己去别的地方浪了，反倒是这个陌生人还惦记着她。她的吊瓶已经光了，护士来给她拔了针头。成州平从饮水机旁边拿了个纸杯，把粥倒在杯子里，送到她这里。

"黑长直"双手握着盛满粥的纸杯，这种人和人之间最简单的温暖让她放弃了要和对方暧昧的念头。这种男人，可以和他认真。她歪头，却看见男人站在邻床女孩旁边，把女孩蒙着头的被子往下拉，露出女孩被捂得通红的脸。

"黑长直"问："你跟这妹妹是什么关系啊？"

成州平说："在路上认识的。"

"黑长直"努努嘴："那你对她真好。"

成州平忽然回头看向"黑长直"："是吗？"

"黑长直"说："你对她很细心，也很有耐心，一般男人都没你这样的耐心。"

成州平很清楚自己是哪一种男人，他不需要去搭讪、讨好异性，因为她们会主动找上他，对于异性的追逐，他不拒绝，也不接受。他对这个女孩的照顾是前所未有的，然而这都是因为他并未将她划分在异性这一大类中。"黑长直"的话提醒了他，虽然对方是李长青的女儿，却也是个异性。

成州平说："我明早过来接她，她醒了，麻烦你提醒她喝粥。"

"黑长直"见他对那个女孩过于上心，不是滋味地说："我不用睡觉吗？"

成州平嘴巴抿了抿，说："是我没考虑好。"他转身去找护士借纸笔，正好科室有便利贴，他在便利贴上写道："醒来喝粥。"

"黑长直"觉得这男的真是莫名其妙，又不是没有手机，发个信息的事，他非用这么麻烦的方式。

成州平把黄色便利贴贴在不锈钢保温桶上，放在小松床头。时间不早了，他懒得再奔波，就直接在车里睡了。

第二天早上八点，成州平去病房里接小松，看到她坐在病床上和"黑长直"两人以吊瓶为背景进行自拍。

"黑长直"很会做表情、摆动作，相比之下，小松就只会剪刀手。

"哎，人家来接你了。""黑长直"肩膀撑了撑小松。

小松看到成州平，立马挺直腰，指着空了的保温桶："粥我全喝完啦。"

成州平拿起保温桶："没有不舒服的话，现在就回去。"

小松问"黑长直"："你要不要和我们一起走啊？"

"黑长直"说："我们今天要离开德钦了，下一站去香格里拉，我的朋友租车来接我。"

小松说："那你注意安全。"

"黑长直"说："你们也是。"

输了液，喝了粥，小松的精力甚至比昨天还好。

她套上深绿色的运动外套，朝"黑长直"挥手告别。成州平走在她后面，看着她边走边熟练地扎头发。她的头发不算很长，微卷，浓密细软，扎马尾的时候显得朝气蓬勃。

小松打开车门，上了车，想起成州平从昨夜开始就在照顾自己，也不知道有没有吃早饭。她说："你吃早点了吗？"

成州平说："待会儿就该吃午饭了。"

这就是没吃的意思。小松说："我好像还有点儿饿，我们去县里找个地方吃早点吧。"

成州平不难发现她在关照自己。车刚起步，就看到一个冒着热气的早点铺，他把车停在路边："就在这里吧。"

早点铺的热气来源是馒头蒸屉，他们进了铺子，成州平直接坐到最里的一张桌子旁，小松说："我请客，你吃什么？"

成州平说："酥油茶和青稞饼。"

转眼小松已经去和老板交谈了："老板，我要两份酥油茶，一份青稞饼。"

酥油茶和青稞饼是这里的特色,这两天吃牦牛火锅都是就青稞饼,唯独酥油茶小松还没有品尝过。

老板先上了饼,然后上了酥油茶,酥油茶不断往外冒着热气。小松戴着眼镜,酥油茶的热气呼到她眼镜片上,白雾挡住了她的视线。模糊中,她看到成州平端起酥油茶碗,轻轻吹了一下。

来到德钦的人都是为了瞥一眼日照金山,因此他们会选择住在飞来寺。相比人来人往的飞来寺,德钦县城显得异常安静。

小松擦掉眼镜片上的白雾,低头喝了口酥油茶,刚擦干净的镜片又起了雾。

她一口气喝了半碗,胃又热又撑,她实在喝不下去了。

见她放下碗,成州平问:"不习惯味道吗?"

小松摇头说:"我喝不下了。"

成州平说:"那就别喝了。"

不喝完的话很可惜。小松从骨子里厌恶有始无终,不想放弃剩下的这半碗。"要不然,"她抬起脸看着成州平,"剩下的你帮我喝吧?"

成州平也缓缓地抬起头,深黑色的眼睛看着小松的脸。她没有特别的表情,戴眼镜的缘故,眼睛不似平时清澈。

经过这两天的相处,成州平知道她是个很聪明的女孩子,尤其她的情商很高,大脑里好像有一套强大的程序,指导她熟稔地应对各个场合,什么样的情况该说什么样的话。对于他们之间的往来,她也很好地把握着尺度。她说出这句话绝对不是因为她头脑发热,一时快语,也许,她在试探他的底线。

成州平捏住她面前酥油茶的碗沿,挪到自己面前:"好。"

小松说:"之前误会了你和丽娜的关系,对不起。"

成州平说:"说说看,误会我和她有什么关系了?"

小松倒也直白:"我以为你和她晚上一起锻炼了。"

成州平端起酥油茶,抿了一口:"我和她没发生什么,不过,你也没有误会我。"

## 03

早点铺只有小松和成州平两个顾客。老板也不管生意，搬着小板凳，坐在门口跟隔壁小超市的老板用藏语聊天。

成州平语气平淡地说："我没你想的那么好，我之所以没和那个女孩发生什么，只是因为不喜欢那一类。"

小松摘掉眼镜，将眼镜折叠，拿在手里，目光清澈而灵动："那你喜欢哪一类？"

她这么一问，成州平已经能百分百肯定这个女孩不是看上去的那样。不是说她不善良，也不是说她不单纯，而是在她开朗乐观的外表下隐藏了更多的秘密。

成州平的背向后靠去，离小松远了些，他说："懂事一点儿的。"

懂事的女孩，或者说女人，呼之即来，挥之即去，不抱怨，不要求，他需要这样一个异性陪伴在身边，支持他的生活。

何止成州平，是人都喜欢这种伴侣。

小松突然问："那你现在是单身吗？"

成州平说："有所谓吗？"当初他选择干这一行就知道自己没办法拥有一段稳定而牢固的感情，所以他对感情没有顾忌，也不会有期待。

成州平属于目标感很强的那一类人，考警校，成为优秀毕业生，进入警队，成为一名缉毒警察，前来云南……他所做的每一件事都在他为自己设定的轨道上。和前上司的女儿在这里谈感情，是他能够想起来的唯一一件脱轨的事。

小松回过神来，甚至不知道这个话题是怎么开启的。她伸了个懒腰，说："你是我爸的同事，我替他关心你而已。"

成州平说："我也是替你爸照顾你。"

小松眉眼弯起，笑着说："对，都是为了我爸。"

她轻松地给彼此解了围，成州平大口喝完酥油茶，站起来："走了。"

他先走到店铺外，掏出烟噙在嘴里，按了两下打火机，没有火。他转头问早点铺的老板借火,老板从口袋里掏出打火机递给他,他一手护着火,一手点烟。刚才那段对话让他精神有些疲惫,烟气过肺后,白雾徐徐升起。那浓浓的白雾顺着风向遮挡了他的侧脸。

小松从那片浓雾里经过,说道:"你抽得太凶了,现在你觉得没什么,等上了年纪,你的肺功能会比同龄人更快地衰弱。"

成州平指间夹着烟,抖了抖烟灰,他侧头淡淡地看着小松:"你真把我当你爸了吗?"

自从这一次见面后,小松没有见过成州平笑,但他的神情并不会让人感到疏远。也许正因为他没有笑容,这句轻佻的玩笑话才听起来不像冒犯。

小松说:"等你活到我爸的年纪再说吧。"

说完,她转头去超市买了包苏打饼干,结账的时候,看到柜台上摆着花花绿绿的打火机,于是拿了一个黄色的。苏打饼干五块,打火机一块,加起来才六块钱。

她出来的时候,成州平正好抽完烟。他熟悉了这里的路,车速比前几天快,不到二十分钟就回到了青旅。

青旅大厅里,一堆带着"长枪大炮"的摄影师坐在一起,分享今早拍到的日照金山。

其中有一个人说:"咱们真的是运气爆棚,来了两天,每天都能看到日照金山。"

另一个人说:"看这天气,明天还能看到,咱明天去拍延时吧。"

一伙人定了明天的行程,就上楼去了。

小松和成州平也上了楼,两人虽然走在一起,但没有交流,很难看出他们是同行的。到了二楼楼梯口,成州平双手插在裤子口袋里,他说:"今天是最后一晚,明天看不到就该走了。"

人心忙碌、拥挤,没人愿意为了那短短几分钟日出而一直停留,成州平就是这样的人。

小松说:"你有事就先走,反正我放暑假,我可以等。"

成州平说:"随你。"

他刚向前走了一步,小松便喊道:"等一下。"她从外套口袋里掏出一个明黄色的打火机,"给你。"

成州平看了眼那个躺在她掌纹上的打火机,犹豫一瞬后,把打火机从她的手心拿到自己手心:"谢了。"

小松说:"不用谢,顺手买的。"

虽然她说是顺手买的,而且这打火机真的很廉价,可是,在挑选颜色的时候她花了心思。红、黄、蓝、绿、白的打火机中,她一眼就看中了黄色,因为黄色和黑色是搭配对比最强烈,却也最和谐的颜色。

他们来的短短三天,青旅的旅客已经换了一拨。

昨天在医院过夜,医院的床铺很简陋,小松的脖子和四肢都有些僵硬,她在窗前阳光照耀的位置做了会儿拉伸。

中午她下楼,碰到青旅老板他们在围着火锅煮面条,老板娘招呼她一起吃。她正好想吃点儿清淡的,就和他们一起吃了。

吃饭的时候,大家聊着彼此身边发生的奇闻异事,热热闹闹地度过中午,老板娘送了小松两份用来泡脚的藏药包。

小松想今天是成州平在这里的最后一天,得对他好一点儿。她先上三楼去给成州平送藏药包,但她连成州平住哪间房都不知道。

在他们学校,找人的时候有个非常简单却靠谱的方法——喊。小松清了下嗓子:"成——"剩下两个字还没喊完,嘴巴便被别人的手紧紧封住。

小松当然以为对方是坏人,她手肘向后挥去,同时闻到了那股浓浓的烟草味。

成州平说:"你喊什么?找我什么事?"

小松抬起手中的藏药包,小臂摇晃着:"呜呜呜,呜呜。"

成州平松开手,放开小松:"我不用这个。"

小松问:"你怎么这么多事?"

成州平被她一句话给整语塞了,眼底闪过一丝错愕。

小松把藏药包往他怀里塞去:"我走了。"

成州平要是不接藏药包的话,它就要掉地上了。他的手把下坠的藏药包按在怀里:"明天早点儿去,四点二十在楼下见。"

小松比了个 OK 的手势。

凌晨四点二十是他们这几天约好的最早的时间，他们都准点来了。

小松凌晨四点十分起来，十分钟洗漱穿衣。到了楼下，凌晨的冷气袭来。成州平已经点好了早餐，他坐在靠窗一侧，面前放着两碗热腾腾的米线。

小松走过去："你起这么早啊。"

小松想要看到日照金山，她可以为此等待，而成州平不想错过今天的日照金山。据传看到日照金山的人一整年都会幸运。他不求别的，只求平安顺利地完成任务。今天凌晨老周给他发了短信，说韩金尧已经买了后天回国的机票，直飞昆明。

经过三天的相处，小松基本和成州平熟了。她这人对陌生人好奇，对熟人反倒没什么兴趣。

当然，成州平对她也不感兴趣。她是一个循规蹈矩的大学生，温室里一眼望到头的人生，这辈子做过的最叛逆的事也许就是这一趟旅行。

他们没有共同的生活圈，没有共同经历，所以也没有共同话题。

她自顾自吃完饭，确认手机电量充足后，问成州平："这几天的食宿费，还有昨天的住院费，多少钱？我没有你的微信，不能转你，你给我个付款码吧。"

成州平："不用给我了。"

小松说："那怎么行？我跟你非亲非故，不能花你的钱。"

成州平说："以前你爸也很照顾我，就当还他了。"

小松说："别总提我爸，他是他，我是我。"

成州平说："以后有机会你请回来。"

但凡说出"以后"两个字，在开口的瞬间就默认了没有以后。小松释然地笑了笑："反正你们男的都爱当冤大头，我就勉为其难接受了。"

成州平想，她见过几个男的，就这么说。

小松站起来，打了个哈欠。这会儿凌晨四点四十，其他旅客才陆续下楼准备吃早点。

清晨山里一点儿也不比冬天暖和，一出门就是大风，小松都被吹傻了，她瑟缩着脖子，跺着脚。

成州平问她:"你没有别的外套了吗?"

她身上穿着一件牛仔外套,已经是行李中最厚实的一件衣服了。她摇摇头:"没了。"她这趟旅程原本的目的地是长沙市,鬼知道最后她会来到这个距离长沙一千多公里的地方。

忽然她耳边传来拉链的滑动声,成州平将冲锋衣脱下来,披在了她身上。她被这件黑色冲锋衣和它上面的烟草味包裹着。

小松双手伸进冲锋衣宽大的袖子里,袖子空出半截,她伸不出手来。她举着两只空空的袖子,在空中比画:"帮我拉一下拉链。"

成州平一口气提起来,又空落落地落下来。他说:"你转过来。"

小松听他的话转身面向他,他低头捏住拉链,向上拉去。拉链滑动的声音莫名地清晰。

冲锋衣质地很硬,衣领立起来的部分戳着小松的脸蛋,成州平把戳着她脸颊的衣领往外扯了下,他突然意识到这动作有些越界,收回手,说:"你自己整理一下。"

小松下巴动啊动,把衣领往外推。

成州平说:"你先去观景台,我去买烟。"

小松说:"好,那我去占个视野好的位置。"

今天一出门,她就确定可以看到。因为天气好得没话说,这都看不到的话,那真是不走运。

小松为了让自己暖和一点儿,一路小跑到观景台。观景台的入口处有座红色房子,上面没挂"售票处"三个字,但开着一个窗口,她走到窗口前,探头过去问道:"这里买票吗?"

老大爷说:"对的,门票四十。"

小松问:"有学生票吗?"

老大爷说:"学生票二十。"

她和成州平两个人,一共六十块。之前青旅的老板娘提醒过她这里只收现金,她提前备好了零钱,她从裤子口袋里掏出六十块零钱,递进售票窗口。

老大爷又说:"学生证和身份证给我看一下。"

小松把学生证递出去,老大爷说:"还有一张呢?"

小松这一路也碰到了一些要看身份证件的景点,不过没想到这么小的景点也查得这么严格。她不知道成州平身份证的位置,私自拿人家身份证也很不礼貌,所以决定先和老大爷沟通:"我朋友在后面,他的身份证不知道在哪里,待会儿他来了给您看好不好?"

老大爷是个藏族人,会的普通话只有寥寥几句,压根儿没听懂她的话,他重复了自己的话:"身份证我看一下。"

老大爷非常强势,小松交涉失败。她想要不然在这里等会儿成州平。

这时,两个人从他身旁挤过来,火急火燎地购票,一个催促另一个:"快点儿,要日出了。"

对方这么一催,小松也有些心急。人都到观景台了,要是错过日出太可惜了。

她摸了摸成州平冲锋衣的口袋,哎——一个硬硬的东西,好像是皮夹。她的手从袖子里伸出来,放进口袋里,果然,是一个褐色牛皮皮夹!

成州平皮夹里的钱加起来不超过三百,有两张银行卡,身份证就在一个打开的透明夹层里。小松取出那张身份证,自然地扫了一眼。

这一眼让她呆立在原地,对身后排队的人的催促恍若未闻,身后排队的中年男人急着看日照金山,直接从她身边挤了过去。

小松立马把成州平的身份证放回皮夹里。更准确地说,她把刘锋的身份证放了回去。

那张身份证上的照片是成州平无疑,干练的短发,浓重的眉目,紧抿的嘴唇,可姓名那一行写的是"刘锋"二字。

她想,这就能解释和一年前相比成州平性格上翻天覆地的变化了。

## 第六章

### 第一次离别

**01**

小松退了票,回到观景台入口等待成州平。

清晨的寒冷让成州平也不禁瑟缩,他把手放在袖子里,抱着烟盒,大步走到观景台入口。

小松穿着他的冲锋衣,站在观景台门口,脚不断地跺地,嘴巴呼出白色的雾气。成州平走过去问她:"你怎么不进去?"

小松说:"我等你一起进去。"

"等待"和"一起"是两个很微妙的词,当这两个词用在一起的时候,产生了巨大的化学反应。成州平觉得自己的心好像被什么侵蚀了。

他们排到售票口,小松重新掏出自己的学生证递进窗口:"我要一张学生票。"

大清早全是拥来看日照金山的人,卖票的老大爷也分不清谁是谁,他收了钱,重新检查了小松的学生证,递来一张门票。

轮到成州平,大爷说:"身份证看一下。"

成州平这才想起自己的身份证在冲锋衣口袋里,对他来说,这已经是个巨大的错误了。他不知道小松有没有看到他的身份证,理论上讲,应该是没有。

成州平朝着小松抬了抬下巴:"我身份证在口袋里,你帮我拿一下。"

小松老老实实地掏出他的皮夹,递给他。

成州平接过皮夹,拿出身份证,递给卖票的大爷。

他收回身份证，把它放进皮夹的夹层里，折叠钱夹，递给小松。小松又把他的钱夹放回口袋里，拉上口袋拉链，说："小心不要掉出来丢了。"

成州平说："走吧，快日出了。"

掩盖在雪山前的云雾正在慢慢向两边散开。清晨的云雾不是白色的，残留着夜晚的颜色，介于灰紫色和深蓝色之间。

观景台最好的位置已经被一个三脚架占据了，只有边角的地方还有一点点空隙。成州平指着那里，跟小松说："你去那里。"

小松怕那一点儿空隙都被抢了，撒腿就跑，跑了两步，她忽然回头，问成州平："你不去吗？"

成州平说："我在这儿也能看见，你快去。"

小松："那我拍照片给你看。"

成州平点点头。

小松成功占据了观景台唯一所剩的空位，这时候，已经有一线橘粉色的光打亮了雪山的边缘，所有等待的人都满怀激动。

成州平往后走了走，退到一个视野更加广阔的地方，他把手机调成录像模式，横过来，对准那片连绵的雪山。他所在的位置，要想拍到雪山就不可避免地要把观景台前围观的人群也拍进去。

成州平左手插进裤兜，右手举着手机。

打在雪山上的那束光的面积越来越大，背景的天空从蓝黑色慢慢变成红色，金光从一座山峰扩散至所有的山峰上。

"看到了！"小松旁边的一个大哥兴奋地喊道。

周围的快门声咔嚓咔嚓，此起彼伏，小松却忘了拿出手机记录下这久等的一幕。

它太美了，云雾散开，雪山露出金色面容的那一刻，路途上的一切波折也好、变化也好、惊喜也好都变成了过去。

后来小松回想起来，她的人生好像也被这场日出划分成了两部分。这场日出成了另一个故事的开端。

她全神贯注地看着那片明亮的雪山，因为吹着风，眼睛甚至有些湿润。

日出的时刻很短暂，等日光全面照射，雪山颜色变为白色，日照金山就结束了。

游客都是赶早来看日照金山的，看完了日照金山，谁也不愿意再受冻，大部分人都回青旅或宾馆了，留在观景台的人很少。

小松这才想起自己还没来得及拍照，来这里这么多天，她还没有和这片雪山合照。

旁边一个爱摄影的大哥友好地问她："小姑娘，我帮你拍张照吧，我看你刚才都没拍照。"

小松立马点头："谢谢您！"

她把手机递给大哥。那大哥看起来是个老手，他很熟练地调整构图，构图没问题了，他对小松说："可以了，小姑娘，你笑一笑。"

小松对着镜头摆出一丝舒展的笑。

大哥说："真好。"

小松跑到大哥旁边，查看刚才的照片。现在日照金山结束，雪山已经变成了白色的，她穿着成州平的黑色冲锋衣，和洁白的雪山形成了巨大的反差。她很喜欢这种强烈的对比。

成州平正站在售票口前抽烟，双手无所谓地插着兜，远远地看着这一切。他们是一起来的，但是，她找别人给他拍照。

他的头向后仰去，目光中带着淡淡的蔑视。小女孩就是小女孩，陌生人一张照片就能把她骗走，要是哪天她被拐卖了，他一点儿也不会觉得奇怪。

小松爽朗地和给她拍照的大哥挥手告别，眼看观景台的人都走光了。

太阳升起，天气不再冷，她握着手机，脱下成州平的冲锋衣，边走边折叠好，挂在胳膊上，走到成州平面前把衣服还给他："谢谢你的衣服。"

成州平咬着烟："有什么好谢的。"

小松说："要回去吗？"

成州平说："你先回去吧，我在这里待一会儿。"

就算日照金山已经结束，仅仅是看着那片雪山，他的内心也前所未有

101

地平静。他一边穿衣服一边走到观景台围栏前。

小松没有走,她现在站着的位置不只可以看到雪山全貌,还可以看到十三座白塔。

白塔是藏族重要的宗教建筑,更是藏民的精神符号。

她举起手机,点开那个照相机的图标,想要拍下雪山和白塔的全景。但是当她看到屏幕里的画面后突然改变了心思。

她将手机焦距不断拉大,把手机竖起来,她的手机屏幕里是这样的画面:主峰卡瓦格博之下,穿着黑色冲锋衣的男人站在两座白塔之间。

小松按下快门,悄悄捕捉了这一画面。在男人转身之际,她把手机放回上衣口袋里,直白地看着对方在雪山下的侧影。

人的感知可以打破自然物理局限,当小松回忆这个地方的时候,让她印象最深刻的不是日照金山,而是在那座洗尽铅华的雪山下那个男人黑色的背影。

她很明白自己偷拍对方的举动已经越线了。那道她为自己画下的界线被她亲自破坏。

小松装作无事发生地走到白塔处,她从兜里掏出一个红色包装的巧克力,递给成州平。

成州平低头看了一眼,把它接了过来。刚抽完烟,再吃巧克力,他嘴里的滋味苦得一言难尽。

小松突然说:"你帮我拍张照吧。"

成州平没说好,也没说不好,他伸出手掌,示意小松把手机给他:"要什么样的?"

小松想了想,问成州平:"头发放下来会不会好一些?"

成州平说:"试试吧。"

她将圈着马尾的皮筋松开,用手梳了下头发。她的头发不算很长,刚刚披在肩膀上。因为一直扎着头发,她的头发有非常明显的卷曲,浓密松软,看上去有着勃勃生机。

她右手腕上戴着手表,左手腕上戴着这两天买的各种民族风的手环,没有放皮筋的空间。她把皮筋挂在手指上,手伸到自己和成州平中间的位置:"帮我照顾一下。"

成州平对她递皮筋的方式感到新奇,他也伸出一根手指,穿进那个简单的黑色皮筋里,将皮筋挂在自己的右手食指上。

小松收回手,完成这个交接仪式。

成州平把她的皮筋套到自己的手腕上,点开她手机上的相机图标。

小松的外形并不张扬,五官和身材十分协调,说不出哪儿好看,但放在一起就是看起来很舒服。

成州平把手机往下挪了挪,将她和雪山框在一起。

小松不知道为什么,忽然摆不出笑容了。她试着将嘴角扬起来,可她的心一直在狂跳,这个跳动幅度完全不正常。

成州平按快门的那一瞬间,她没有笑。

他说:"拍好了。"

小松:"这就拍好了?"

她跑到成州平面前,拿过手机,检查照片。

别说,他拍得还真的挺好哎。照片里她的头发被风吹着贴在脸上,根本看不清楚她有没有笑。但就是这样一张没有正脸,靠氛围和景色取胜的照片,成功俘获了她的心。

"你还挺会抓拍的。"小松赞扬。

成州平低头看着她凌乱的刘海:"过奖。"

小松低头看了下表,现在才早晨六点半。

按理说,他们看到日照金山就该离开这里了。小松想,他有更重要的事,而自己在这里停留的时间也已经远远超出最初的计划。小松仰起头,看着他的眼睛:"看到了日照金山,我们该离开了。"

成州平说:"九点出发吧,我去退房,你去收拾行李。"

小松说:"不用九点,我一个小时就能收拾好。"

成州平说:"那八点,我在楼下大厅等你。"

回到青旅,成州平上楼去收拾自己的行李。他这趟出门就带了两件换洗的T恤和四角内裤、一条长裤、一条短裤,还有身上这件冲锋衣。将这些东西随手一卷,往黑色袋子里一塞,几乎不占任何空间,重量也轻。对

103

他来说，最重要的是那部用来和老周联络的老式手机。

成州平拎着袋子下楼，去办理了退房。小松不比他慢多少，收拾完，她自己把行李箱提了下来。她看起来瘦，但力气其实很大，双手拎着行李箱下楼也不太费力。

成州平没想到她这么快下来，他看向朝自己走来的她，却想不出要说什么，于是拿出烟掩盖这片刻的失语。

老板娘见她要走了，对她说："麻烦给我们留个言吧，好多游客都写了。"

小松有些为难，她是个很典型的理科生，尽管有个做语文老师的母亲，可让她写点儿什么真的太为难了。盛情难却，她拔掉签字笔笔帽，硬着头皮憋出了四个字：后会有期。

成州平余光瞥见了那四个字。

他们出门的时候，老板娘招呼说："下次来记得还住我们家啊。"

成州平单手拎着小松的行李箱放进后备厢。小松回头看了眼这家青旅，跟出来送她的老板娘挥手告别，然后转身上车。

成州平问："接下来你打算去哪儿？"

小松说："来都来了，去丽江古城吧。"

成州平说："行，我可以送你到古城门口。"

小松决定了去丽江古城，立马在手机上订了古城里的民宿。她像煞有介事地说："这一趟真的多亏了你。"

因为成州平，她省下的车费和住宿费可以在丽江大手大脚地玩好几天。

成州平没回她的话，她转头看了眼他的侧脸，他的骨相很硬朗，现在又戴着墨镜，侧脸看上去非常冷酷。她自讨没趣，讪讪地转过身，看着窗外的德钦县城。

他们还没分道扬镳呢，他就开始装陌生人了。

小松察觉到自己在渴望对方的回应，他的沉默让她的内心产生了一些轻微的懊恼。这和他们来这里的时候完全不同，而这种变化的发生只用了一场日出的时间。

车开过德钦，早上十点多的时候，太阳开始升高。阳光照进车窗，高原上的紫外线非常强烈，小松从帆布包里找出防晒霜，是一个便携包装，只有巴掌大小。她挤了半手防晒霜，和泥一样涂在脸上，还问成州平："你要防晒霜吗？"

成州平说："不用。"

小松对别人的情绪很敏感，在她的世界里，大家不论是真是假，都会装出热情的样子。她能够肯定成州平现在是故意冷落她。

02

小松回忆了一下这两天发生的事，除了高反那天麻烦了一下他，她也没怎么做让他不爽的事吧。她把耳机插上手机，闭上眼，播放了一首狂躁的摇滚乐，杜绝自己热脸去贴冷屁股。

成州平突然停了车，小松睁开眼，看到前方的车停滞不前。

"出什么事了？"小松摘下耳机问。

成州平说："可能是追尾了。"

这趟旅行真是意外重重！

小松的后脑勺往靠背枕头上撞去，她深深地叹气。

她猜想，成州平现在铁定很想让她走。自从今天早晨她看到了他现在的身份证之后，就非常懊悔来这个地方。她感觉到自己打扰了他。

或是察觉到了小松的余光，成州平也朝她的脸上看过去，不看还好，一看就看到她脸颊上没有抹开的防晒霜，白白一团粘在脸上。

小松不知道成州平为什么突然看自己，她刚要扭头质问他的时候，他的手已经蹭上她的脸了。他的拇指在她脸颊上擦了两下，将防晒霜涂抹均匀。

忽略当下的具体情况，小松得出一个抽象的结论：他在摸她。

被他手蹭到的那块红得不堪入目。

小松屏住呼吸……他的手好像很有颗粒度……也就是说有点儿糙。

"成州……"小松深深地吸气，"平。"

105

防晒霜质地水润，抹在脸上凉凉的，成州平的手又很干燥，这种矛盾的感觉让小松内心复杂，他在干什么。

成州平给她涂匀了防晒霜，不动声色地抽了张纸巾擦掉自己手上沾上的防晒霜。

小松试着给他们之间这逾越的举动找个适当的理由："这个牌子的防晒霜质地不太好。"对，都是防晒霜的错，是防晒霜让他摸了她。

小松在高一的时候发现自己有一些精神洁癖。那时她和一个女孩关系很好，但转眼对方就去和别人说她是离异家庭，后来那个女孩若无其事地和她牵手，她觉得恶心极了。

在人际交往中，她一直都是主动的那个人，因为只有主动才能自己控制距离。

成州平摸了她，可事实是，她不觉得恶心，反而想让那只手在自己脸上停留更久。而且，因为成州平那张看起来沉稳、可靠的脸，他的触摸没有让她感到丝毫冒犯。最后她把这一切都归结于自己是个颜控。

其实对成州平来说，那个动作没有丝毫多余的含意，他只是纯属看不下去她脸上没有抹匀的防晒霜，就像看不惯墙上没抹平的泥子，如此而已。

短短几秒，小松的脑海里延展出各种故事来。

也许成州平就是那种喜欢拈花惹草逗弄小姑娘的人，前天他自己也坦白过，他把她当成那些可以逗弄的女孩了。如果是这样，那是挺恶心的。

小松认真想事情的时候就会眉头紧蹙，一副很严肃的样子。成州平问她："你没事吧？"

没事……就怪了。

她很较真，在这件事上必须有个结果出来，要不然这个举动就会成为扎在她心头的刺，她会一直惦记着。至于怎么问，这是门大学问。她要是问得太直接，气氛会非常尴尬，要是问得太委婉，成州平不一定能听明白。

"刚才，"小松盯着成州平，认真地说，"谢谢你帮我涂防晒霜，但是我不太习惯别人帮我做这些事，下次你看到我没涂好告诉我就行，不用亲力亲为。"

成州平的眼皮上下张合，打量了她一番。在他的视角下，小松更像某种小动物，可以被保护、逗弄，反正她的尖牙也咬不破你。别人对她的看法取决于她的年纪，而不是她这个人本身。

面对小松绞尽脑汁才想出的一番话，成州平也只是"嗯"了一声。

和成州平对话，小松好像一头扎进了冬天的河水里。

半天了，前面的车还没疏通，后面的车躁动不安地按着喇叭。成州平将车熄了火，胳膊肘放在车窗前，他下巴轻抬，下颌棱角分明。

太阳越升越高，小松开始口渴，她问成州平："你车上有水吗？"

成州平说："后座有个袋子，你自己找找。"

小松解开安全带，跪在车座上，上半身探向车后座，够着一个白色塑料袋，提到前排。

袋子里有一瓶矿泉水，还有几瓶啤酒。小松想成州平开车更累，把水留给他，她拿起一瓶啤酒，说："我喝这个。"

"这个越喝越渴……你别闹。"成州平说。

小松说："没事，我成年了。"

"李犹松！"成州平叫出她的名字。

小松的名字和她给人的印象很不相符，很少有人直接叫她名字。如果她没记错，这是在丽江机场重逢以来成州平第一次叫她。

成州平说："啤酒不但越喝越渴，还容易上厕所，你要是能在这山里找到厕所，算你厉害。"

小松晃了晃手里的啤酒瓶，里面的液体发出咣咣的声响，她笑盈盈地说："我跟你开玩笑的，你以为我真喝啊。"

成州平无语，他发现自己被这个小姑娘轻易地拿捏了，然而除了口头警告，他好像什么也做不了。真累啊，女孩这些细小的心思比大奸大恶更磨人。

小松露出一丝舒服的笑："我忍一忍，待会儿看到有卖水的地方，你停车，我下去买点儿水。"

成州平身体往小松的方向倾去，从她腿上放着的塑料袋里拿出矿泉水，拧开瓶盖送到她面前："喝吧。"

他的手掌盖住了矿泉水瓶的红色标签纸，小松从瓶子下方接过水，她不知道成州平还会不会喝这瓶水，所以喝的时候没有用嘴唇触碰瓶口。

没过多久，交警过来，拉走前方出事的车辆，路疏通以后，他们一路畅通无阻地回到丽江。

玉龙雪山是全国闻名的雪山景区，在丽江这座城市，可以清楚地看到玉龙雪山的细节。虽然玉龙雪山也很漂亮，可她已经见过日照金山了，再也没有其他景色能够打动她。

占据她内心的是另一桩事，她不想让成州平忘记自己。然而在无法用手机联系的情况下，好像别无他法。

作为一个优秀的理科生，当她察觉出自己有这样的念头之后就立即对它进行了分析。波伏瓦在《第二性》中提出："女性世界"从来都是被用来和男性世界做对照的。在长久的父权制度下，女性作为男性的从属而存在，她们的一切行为活动都围绕着男性，并且渴望以一种自我献祭的方式去帮助男人走出困境，从而得到男人独一无二的保护。

她想要成州平记住自己，并且和他建立长久的联系，本质是因为她自己被困住了，所以需要比他更强的人来解救她。只要她变强大了，这种等待着被保护的念头就会消失。

直到真正的分别前，小松都没有问成州平要联系方式，亦没有告诉成州平她看过了他的身份证。不过，出于礼貌，她做了另外一件事。

成州平把车停在古城外的广场旁，小松让他等一等。

成州平不知道这小姑娘又有什么新鲜念头，但也没法明确地拒绝她。人与人的交往不是界限分明的，黑与白之间含糊将就的地带才是大部分人所处的位置，成州平也在这里。

过了大约五分钟，小松提着一个庞大的购物袋走向他的面包车，她打开车门，站在外边把袋子放在副驾驶座上："我本来想买一箱水的，便利店没有整箱的，就拿了十来瓶。"

成州平看了眼塑料袋里那些红色塑料纸标签，说："多少钱？"

小松说："我又不是倒卖矿泉水，请你喝的，顺便感谢你这几天的照顾。"

成州平拉开车门走到后备厢处,把小松的行李箱提了出来:"我还有事,就不帮你把行李箱提到住的地方了。"古城里有小五的人,不能让他们看到自己和小松在一起。

小松笑道:"我年纪轻轻,有手有脚,不用你操心啦。"

旅游区最大的危险就是黑导游,但以小松的性格是不可能把自己交给黑导游的,成州平没什么担心的。

到了必须分别的时候,小松想以一句话结束这段短暂的同行。

最简单的,无非是说一句"成州平,再见"。只是这场旅行很精彩,小松不想如此敷衍地结束,她的脑海里忽然跳出一句话,她认为,这句话说出来显得有点儿矫情,但不说这句话她会后悔。

反正以后也是后会无期,小松决定还是说出这一句:"成州平,德钦在藏语里的意思是极乐太平,我们去了德钦,以后都会很好的。"

成州平干的这一行,职业性质决定了他人生的价值排序。贩毒的、吸毒的、缉毒的……哪个有好下场?所以很早之前他就做好了心理准备。李长青葬礼那天,除了小松,就他一个没动容的。那些给李长青哭丧的人,谁不是在哭自己?

他不相信去一趟德钦就会获得"极乐太平"。他对小松说:"现在社会治安还是可以的,只要以后别一个人乱跑,出不了大事。"

小松见他不像别人那样客套、领情,也不气馁。人是多种多样的,她尊重这种多样性,只要对方是真诚的。

她再次跟成州平招手:"我走了。"她不否认自己对这个人有了一些好感,但就像这一路碰到的很多人一样,这种相遇都是有始无终,因此她没有把这种好感放在心上。

广场上的游客你来我往,很快就把小松的身影从成州平的视线里擦除。他回到车里,点上烟,刚抽了一口,手机就响了。他左手从口袋里拿出手机,来电显示是"小五姐"。

成州平喉头滚了滚,接通电话。

电话一接通,小五就着急地说:"刘锋,你赶紧回来,闫哥这里出事了。"

## 03

成州平缓缓地吐出烟圈,车里都是廉价刺鼻的烟味。

小五在电话那头说:"韩金尧说了去泰国,结果昨晚突然来找闫哥,我今天早晨去闫哥家里,外面的路上停了一排黑色轿车,闫哥家被人控制了,我没能见到闫哥,现在很担心闫哥出事。老杨那里我也联系不到人,我实在不知道怎么办,你赶紧回来。"

成州平说:"你现在不要轻举妄动,咱们见面商量对策。"

小五点头说:"刘锋,你快一点儿来,现在只能靠你了。"

当小五叫出"刘锋"这个名字的时候,成州平朝车窗外看了一眼,车窗上贴着的太阳膜像给外面蒙上了一层黑灰色的滤镜,在攒动的游客里,他又看到了小松的身影。一个扎着辫子的男人帮她拎着行李箱,她从奶茶店方向朝那个男人小跑过去,递给对方一杯奶茶。

成州平挪开视线,挂挡,开车离开。

这个男人是小松订的民宿的老板,知道小松带着行李箱,特地出来帮她提李。

小松在和民宿老板的交谈中得知他以前是在某一线城市的大型国企工作,本身就是个文青,后来直接辞职来古城开民宿了。

民宿老板问小松:"你从哪儿来的?"

小松说:"德钦。"

民宿老板惊讶:"大家来这里都是古城、玉龙雪山、大理这样的路线,很少有直接去德钦的。你是去看日照金山吗?"

小松说:"嗯,听说七月份很难看到,但我去的时候碰到了两次日照金山。"

民宿老板说:"哟,那你这个小姑娘是挺有福气的。你不会一个人去的吧?"

小松被问住了。她知道成州平现在是在工作,陪她去德钦已经算违反纪律了。在她发现这件事后就决定对这次共同的旅行只字不提。

小松对老板说:"嗯,我自己去的,在青旅碰到好多人,都是自己去的。"

老板说:"你们这些小孩真胆大啊,不过回市里就安全了,但前提是你别往没人的地方跑啊。"

小松笑笑说:"不会的。"

因为原来订房的旅客不来了,老板给小松升级了房间,办完登记,老板帮小松把行李箱提了上去,又给了她一本马克笔手绘的旅游手册。

房间在四楼,属于这里比较高的楼层了,一进去就是一面巨大的落地窗,整个古城尽收眼底。相比德钦所在的横断山脉旷无人烟的壮观,古城处处花草,洋溢着亚热带独有的风情。

小松躺床上休息了一小时,起来后洗了个澡,头发吹到半干,换了身衣服就出去了。

民宿老板给她的这本手绘,地图上标记了古城里所有可以吃喝玩乐的地方,她去地图标记里最近的一家饭店吃了碗鸡汤米线,便开始走马观花地浏览。

她走了两条街,发现这里和其他地方的古城没有本质区别,开的店铺大同小异,看多了难免无聊,于是就朝着没人的巷子走去。她绕到河边,这会儿正好是日落的时候,阳光打在河面上,波光粼粼。河对岸有弹吉他卖唱的流浪歌手,唱得不算很好听。

小松刚在石板凳上坐下,她的姑姑李永青就打来电话:"玩够了没?"

小松说:"我在云南,想多玩几天。"

李永青说:"谢天谢地,今天你那状元高中同学给我打电话,说你突然不告而别,急死我了,我都没敢跟你妈妈说。"

小松好奇:"王加怎么有你电话?"

李永青说:"之前和他们学校办活动,恰好碰到了,就留了手机号。人家都知道隔三岔五给我打电话问候,要不是王加,我都不知道你现在人在云南。"

小松搓了搓手中的巧克力包装纸,说:"我来都来了,过两天还想去趟大理。"

李永青叹气:"你啊,还挺贪玩的。我大学同学在大理开民宿,我让他招呼你,你等他电话就好。"

小松说:"谢谢姑姑啦。"

李永青说:"你给我发发照片,我都好久没出去玩了。"

晚上她回到民宿,李永青的同学打来电话,帮她安排好接下来的行程。结束通话,她打开手机相册,翻看这几天的照片。

她选了几张在长沙和丽江拍的照片,给李永青发了过去。她特地没有挑选德钦的照片,她知道,如果把德钦的照片发过去,李永青一定会问她是和谁去的那里。她不想编造谎言,也不能实话实说,所以只能掩盖自己和成州平去看日照金山的事实。

小松把照片给李永青发完以后,点开放大自己在雪山下拍的照片。

比起别的女生,她不是很喜欢拍照,拍的也大多是风景照,照片里鲜少看到她自己。而在德钦的照片里几乎都有她的身影。

她的指尖灵敏地在手机屏幕上滑动,她的手机里一共有三张和雪山有关的照片。

第一张,是摄影大哥好心帮她拍的,很自然。第三张,是成州平帮她拍的,头发呼脸,看不清是她,但她喜欢。

夹杂在这两张照片中间的是她偷拍的成州平。她双指放大手机屏幕,成州平的脸也相对放大了。她不知道是不是自己的心理作用,成州平好像变帅了。她已经不大能够回忆起之前见他时的样貌,只记得他的花臂和笑起来邪里邪气的眼睛。

这次见面,他几乎一直穿短袖,但那条胳膊上除了几道刀疤,什么都没有了。而他眼里的邪气也消失了,取而代之的是一种更加漠然,也更为坚定的存在。

小松清理掉手机里的课件照片,又删掉在长沙游玩的照片,最后想了想,删掉了路人大哥帮她拍的照片。

她定好闹钟,洗漱完,不到十点就睡觉了。

成州平是晚上九点多到段萍的馆子的。

这会儿川菜馆还不到打烊时间，但店里已经没顾客了，段萍拿着抹布擦桌子，小五浓妆艳抹地坐在离柜台最近的一张桌子旁刷手机。见到成州平，小五立马站起来："怎么耽误这么久？"

成州平说："路上车胎坏了。闫哥那儿呢？有消息了吗？"

小五一提这个就烦躁："闫哥那小院里住了一群混混儿，我根本没法跟他们沟通。"

成州平好奇："韩金尧不是去泰国玩了吗？怎么突然来找闫哥了？"

小五没好气地说："我要是知道就不在这儿干着急了。这个韩金尧以前在闫哥面前就是一条狗，现在有出息了就反咬主人，真是小人得志。"

成州平掏出烟，递给小五一根："小五姐，明天我去闫哥家里一趟，见不到闫哥，我人就待在那儿不走。"

小五把鬈发撩到耳朵后面，一双化了烟熏妆的眼上下打量一番成州平："刘锋，韩金尧跟闫老板以前那些事，你不懂，能别掺和就别掺和了。我说句公道话，你人还年轻，没必要蹚这趟浑水。"

成州平拉开小五邻桌的板凳，坐下来，说："我没文凭，又有案底，上哪儿去都没人要我，既然闫哥把我从牢里拉出来，我就认定闫哥了。"

小五自己初中毕业就出来混社会了，多年和各路人打交道，见过太多衣冠楚楚，但只问利益不讲道义的人，成州平这番话让她很受感动。

小五对段萍说："萍姐，拿瓶啤酒来。"

段萍是个任劳任怨的女人，别人让她干什么她就干什么。她拿来一瓶啤酒、两个一次性塑料杯，要给他们开酒的时候，成州平站起来，从她手里拿过瓶起子："嫂子，我来就行。"

段萍说："那麻烦你了，刘锋。"

小五也说："嫂子，你先去休息吧，我跟刘锋喝几杯。"

段萍点点头："我给你们炒个下酒菜。"

小五把烟头碾灭在烟灰缸里，说："谢谢嫂子了。"

成州平开了啤酒，先给小五倒了一杯，然后再给自己倒。他先敬了小五一杯，问道："杨哥呢？他去哪儿了？"

小五说："杨源进一直跟韩金尧有联系，我怀疑，这次闫哥出事也跟他有关系。"

成州平挑眉:"我看闫哥平时挺信任他的。"

小五说:"还不是因为他是个男人?闫哥现在但凡手上有其他能用的人,也轮不到那个猪头。"

小五是个性情中人,这种性格好处是会为自己的朋友两肋插刀,坏处是容易感情用事,认定对方是朋友,喝了两杯酒一上头,就什么都往外说。

成州平从她这里了解了韩金尧当年的发家内幕,当年闫立军被指控故意伤害,韩金尧是证人,闫立军被判刑以后,他身边跟着的弟兄都和韩金尧断绝来往了,只有杨源进偷偷跟韩金尧交往,韩金尧当初拿到的货源就是杨源进提供的。

成州平吐了口烟圈,慢慢说:"那闫哥还能接受杨哥,是真的有容人之心。"

小五扑哧笑了:"你们年轻人,就是想法简单。闫哥不是容他,是忍他。"她杯子里的酒没了,成州平给她倒上,她朝成州平举杯,"刘锋,这杯我敬你,你是个有情有义的人,只要咱们熬过这次,我和闫哥肯定不会亏待你。"

成州平接了小五这杯酒,淡淡地说:"以后还要小五姐多照顾。"

小五忽然向后靠了靠,盯着他问:"刘锋,你这几天去哪儿了?"

成州平说:"我去了趟德钦。"

小五说:"自己去的?"

成州平高度紧张起来:"嗯,我还没去过那儿。小五姐,怎么了?"

小五笑得意味深长,朝成州平的手腕上努了努下巴:"这皮筋是谁的?"

女人对细节的敏感度快比得上专业警察了,成州平竟然忽视了自己手腕上还戴着小松的皮筋。这对他来说是不可容忍的失误。

小五低头掏烟,说:"就该趁着年轻多处几个对象。"

成州平没有意识到自己手腕上有女孩的皮筋和谈对象有什么必然联系。他若无其事地说:"路上碰到的,一起玩了几天。"

小五说:"那也行,图个开心嘛。不过姐提醒你,要是你现在有别的关系,被女朋友看到你手上戴着别的女人的皮筋,你就完了。"

成州平说:"谢谢小五姐提醒。"他本来并没有意识到皮筋的存在,小五这么一提,他便无法忽视手腕上那点儿重量。他把皮筋从手腕上取下来,放进冲锋衣口袋。

第二天,小松起床,头发被压乱,她懒得再整理头发,就想扎起来,但是翻遍所有的衣服口袋都没找到皮筋。她猛然想起,自己唯一的皮筋落在成州平那里了!

## 04

昨天晚上成州平和小五决定,第二天中午他直接去闫立军家里。

后来小五接到小男朋友的电话,打车先走了。成州平走的时候,段萍喊住他,从厨房里拿出一个保温盒:"这是我给闫哥炖的排骨,他就爱吃这口,你明天去看闫哥,帮我捎给他。"

成州平说:"知道了。"

段萍说:"刘锋,明天见到你闫哥,他要是没事,你能不能跟我说一声?"

成州平点头,说:"闫哥没事的话,我第一时间给你报信。"

段萍冲他露出一丝朴实的微笑:"谢谢你,刘锋。"

从段萍的川菜馆回到车里,成州平立马给老周打了电话。

老周听完,说:"刘队让你先别轻举妄动。刚从境外传来消息,说韩金尧这次去泰国,就跟几个泰商吃了顿饭。他直接杀到闫立军那儿,我们合理猜测,可能是闫立军跟泰国那边有联系,被韩金尧知道了。"

成州平说:"我已经答应小五明天去闫立军那里看一看。"

老周听他擅作主张,立马冒毛:"成州平!你在学校学什么了?谁教你私自行动了?韩金尧身边的人很有可能有武装,你小子别天真。"

成州平懒洋洋地说:"你怕什么?又不是你去。"

老周倒想,他能去就好了。他做这个所承受的压力一点儿不比成州平小,他要直接对成州平的安全负责。

老周还在组织语言,成州平先开口了:"从闫立军这里入手跟对人了,但他比咱们想象的狡猾,我几乎每天都跟闫立军见面,但这回要不是小五找我,我根本不知道他手头还有其他动作。要想完全取得他的信任,明天我必须亲自去。"

老周那些义正词严的话变成一声叹息:"我今晚就跟刘队汇报一下,你做事别冲动,三思而后行。"

"嗯,知道。"成州平已经开车上路了。

老周又问:"这四天你上哪儿野去了?"

成州平说:"没上哪儿啊,就在屋里打游戏。"

老周没有怀疑他的话,说:"你别老打游戏,有事没事多出去透透气,别进了贼窝,把自己给整成贼了。"

成州平说:"嗯。"

挂断电话,成州平删掉通话记录,然后开车回了自己住的出租屋。五百块一个月的平房,他和黄河两个人挤在一起,中间用一道帘子隔开。黄河睡的那侧地上放着一个电磁炉,电磁炉上架着一个锅,旁边是个电饭煲,这就是他们平时吃饭的家当。

成州平回去的时候黄河正在打手机游戏,听到他回来的动静,黄河从床上下来,兴奋地说:"锋哥,浪回来啦!"

成州平说:"嗯,明早我去趟闫哥家里,出门早,你睡里面吧。"

黄河声音还不像个成人,他问成州平:"锋哥,我能跟你一起去吗?"

成州平摇了摇头:"你睡你的懒觉,别跟着添麻烦了。"

黄河沮丧:"我还想有机会去拜访拜访闫哥呢。"

成州平脱了T恤,露出一身结实的肌肉,他走到屋子角落的黑帆布衣柜前,拉开衣柜,从里面找了一件白色背心换上,然后进了浴室洗澡。

浴室里没贴瓷砖,水从花洒淋到水泥地上,水流经的地方颜色明显深了一些。

成州平赤着上身,脖子上挂着毛巾出来。黄河正戴着头戴耳机,在床上跟人聊语音,成州平拉上两张床之间的帘子,打开台灯。

他拿起手机，翻了翻相册。他以前还会打游戏，现在这些全都戒了，刷手机无非看看新闻。但要想取得这些人的信任，他不能太脏，也不能太干净。在他的手机里必须存在一些可有可无的内容，比如照片。

他手机里的照片有风景照，还有一些车、球星和女人的照片。一个无所事事的混混儿，手机里也只有这些照片了。

他往上翻了翻手机相册，删掉几张发票照片。手机屏幕滑到最底下，是一段录像。他点开录像，整个日照金山的过程都被他记录下来了。他反复播放这段录像，随着一次次重播，云雾一次次散开，日光一次次照亮雪山，就好像看了许多遍不同的日照金山。

就在画面第三次自动播放的时候，成州平在画面里看到一个穿着黑色冲锋衣、扎着马尾的背影。他意识到自己录像的时候把小松给录进去了。和其他急着拍照与感叹的游客不同，她就站在那里安静地看着雪山日出。

成州平把进度条往回拉到小松出现前，重新按下播放键，确认了是她无疑。他没有丝毫犹豫，将这条录像删得彻彻底底。

他关掉手机，从床头随手拿了本体育杂志。他左手翻着杂志，右手套着一个黑色皮筋，皮筋随着他虎口的张合变得一会儿松一会儿紧。

成州平借着看杂志思考明天。但他对明天将要面临的一切莫名地自信。这种自信对他们来说是个好兆头，任何行动都是心态先行。你觉得你行，你未必行，你觉得不行，一定不行。

他将这种乐观归因于那个叫作德钦的地方，脑海里不禁回想起分别时那个女孩说的话："成州平，德钦在藏语里的意思是极乐太平，我们去了德钦，以后都会很好的。"

原本像无稽之谈，因为出自那个莽撞、冒失的家伙之口，竟变得可信起来。

…………

小松没了扎头发的皮筋，去楼下问民宿老板哪里有卖的，老板给她指了几家店铺，又给她介绍了附近几家做编发的店。来这里旅行的女孩子都喜欢做五颜六色的民族风情编发。

小松也不拍照，懒得去做什么编发。这会儿古城的多数商铺还没开门，她直接出了古城，对面有个商场，她进了商场，本来是打算买皮筋的，但看到一家理发店，她头脑一热，进了理发店的门。

小松把头发剪短了，短发显得她年纪更小。从理发店出来，她买了份当地的名小吃烤饵块当早餐，慢悠悠地转回了古城。

古城入口被人潮围得水泄不通，小松踮起脚向前张望时，前方传来一个着急忙慌的声音："有人休克了！快叫救护车！"

小松大一的时候学过急救培训，她灵活地蹿进人群里，发现一位老人倒在地上，不断地喘息。

旁边有人见小松过去，喊着说："已经喊救护车了，小姑娘，你别凑热闹。"

小松跪在地上，拉开老人的背包，在里面快速翻找，没找到任何药。她抬头大声问拿着手机等救护车的男人："他是突然倒下的，还是受了外物刺激？"

男人见她问，回想了一下，说："我刚才在旁边排队，我一直在大爷后面排着，发现他好像呼吸有点儿困难，然后就突然倒下了，要不是我在后面接着，就直接后脑勺着地了。"

老人没有随身带药，说明没有其他基础疾病。这里是高原，小松猜想是急性肺水肿，她喊道："有没有椅子？让他坐下来。"

她心里也没底，学校的急救培训只教了个基础，她只是个没有任何临床经验的大一学生，之所以猜测是急性肺水肿，是因为在来云南之前她用手机查过在高原可能会遇到的症状。急性肺水肿应该给患者采取双下肢低垂的姿势，以减少回心血量，从而减轻心脏的负担。

好在老人被扶着坐下以后没多久救护车就来了，小松问："他的家人呢？"

叫救护车的男人说："这老人好像是自己来的。"

小松做了个大胆的举动，她直接从老人包里翻他的手机和证件，发现老人居然是个华侨，包里的票都是单人份的，看来真的是一个人来的。她终于明白为什么成州平会担心她一个人旅游了，这要是出点儿什么意外，连个救命的人都没有。

她问护士："我能一起去吗？"

护士看了她一眼："你和这老人家一起的吗？"

小松想了想，摇摇头。

护士说："小姑娘，不是家属就别添乱了。"

小松只是想知道老人的结果是什么，但护士都这么说了，她也没办法。这时候，旁边一个斯文的男人悄悄拉了她一把，冲她摇摇头。

小松不懂他是什么意思，竖起眉毛。

那个男人说："你刚才的措施没错，120来了，把人交给医院就行。"

小松从对方的话里推测出对方的身份，问："你也是医生吗？"

男人点头说："你是医学生，大几？"

救护车已经开走了，排队进古城的人恢复了队伍。

小松说："我下学期大二。"

男人咋舌："你一个大一学生，还没接触专业知识，就敢上去急救？我们有几年临床经验的也不敢随便对人进行抢救。你有没有想过万一判断错了呢？"

小松不说话了。

男人又说："这次你侥幸判断对了，但你有没有想过，万一事后那老人没那么善良，他或者他的家人反咬你一口呢？"

小松讷讷地说："那也不能见死不救。"

男人说："你勇气可嘉，但社会经验太少了。今天碰到你也算有缘，我给你点儿过来人的经验，这些是你以后的老师和主任医师不可能告诉你的。医生是高危职业，能往后退一步就坚决不出头。"

小松笑笑说："大哥，谢谢你，我记住了。"

中午艳阳高照，热得人受不了，小松带了一份凉粉回了民宿。

成州平去闫立军家里的时候，穿了件夹克，以防万一，夹克夹层里放了把水果刀。

闫立军的院子外面停了一排黑轿车，门口没人守着，他按了下门铃，里面传来一个带着东北口音的男人的声音："你找谁？"

成州平说："我给闫哥送饭。"

没多久，铁门打开，院子里有七八个男人，都有明显的朝鲜族样貌特征，而非当地人，看来是韩金尧带来的人。

闫立军是个喜欢附庸风雅的人，他的院子是出狱后请人设计过的，结合了风水理论，挖了个池塘，池塘里养了许多名贵的金鱼。整个院子十分有格调，这几个男人鸠占鹊巢似的霸占了院子里的各个角落，院子被他们弄得乱糟糟的，还有一股闫立军最无法忍受的泡面味道。

刚才给成州平开门的东北男人穿着件黑背心，露出的两个膀子上全是文身。

东北男人看了眼成州平手上提着的保温盒，说："东西放下，赶紧走人。"

成州平说："我得亲手交给闫哥。"

东北男人不满道："你他妈听不懂人话啊？"

这些人都是打手，在他们警队内部针对不同类型的犯罪分子进行过人物画像，这种打手大多没什么脑子，要不是实在没别的谋生手段，也不至于干这个。他们就图两样，一是清闲，二是钱。

对付他们未必要来硬的，成州平从口袋里拿出钱夹，里面一共五百块，他掏出来递给东北男人。

那人从他手里抢过钱，给他使眼色："送完饭赶紧滚。"

成州平松了口气，提着保温盒上了二楼。二楼没人看管，而闫立军的活动范围也仅限二楼。

闫立军正坐在书房的摇椅上闭目养神，成州平记得在监狱的时候他也总是这样。

他叩了叩书房的门："闫哥。"

闫立军睁开眼，揉了揉太阳穴，戴上眼镜，看清楚来人，惊讶道："刘锋？"

成州平把保温盒放在闫立军的书桌上："嫂子给你炖的排骨，我出门前热了一下，闫哥，你趁热吃。"

闫立军活了六十年，什么大风大浪都经过了，他总结出一个定律，出一次事身边跟着的人就会少八成。人这物种天生带有劣性，同甘容易，共苦难。

　　刘锋没在这时候跑，他非常感动，当然，刘锋没跑还有一个可能——刘锋是故意接近他的。现在他身边什么都没了，所以刘锋一定不是对手派来的人。既然不是竞争对手，那只能是警察。

　　闫立军拉开书桌抽屉，拿出一个红木餐具盒，里面放着两双精致的红木筷子。他招呼成州平："刘锋，坐下一起吃。"

　　成州平来是为了确认闫立军还活着，并且向闫立军表"忠心"，仅此而已，他在这里待太久，如果等到韩金尧回来，就是自己往火坑里跳了。

　　成州平敏锐地意识到闫立军的意图，他在考验自己。

　　他自然地接过筷子，说："谢谢闫哥了。"

　　闫立军说："这几天你都去哪儿玩了？"

　　成州平已经告诉过小五自己去了德钦，没必要再瞒闫立军，他就说："路上认识了个女人，去德钦玩了几天。"

　　闫立军笑着说："你们这些年轻人啊。"他嚼了一块排骨，说，"还是阿萍炖得够入味，路上碰到什么女人都不重要，重要的还是愿意一直等你的那个，阿萍就是。"

　　成州平赔笑说："嫂子真的很担心你，让我一出去就给她报平安。"

　　闫立军没跟他聊韩金尧为什么突然软禁自己的事，只是谈这几天的天气和时事新闻。以前在监狱的时候，他也和成州平谈这些。

　　成州平眼看排骨吃完了，在这里待的时间越来越长，他听到楼下那几个人齐刷刷地叫了声"韩哥"，然后又是一阵骂人和砸东西的动静，他看了眼闫立军，闫立军说："把保温盒收一下，就说是你炖的，别提段萍的名字。"

　　成州平照着闫立军说的做了。他站起来，把保温盒的盖子扣上。

　　就在这时，黑洞洞的枪口对准了他的后脑勺。

# 第七章

开不了口的名字

## 01

韩金尧脾气暴躁,看到有人来给闫立军通风报信,当场掏出枪,对准对方。

成州平被吓得不轻,他双手举在耳朵两侧,做出投降的样子,缓缓地直起腰。

韩金尧一手举枪,说:"闫哥,你手下的狗还真他妈的忠心耿耿啊。"

闫立军坐在老板椅上,躬身拉开抽屉,从里面拿出一支雪茄,递给韩金尧:"这孩子也是好心来看我。"

韩金尧收了雪茄,同时把枪放下。

成州平深深地吸了口凉气,惊魂未定时,闫立军给他使眼色:"刘锋,给韩哥点烟。"

成州平接过闫立军递来的打火机,一个刚刚被枪指过后脑勺的人,一个刚刚死里逃生的人,现在应该有什么表现?他微微佝偻,手打战,打火机跟着他的动作晃来晃去。

韩金尧的三角眼抬了一下,瞥了他一眼。

成州平忽然把打火机朝他眼睛里撑去,出自条件反射,他去控制成州平的手,成州平趁机弓起腿在他的小腹上踹了一记,枪掉在地上,成州平从夹克夹层里掏出水果刀,对准他的眉心。

韩金尧骂了一声,这次轮到他双手举起,做出投降的姿势。

成州平的右脚一扫,把地上的枪踢到闫立军的桌子底下。

"闫哥,你上哪儿找的这种人?"

闫立军装出平静、友善的口吻："刘锋刚从牢里出来，不懂咱们的规矩。刘锋，跟你韩哥认错。"

成州平还没放下刀子，他对韩金尧说："让你手底下的人离开。"

韩金尧冷笑起来："现在我让他们全都上来，你试试打得过吗。"

成州平扬起下巴，说："那就让他们上来试试。"

韩金尧的目光越过成州平看向坐在椅子上抽雪茄的闫立军："闫哥，我是来跟你谈生意的，你的人是不是误会什么了？"

闫立军亲切地笑着说："谈生意坐下来谈，你说说，这样能不让人误会吗？"说罢，他给成州平使了个眼色，"叫韩哥。"

成州平收回刀，喊了声"韩哥"。

闫立军说："刘锋，你去外面守着，带上门。"

成州平点点头，照着闫立军的话做了。

闫立军和韩金尧谈了大概两个小时，里面时不时传来韩金尧的质问声。

两个小时后，楼梯口悬挂着的时钟指到一点的位置，韩金尧踹门出来，他斜着看了眼成州平，低声说："你给我等着。"

韩金尧嗒嗒嗒下了楼，成州平听到他砸东西的声音。门后，闫立军说："刘锋，你进来。"

"闫哥。"成州平走到闫立军的红木书桌前，玻璃烟灰缸里有半截还在燃烧的雪茄。

闫立军突然抄起烟灰缸朝他砸去："谁让你跟他动手了？做事一点儿也不考虑后果。"

成州平没躲，那烟灰缸直接砸到他的肩膀上，然后哐啷碎在地上。

成州平说："闫哥，你把我从牢里带出来，我就发誓不能让你受委屈，韩金尧他算老几？在你面前作威作福。"

闫立军平息了怒火，看了看他："刘锋，你这人能打，但太冲动行事了，以后做事稳着点儿，多想想一时痛快了会带来什么后果。"

成州平低头说："是。"

院子里一阵吵闹，成州平从窗户看下去，韩金尧带着他的人离开了：

123

"闫哥,他们走了。"

闫立军身体后仰,长舒了口气。他把手插进花白的头发里,说:"刘锋,闫哥不是对你生气,闫哥是把你当自己人才朝你发火的。"

成州平垂着头,没有说话。

闫立军说:"你帮我个忙,去把杨源进找来。"

成州平说:"是,闫哥。"

从闫立军院子里出来后,他走到车旁,发现自己的车门被砸凹陷了,想来是韩金尧的人干的。他回到车上,慌乱地从衣兜里摸到烟点上,深深地吸了几口烟,他才平静下来,开车离开闫立军的视线。

他把车开到了商业街,停在路边,拿下钥匙,侧身打开副驾驶座前的手套箱,从里面拿出一部手机。他快速拨通了老周的电话。

老周这会儿本来正准备开会,看到成州平的手机号,立马放下手里的事务,接通了电话:"喂?没出事吧?"

比起老周的着急,成州平异常冷静。他对着电话说:"韩金尧应该是有什么把柄在闫立军手上,在闫立军面前,韩金尧就是个纸老虎。"

老周恨恨地说:"看来把他关二十年还是太少了!"

成州平说:"一个好消息,杨源进之前一直在闫、韩两人之间两头吃好,这次之后,他在闫立军面前应该是废了,我会想办法把他顶下来。"

老周说:"你先别擅自行事,这事我要汇报给刘队再做决定。"

成州平说:"你们动作快点儿。"

得知成州平没事,老周松了好大一口气,他问:"最近生活上有困难吗?跟我说说,我想办法帮你解决。"

成州平说:"缺钱,能刷你的卡吗?"

"臭小子……"老周痛斥完,笑了几声,"该花钱的地方得花,别过得比贼还抠门。"

成州平想了想,说:"我能拿他们的钱吗?"

"一分也别想!"老周说,"你是去做任务的,不是去搞副业。"

"交警来了,我挂电话了。"成州平挂断电话,在交警带着罚单过来之前开车离开。

到了一个空旷的地方，他把手机电池拿出来，扔回手套箱里。这时，他的目光瞥到那里放着一张日照金山的宣传单。

成州平也不是个迷信的人，但此刻在他的脑海里不自觉地浮现出这样的念头：这次行动之所以安全进行，是因为他去了德钦。

成州平拿出宣传单，关上手套箱。他把宣传单揉成一团，打开车窗，手腕轻轻一抛，将揉成团的宣传单扔进了垃圾桶里。

他先开车去了修车的地方修复车门。修车行老板是个三十多岁的中年男人，看了眼面包车车门，说："你这是出车祸了吗？"

成州平："嗯，修好多少钱？"

老板说："这面积太大了，下来得一两千。"

成州平想了想，说："那不用了。"

老板说："对，你这车看起来挺旧的，没什么修的必要。"

成州平回了车里，给黄河打电话。

黄河正睡得蒙蒙眬眬，接到成州平的电话，迷糊地说："锋哥，啥事啊？"

成州平说："来活儿了，你现在去杨源进家门口等我。"

他们找杨源进没费多大工夫，首先，杨源进肯定不会躲在家里。成州平从杨源进小区的看门大爷那里得知，杨源进有个开酒吧的小情人，于是开车先去了酒吧一条街，开酒吧的女老板是少数，而且有杨源进当金库，对方肯定不会是合营。独营女老板，找几个人打听一下就出来了。

他们是在一家叫"月色"的酒吧里找到杨源进的，只是没想到这一肚子油肠的毒贩子还有点儿文艺心，彼时正在院里弹吉他。

成州平一把抢起他的吉他给砸了，见这架势，杨源进怕得出不了声。

他知道这个人是跟着闫立军从监狱里出来的狠角色，入狱罪名是故意伤人。他自认为是一名"儒商"，赔笑说："刘锋，你这是闹哪一出？我这吉他大几万块钱，你说砸就砸了。"

成州平给杨源进递了根烟："走吧，闫哥等你呢。"

他们把杨源进拉到闫立军家里时，阿姨正在院子里打扫，看到他们，说："闫老板在楼上。"

成州平让黄河推着杨源进上了二楼。闫立军穿着一身黑色套装，站在窗户前，听到动静，他转过身来，指尖夹着雪茄向杨源进走过去。

杨源进双手被黄河控制在身后，他强颜欢笑，说："闫哥，到底出啥事了？今天刘锋二话不说就砸了我的吉他，我现在都还蒙着。"

闫立军直接拿雪茄烟头的部分戳向杨源进的眼睛，书房里传来杨源进杀猪一样的惨叫，还有一些烧焦的味道。

闫立军问："你跟韩金尧来往，我能理解，大家都是做生意，谁跟钱过不去？但你想要两头吃好就得搞好平衡，你偏向其中一方，另一方就彻底翻脸，像现在这样，你看值吗？"

杨源进也不跟闫立军装了，咬牙切齿地说道："闫哥，要不是我给你牵线，你就连半斤货也拿不着，没货了谁养你全家？咱们好好说，你出来这一年，要不是我，你能住得起这么好的院子，养这么一堆好狗吗？"

闫立军阴冷地说："你倒提醒我了，刘锋，"他看向成州平，"把他给我处理了，以后他那一份算你的。"

所谓"处理"，就是让这个人彻底消失。

成州平说："闫哥，我认你是老大，但这事我真做不了，我不想再回牢里了，真不想了。"杀人犯法，这和他是什么身份、出于什么目的没有半点儿关系，这是底线问题，他不能做。

闫立军闭上眼，吐了一口气，他脑子里迅速分析了各种利弊关系，留着杨源进利大于弊。他俯下身，拍了拍杨源进的脸颊："闫哥今天留你一条命，但小杨你别忘了，你老爹老娘以前生病，哪一回不是我给你找关系送医院？你别让他们老人家担心了。韩金尧那里，你继续跟他做生意，在他那里吞多少给我吐多少。"

杨源进是正儿八经的大学生，他的父母是农民出身，大字不识一个，硬是供他上完了大学。他在大学期间，为了减轻家里负担，外出兼职的时候碰到了闫立军。

闫立军是草莽出身，身边都是些三教九流的人，杨源进是唯一的大学生。闫立军自己是初中毕业，对大学生有一定的高看，而杨源进的谈吐也的确和他身边以前的那些人不一样，后来他不论做什么，都把杨源进带在身边，对杨源进的了解不比其家人少。

闫立军拿他父母威胁，他只能服从。他抱住闫立军的大腿："闫哥，有什么事冲我来，我老爹老娘大字都不识一个，他们什么都不知道。"

闫立军像抚慰小狗一样拍了拍他的脑袋："你和小五几个都是我最亲近的人，你们跟我闫立军的第一天，我闫立军就把你们当亲兄弟姐妹看待。小杨，人要是吃里爬外，和狗有什么区别？"说完，他还向成州平投去一个寻求认可的眼神，"刘锋，你说是吧？"

成州平点点头，附和着说："闫哥，你说得对。"

这场闹剧最终以杨源进赔上一只眼睛的代价告终。成州平送杨源进去了医院，他整个右眼的眼球都被烧焦了，眼角膜严重受损，需要移植。

成州平让黄河留在医院看着杨源进，自己回去休息了。

他躺在床上那一刻，整个人都是虚的，他的后背出了一层冷汗，衣服紧紧贴在后背上。躺着休息了十几分钟，他边起身边脱衣服，走到卫生间，他把衣服顺手丢进洗衣机里，然后打开花洒，浇了自己一头凉水。

洗完澡他没擦身子，直接穿了件防水短袖，回床上躺着。他关床头灯的时候，看到灯座上放着的那个黑色皮筋。他将黑色皮筋撑在手上，左右打转。

他删掉了手机里日照金山的录像，扔掉了日照金山的宣传单，却唯独留着这个皮筋。明明知道他和皮筋的主人后会无期，可他还是留下了它，他想等任务结束也许可以把它归还给它的主人。

02

小松当天晚上还是不放心白天被120带走的老人。这种时候其实不该多管闲事，但她觉得自己去看人家未必会有好结果，而不去看的话，她自己良心会过意不去。

晚上吃了碗粉，她买了束鲜花，前往人民医院住院部。

最近是旅游旺季，也是医院最忙的时候，护士站的护士应接不暇，小松排了好半天队，才轮到她和护士搭话。

护士累得没心情维持和颜悦色，小松先递给她一块巧克力。

护士抬眼看她："什么事？"

小松说："今天有一位急性肺水肿的华侨老人，请问他住哪一间？"

护士对这个病人印象深刻，想都没想直接说："3002的四人间。"

小松微笑着说："谢谢你。"

护士："下一个。"

小松抱着花走到电梯口，瞧见电梯外排队的长龙，便转身去了楼梯间。到了三楼，往右边一拐就是3002。她环视一圈，在角落的床上发现了老人，老人正在挂水，看上去气色不错。

小松松了一口气。她抱着这么一大捧花，夸张地站在门口，十分引人注目。老人见着她，认出是白天给自己进行急救的小姑娘，朝她招了招手。

小松因为被对方认出来而欣喜，捧着花过去，说："您还记得我啊。"

老人说："怎么不记得你？要不是你，老头子我就一命呜呼了。"

小松说："救人一命胜造七级浮屠嘛。"

病房里的病人都笑了，邻床的一个大爷说："这小姑娘性格真好啊。"

小松把花放在床头，说："我就是来看您一眼，您没事的话，我就走了。"

老人说："你等等，让我孙子送你回去，大半夜的，小姑娘不要一个人跑。"

小松诧异道："您孙子和您一起来的？"

老人说："是我这个老家伙非要来云南旅游，他不放心就跟来了。"

小松问道："那他早晨怎么没和您在一起？"

老人端起水杯，喝了口水，说："他说不喜欢古城，我就自己跑出去了。"

小松心想，还能这样啊，正想着，一个英俊夺目的男人从病房外走进来。他出现的那一瞬，所有人的目光都集中在他身上，小松也不例外地被对方吸引了目光。

对方穿着一件非常简单的白衬衣，宽阔的肩膀上搭着一件黑外套，手里拿着一瓶矿泉水，整个人像在拍海报似的。

小松没出息地看愣了。他们学校不乏帅哥，但大学生的外表受制于金钱和阅历，野蛮而青涩。对方从头发丝到裤腿的褶子都透露着绝对成熟的品位。

男人走到老人的病床前，他看到小松，问老人："这小姑娘是谁？"

老人说："今早我出事，是这小姑娘给我进行急救的。蒋含光，对人家客气点儿。"

小松说："我就是举手之劳，其实自己当时心里也没底。"

蒋含光脸上挂着非常成熟而迷人的微笑："就算你心里没底，也救了我们家老人，不要谦虚。"

老人说："蒋含光，小姑娘不放心，特地来看我，天这么黑，你送人家回去。"

小松立马摆手说："不用了，我自己回去可以，这里离古城很近的，而且晚上古城很热闹，不会有安全问题的，你爷爷更需要你在身边照顾。"

蒋含光微笑着说："别跟我们家老人客气，你不放心我的话，我给你打车。"

对方长了一张可以让人放下戒备的脸，在绝对优秀的面相面前，小松终究还是不够坚定。她说："那好吧，老人家，您好好休息。风景一直在，什么时候都能看，身体只有一个，比什么都重要。"

老人家调侃道："这小姑娘说话还挺老成。"

蒋含光对小松说："走吧，送你。"

小松点点头，她跟老人挥挥手说再见，转身离开病房。

蒋含光符合"高大、英俊、绅士、体贴"这四个词里的每一个词，小松和他走在一起，感受到行人的注视，这种注视太能满足一个十九岁女孩的虚荣心了。

电梯依然没有空下来，他们走楼梯下楼。蒋含光走在前面，开口说：

129

"今天真的很感谢你。"

小松说："……你和你爷爷已经谢过很多次了,真的不用再说了。"

蒋含光说："你救的不只是我爷爷的命。你也看到了,他一把年纪了,根本不适合来海拔这么高的地方。非要过来是因为他以前在这里战斗过,对这里有特别的感情。后来他去了海外,这些年都没回过国,这次说什么都得来,我家里不放心让他一个人来,就勒令我停下工作,陪他一起过来。"

小松不解："那为什么今天他会独自去古城?"

她的问题非常犀利、直率。

蒋含光语塞了一瞬,说："我跟他老人家的生活作息不一样,起不来。"

蒋含光原以为这个小女孩会义正词严地批评自己,没想到她哈哈笑了起来："我早晨也起不来。"

小松笑起来的时候眼睛亮晶晶的,让人觉得很亲近。蒋含光问："我看你还是个学生,假期来旅游吗?"

小松说："嗯,你呢?"

蒋含光说："我们家在老人那一代就去了海外,先去了英国,父辈的时候去了瑞士定居,我是个药代,平时不用坐班,可以陪家人瞎跑。"

小松说："你在国外长大的话,普通话说得很好啊。"

蒋含光说："你也看到我们家老人了,他人在国外,但一直心系祖国,所以我们在家里一直都说普通话。"

转眼就到了医院门口,蒋含光拦下一辆出租车,他很绅士地帮小松打开车后座的门。等小松坐进去了,他又打开副驾驶的门,探身问司机说："师傅,去古城多少钱?"

司机师傅说："八块。"

蒋含光从口袋里掏出一堆零钱,找到一张十块的,递给司机。从医院去古城不到一公里,只有起步价。蒋含光微笑着对司机师傅说："司机师傅,麻烦您务必把我的救命恩人送回家。"

别说小松了,就连司机师傅都被蒋含光的魅力折服了。

小松大大方方地跟他挥手说再见。

司机师傅把小松放在古城门口，夜里的古城正是最热闹的时候，酒吧开始营业，几乎每家酒吧都人满为患。

小松这天剪了头发，救了人，去古城玩了一下午，晚上又探了病，她的精力耗尽，直接回了民宿。

民宿的院子里，老板和几个客人围在一起，大家围着一盏编织灯，弹着吉他轮流唱歌。小松回房后，洗了澡，趴在床上听着院子里的音乐声。来一次丽江，她算是彻彻底底明白了，自己这辈子跟文艺无缘。休息了大概半小时，她爬起来收拾行李。

第二天，李永青的朋友中午开车过来接她去大理，她早晨办了退房，把行李寄放在民宿前台，去街上买了些纪念品。

李永青的朋友夫妻俩一起来接她，他们到的时候刚好是中午，帮小松拿完行李，三人在古城外吃了腊排骨火锅。

这对开民宿的夫妇非常爽朗，吃饭的时候，老板娘兴致勃勃地跟小松介绍："你别看我们家这位是个大艺术家，当初上大学，追你姐追了四年，人家压根儿不知道。"

老板羞涩地说："你说这些干什么？"

老板娘非常健谈、和善，又觉得小松很像以前的自己，她们很聊得来。到了大理，也是她当导游带小松四处去逛。

除了大名鼎鼎的苍山、洱海，他们还去了几个没有任何商业化的原生态古镇。整个行程惬意、放松，小松离开的前一天下午，和夫妻两人坐在民宿的院子里逗猫玩。

老板娘伸了个大大的懒腰后，突然问小松："小松，你谈恋爱了吗？"

小松如实回答："没有。"

老板娘说："大学的时候要赶紧找啊，等你步入社会就会发现找个真正喜欢的人有多难了。"

小松揉着花猫软乎乎的肚皮，说："我就随缘啦。"

老板娘笑着说："该强求还是要强求，因为总有一天你会发现，感情是你唯一能强求来的事。"

这句话对小松的触动颇深，尤其在后来的日子里，她碰到越来越多的病人，有越来越多无能为力的时刻，再去品味这句话，发现它就是自己人生的预言。

下午她尝试了手磨咖啡、煮花茶，晚上对着月色下的洱海吃了顿烤肉，这段漫长的旅程正式落下帷幕。自此，她已经不记得这段旅程为何而开启。

她没有写日记的习惯，拍照是她唯一记录生活的方式。她晚上给李永青和龚琴分别发了几张照片，再习惯性地删掉这些已经发出去的照片。

在五花八门的照片中，她的眼睛好比相机的自动对焦系统，定格在那张日照金山的照片上。当然，还有照片里的男人。

她试图解释自己对这张照片的关注，也许只是因为这张照片无法与人分享，所以才格外独特。可就像现代医学可以解释人的大脑，却很难解释记忆一样，她最终没能为自己找到一个合适的理论。

更糟糕的是，在今夜的睡梦里，她梦到了成州平。

小松大半夜从梦里惊醒，狂灌了一瓶矿泉水。这梦未免也太真实了，还带着干燥、滚烫的触感。她梦到那天成州平帮她搽防晒霜的时候手没有离开，而是变成捧着她的脸，吻了上来。当然这个梦停止在了细节之前。

太可怕了。她双手拍向自己的脸颊，暗骂道："李犹松！你还要脸吗？"可她转念一想，这只是做梦，别人又不会知道她梦到了什么……她再转念一想，不能因为是做梦，就毫无底线。底线……难道她潜意识想要突破底线吗？

小松揉了揉头发，下床去了趟洗手间，洗了把脸，让自己冷静下来。

回到床上，她静静地回忆着这趟旅程中遇到的所有风景。但记忆永远只会保留最有意义的画面，她闭上眼睛，面前只有那片雪山。当然，还有雪山下的男人。

小松虽然不能解释这种现象，不过，她懂要怎么让自己早点儿摆脱这些念头入睡——与之共存。她接受了这个事实后，终于不再受脑海中念头的折磨，很快入睡。

第二天一大早，小松告别了民宿里的几只花猫，民宿老板开车送她去火车站。

出门前，老板娘再三嘱咐："你下了火车站，打正规出租车去机场，那些黑车司机说什么都别理会。"

小松笑道："我知道啦，等顺利到达机场，就给您打电话报平安！"

老板娘依依不舍地和她拥抱告别。

小松坐的是D字打头的动车，从大理去昆明，不到三个小时的路程像一场大型的民族风情演出，景色美不胜收。

旁边的座位上坐着一个抱着两个三四岁孩子的妇女，小松拿出薯片，和两个孩子一起分着吃。

小男孩不知道为什么闹腾起来，小女孩也跟着扭动，她一扭动，放在两个座位之间的果汁就全部洒在了小松的牛仔裤上。

妇女连忙跟小松道歉。小松说："没事的，我去洗手间清理一下就好。"

她从座椅上站起来，抱着书包前往两节车厢中间的洗手间。就在她走到本节车厢最后一排的时候，洗手间的门打开，一个穿着黑色冲锋衣的男人从里面走了出来。

就在几天前，那件黑色冲锋衣曾披在她身上，她怎么可能认不出！可她知道，她不能喊出那个名字来。

她嘴巴抿了抿，忽然间，那人回头了。他们之间没有任何遮挡，两个人的视线在这一刻毫无保留地落在对方身上。

成州平的目光一如既往，带着某种宿命般的深沉。他们看见了彼此。

03

那趟前往昆明的列车上，小松和成州平都没有开口叫彼此的名字。他们的对视只有短暂的一秒，甚至更短，然后成州平就转身回了自己的车厢，小松则是装作自然地走进了洗手间，专注地擦洗裤子上沾染的橙汁。

到了昆明，车门一开，旅客蜂拥而下，小松四处张望，没能在人海中再次看到成州平的身影。她的飞机在三个小时后起飞，她怕时间不够，匆忙拦了辆出租车，前往机场。

她先飞回家，在家待几天后再去学校。下了飞机，林广文和龚琴两个人并排站在接机口等她。她的行李箱上放着一个购物袋，里面都是带给他们的特产。

一上车，小松就开始分东西。

龚琴说："你这孩子，有什么回去再弄吧，在车上整什么，弄得乱七八糟的。"

小松说："我在挑给林叔的礼物，妈，你不会跟林叔同居了吧，这样的话，我倒是可以等回去了再分。"

"瞎说八道。"龚琴骂道。

林广文说："谢谢小松啊，要我说，还是女孩子贴心，我就一直想有个女儿。"

龚琴气道："你们俩这一个个，合着挤对我呢。"

小松在家待了一周，走之前，她独自去看了李长青，然后直接打车去了火车站。

她在李永青那里住了两天以后，就开始了大二的学习。

小松把在云南买的牛肉干发给室友，姚娜注意到她没给自己剩，问道："你不吃吗？"

小松说："我已经吃了好多天，再吃该吐啦。"

吴舒雅从床帏里露出头："你不是和宋泽去长沙了吗？怎么跑云南去了？"

小松已经不记得宋泽是谁了，想了半天，脑海里只能蹦跶出一只蟾蜍的形象来。她把牛肉干的包装袋揉成团，丢进垃圾桶里："路上意见不统一，就分开行动了。"

吴舒雅可不是那么好糊弄的人，而且小松的借口太过笼统了。她说："你老实交代啊，咱们可是睡同一间屋子的人，要真诚一点儿。"

小松抬起头看着吴舒雅，微笑着说："就是他路上和别的女生在一起啦，我觉得说出来有点儿伤自尊，就想隐瞒你们一下。"

吴舒雅本来是想听八卦的，没想到小松这么诚实，说出了真相，一时自己也过意不去，她语塞了几秒，然后高声说："不就是一个男的嘛，算个屁，下一个更好。"

姚娜也附和："对啊，你还愁找不到更好的啊。"

小松利落地说："随缘吧。"

她拎起衣柜门上挂着的白大褂和洗涤剂出门："我去洗衣服啦。"

洗衣室有专门洗白大褂的洗衣机，她把两件白大褂都丢了进去。这时两个邻寝室的女生走了进来，看到她打了声招呼，其中一个女生问："我们可能要在这里抽会儿烟，你不介意吧？"

小松笑着摇摇头："你们抽吧。"

另一个女生掏出烟的时候，问小松："你抽烟吗？"

小松说："谢谢你，我不抽烟。"

那女生也笑了笑，随后就点起了烟。她点烟的动作很生疏，吸烟也是轻轻一口，很慎重。

对涉世未深的人来说，烟草的味道好似是独立的象征，它是一种代表独特的符号。不论是初中还是高中，都有人叫她尝试过，她都没有心动。因为李长青烟瘾很重，她记得家里的厕所永远是乌烟瘴气的味道，所以她很反感烟草的味道。

和李长青他们抽的那种廉价烟不同，学生抽的烟口味很多，烟也更加精致。但他们不知道，不论吸进去的味道有多不一样，最后停留在他们身上的味道都是一样地糜烂。

小松清楚地记得，直到假期那趟旅途之前她还是很讨厌烟草的味道。可是现在，她竟也习惯沉浸在那种味道里，与之共生。而她更加清楚地知道这种转变的原因是什么。

大二的课程远比大一课程的专业度更强，难度陡然增加，许多学生被劝退在了晦涩难懂的专业术语面前，还有一些则是被劝退在了解剖实验这一步。

这学期第一堂课老师点名的时候，小松发现专业课教室里的人比上一学期少了。坐在她旁边的姚娜告诉她，有好几个同学转专业了。

医生这个职业，和小松填志愿之前理解的不一样。她大姨父是儿科医生，印象里她就没见过他几面，关于这个职业，她的了解来源主要是各种影视剧和小说。

艺术来源于生活，它的本质却是生活的对立面。小松一直觉得，艺术不过是残破包装包裹起来的精致糖球。它的外表可以是破损的，可内核必须是完美、对称、一丝不苟的。而被艺术剔除掉的繁复的琐事，才是一个医学生成为一名医生的道路上真正要面临的考验。

小松之所以报这个专业，有百分之九十是因为她的父亲。在她报考之前并不知道每年百万的医学生中，最终可以上临床成为一名医生的只有不到三万人。阻止她成为最后那三万人之一的可能是一个复杂的名词，可能是记不住的英语单词，可能是洗不干净的白大褂，可能是同学间的矛盾……

这堂课结束前，老师一改严肃的外表笑着跟他们说："咱们看看，毕业答辩的时候你们还有多少人。说了这么多，依然希望你们是毕业率最高的一届学生。"

这学期的重点是实验课。虽然课上老师已经放过很多遍视频了，但想到要亲手进行操作，学生们的心思五花八门。

实验课在下午，早晨小松去上体育课，回来发现吴舒雅一个人趴在桌子上闷闷不乐。

小松好心地问："你不舒服吗？"

吴舒雅突然哭了起来："实验室的兔子，我以前每天都去看它，我真的不知道要怎么下手。"

解剖动物是继晦涩难懂的专业术语后第二大必经关卡。

小松调侃："要不然咱们中午点麻辣兔头？"

"去死啊！李犹松，你有没有同情心啊！"吴舒雅朝她扔来一个小狗抱枕。

小松张开怀抱，接住抱枕，走到吴舒雅面前，拿那个小狗抱枕朝她的脑袋轻轻砸去："兔头算了，吃兔肉吧。"

吴舒雅感到一阵恶心。

小松换下运动服，去洗了把脸，回来后吴舒雅已经不在了。她点了外卖，等外卖的时候重新看了一遍老师课堂上放过的空气栓塞实验过程。她在脑海里画了一张流程图，关上视频，重新回忆了一遍这张流程图。

下午的实验课，老师让学生自由分组。

得益于他们学院严格的人才培养制度，平时这小小的实验都和期末成绩挂钩，比重还不小。虽然是自由分组，但大家都更倾向于去有男生在的组。

分组的时候，小松问吴舒雅："你要和我一组吗？"

吴舒雅摇摇头："咱俩一组，怕是都下不了手，这课要完蛋。"

这时班长抬手呼唤："我们组还缺一个，来个细心的，只限女生！"

吴舒雅立马喊道："我来！"

班长是个高大魁梧的男生，在实验课上十分抢手。

小松无奈地看了眼吴舒雅的背影，这时她看见对面的实验台有另一个小女生被排挤在外。小松开学以来还没怎么和这个女生说过话，她走到女生面前："你要跟我一组吗？"

女生有些为难地问："你敢下手吗？"

小松被问住了，她想，自己在这种课上之所以不受欢迎，是因为外表。用她自己的面相理论来解释，就是她长得太面善了。她对女生说："记住我们是在做实验就好，别想太多。"

最后她们两个和一个娘里娘气的男生、一个被宿舍的人边缘化的傻大姐、一个很少露面的富二代组成了一组。

实验还没开始，已经有女生开始哭了："太残忍了吧！"

另一个女生嘲笑："要不然换你上去。"

上了实验台，小松才真正意识到遗传的力量。李长青就是个顶大胆、心细的人，小松这点完全遗传了他，为小兔子注射、开胸都是她来的。

他们这组进行得很顺利，小松下手利索，兔子也乖。相反，其他组多多少少都出了些状况，在实验台上手忙脚乱，最后还得老师亲自收拾烂摊子。

实验结束，总结的时候，老师毫不吝啬地表扬了他们这一组。

等到这学期结束，这样的事也见怪不怪了。

小松寒假坐飞机回家，林广文和龚琴一大早就去了菜市场买菜。然后龚琴在家做饭，林广文开车来接她。

小松把手里拎着的商场购物袋交给林广文："林叔，前几天我和同学去逛商场，看到大卖场有打折的衣服，就给林志飞买了一件。"

林志飞是林广文的儿子，今年高二，对于林广文和龚琴的事，他十分反对。

林广文说："小松，你真的有心了。"

小松说："你把我妈照顾得那么好，我也不知道怎么谢你，只能给林志飞买点儿东西。"

回了家，小松才发现龚琴买了麻辣兔头。她惊奇地说："真是太阳打西边出来了，你敢吃兔头啦？"

李长青和龚琴没离婚的时候，有人报复李长青，往他们家门口扔死猫，龚琴被吓得以后就直接改吃素了。

龚琴笑眯眯地说："小飞喜欢吃这个，我们学校门口新开了一家，学生都在那儿买，我说我也买一点儿，让你们姐弟尝尝。"

小松说："买什么啊？我从实验室给你抓几只，回家自己做就行了。"

龚琴嗔道："你这孩子，像什么话！"

晚上小松没有和他们一起吃饭，她借口说同学聚会，离开了家。龚琴以为她谈对象了，偷偷摸摸的，只嘱咐了一句"注意安全"。

小松自己去商场看了部电影，回去的时候，林家父子已经离开。

家里收拾得很干净，而龚琴正敷着面膜看电视。听到小松回来的声音，她从沙发上坐起来："小松，妈有件事想和你商量。"

小松脱掉羽绒服，坐到沙发上，拿起一个橘子："什么事？"

"我和林老师在一起了，我们想……领证。"

中国父母很奇怪，明明是在追求自己人生的幸福，却好像犯错一样。

小松抱住龚琴，说："妈，我当然支持你。你跟林老师在一起之后状态越来越好，我都看在眼里。"

龚琴因为女儿的理解而感动,止不住哭泣起来。

小松不去评判龚琴是一个什么样的母亲,这是她生命的一部分,接受就好。她从抽纸盒里抽出一张纸巾,递给龚琴:"我觉得你和林老师早就该在一起了,你看咱们俩在这个小房子里住了这么久,起初是为了我上学方便,现在我上大学了,也想让你搬到宽敞一点儿的地方,住得舒心。"她缓了口气,拍拍龚琴的背,接着说,"妈,我想,要不然你把这房子给我,你去咱们在新区的新房子住吧。"

## 第八章

## 意外

### 01

那句要房子的话如果出自别人之口，龚琴能百分之百肯定对方居心叵测。她的哭声渐渐停止，泪眼望着自己的女儿，看到女儿柔和的面容，她为自己刚刚怀疑女儿的心理内疚不已。

因为小松同意了龚琴和林广文的事，这个新年是她们母女俩去林广文家里过的。一进家门，小松便问林广文："林老师，林志飞呢？"

林广文说："去他妈妈那里了。今天就咱们三口，你想吃什么随便点，林叔请客。"

小松点了一条红烧鱼、一份糖醋里脊，林广文都会做。

晚上九点多的时候，小松突然说："林老师，你先送我回家吧，今晚让我妈住你这儿吧。"

龚琴一个古板的语文老师，哪禁得起女儿这么说？她立马马脸红地怒道："李犹松！你还有没有底线了？"

小松调皮地笑道："你们两个年纪加起来八十多岁了，要什么底线！"

林广文耐心地跟龚琴说："小松也是好心，要不然，今晚你就留这儿跟我跨年得了。"

龚琴没磨过这两人，最后还是松口了。

小松回到家以后，先换了衣服，她把今天穿的那身红色衣裙扔进洗衣机里，洗完澡躺到床上，拿出手机，打通了老周的电话。

老周正在值班，亲戚都知道他职业的特殊性，过年的时候从不会给他打电话。接到小松的电话，他非常意外。

"周叔，新年好。"小松轻快的声音从听筒里传来。

老周说："小松啊，新年快乐，今年回家啦？"

小松说："嗯，我现在在家里。你呢？"

老周："我还在单位呢。小松啊，真的谢谢你，没想到你还惦记着我呢。"

小松说："这有什么啊，周叔，我带了些特产回来，明天寄到你们单位吧。"

老周这人就是个普普通通的中年男人，内心柔软得很，听到牺牲同事的女儿这么惦记他们，心里更加愧疚。他用手掌擦了把脸，说："小松啊……"

"对了，周叔，成州平还好吧？我爸出事的时候，他也挺照顾我的，帮我跟他转达一声新年快乐，哦，还有刘队。"

小松的话毫无破绽，听起来她对成州平的问候只是随口一带的关心。

听到成州平的名字，老周有两秒很明显的停顿："他也挺好，明天见到他，我就向他转达你的问候。"

结束通话，小松长长地松了一口气。她能够从老周的话里捕捉到一些关于成州平的蛛丝马迹。听到成州平的名字，老周虽然停顿了，但提起他，整体语气还是轻松的。

她嘴角不自觉地勾起，捂着被子笑了会儿，又把脑袋钻出来，打开手机上那张成州平的照片。

一来，成州平长得属于耐看那一类；二来，成州平的改变很大，而小松的审美也发生了变化。

她觉得自己对着照片发笑有点儿过于花痴，于是打开电脑放了一部压抑的片子，压了压心头的雀跃。

单位里，老周趁着泡面的工夫给成州平发了条短信，让他有时间给自己打个电话。

成州平拍了把邻座大哥的背，说："你们吃，我女人打电话查岗。"

邻座大哥爽利地说："你这婆娘不行啊，走的时候哥给你介绍几个朝

141

鲜族娘们儿。"

成州平笑着说："行啊。"

他回到车上拨通了老周的电话："你这会儿跟我联系，是想让我暴露，害死我吗？"

老周气道："你这浑蛋，反了你了。你要是跟什么跨国犯罪集团的人吃饭，我敢联系你？要是被这几个小学没毕业的混混儿给干趴下了，我看你也是活该。"

成州平就喜欢气老周，老周一动怒，他语气又平稳了："是不是有新的安排了？"

老周说："计划照旧，白山这帮杂碎咱不管，目标只有韩金尧和闫立军。跟你联系，是想着今天过年，怕你在东北被大黑熊抓走，问候一下。"

成州平淡淡地说："谢了。"

老周说："刘队今晚出外勤，我值班，咱队里没人过年。要不是老李女儿刚刚给我打电话拜年，提起你，我压根儿想不起咱队里还有你这号人。"

成州平知道老周是刀子嘴豆腐心，说话喜欢反着来。

这半年成州平去了昆明，其间发生了很多事，光是暗缴的毒品就能养活一窝毒贩了，每天各种大事发生，他以为自己已经忘掉那个小姑娘了。因为那场意外的德钦之旅，他想起李犹松的时候，不再是前领导的女儿，而是一个活灵活现的形象。

成州平可不能告诉老周自己在任务途中带小姑娘去玩了几天，他尽量淡漠地说："李犹松对吧？她怎么样了？李哥葬礼以后就没见过她了。"

老周说："人家小姑娘比咱们一群大老爷们儿乐观，学校也好，专业也好。按理说，逢年过节是该慰问一下家属，我每次都不记事，都是人家姑娘主动跟我问好。"

成州平这人脑子转得特别快，不但如此，对各种人的小心思也非常敏感。他很快就推断出来，今天小松打给老周的电话是特地提起自己的。

很显然，她的目的达成了。成州平抬眉望着不远处那个被大雪覆盖的平房，叩了下打火机，对老周说："老周，新年快乐。我挂了，再不回去待会儿不好解释,帮我跟李哥的女儿也说一声新年快乐,好好学习。"

他在车里抽完了一根烟,然后裹紧羽绒服,踩着雪回到屋子里。屋里几个大汉喝高了,模仿着电视里的春晚小品。

成州平往桌子上放了一沓红票子:"跟你们做生意我放心,尾款先给你们,明天我来拉货。"

酒、色、钱、权,很多人都逃不开这四样的诱惑。

这几人见成州平够爽快,其中带头那个立马说:"你这朋友我认了,以后有新货,第一时间通知你。"

韩金尧从缅北进货到境内东北,再出口到东北亚,质量不合格的,则在境内分销给个体贩子。闫立军想东山再起,但只有销路,没有货源,所以他想了个歪招:拿韩金尧的货抢韩金尧的市场,让成州平从东北这些个体户手里采购。

成州平是在开车回招待所的路上跨年的,而此时老周正在单位吃着已经凉了的泡面。这个新年,如果不是小松的那通电话,老周不会收到新年祝福,成州平更加不会。

小松回学校之前和老周见了一面,他们一起去看了李长青。

在这之后,整整一年小松都没有回来。

大二下学期结束后的暑假,李永青的女儿在国外结婚,她去参加婚礼,回来没几天就开学了。大三上半学期课程结束后,她开始去医院见习,此后基本就没离开医院了。

第一次进入病房,她和别的学生一样茫然无措,甚至更甚。她各方面都像李长青,身体素质这方面更是,从小到大几乎没生过大病,也没进过医院——除了在德钦的那次高反。

一学期见习结束,她才算真正理解了医院的工作流程。那种翻手"救死扶伤",覆手"SCI(科学引文索引)"的桥段,对他们这些底层见习生来说远比天方夜谭,更迫在眉睫的是保研。

大三的这个暑假是保研上岸的第一枪,各院校的夏令营报名通知都已经发出,从医院返校后,学院一半的学生在忙着准备文书,剩下那一半学生要么准备补考,要么准备出国。

时间对他们来说格外珍贵，就在这迫在眉睫的时候，导员把本级的学生叫在一起开了次会。

他们学院和云南的医院在今年年初试行点对点帮扶，假期需要大批的学生前往云南各县镇的医院做志愿者。

导员说："这是一个很难得的补学分的机会，选修学分没够的同学要抓紧这次机会。有要报名的同学，直接在咱们学院的志愿系统上报名提交。"

他们学院保研率极高，可以拼保研的关键时刻，很少有人愿意把时间浪费在这种实习上。还是那句话，不是每个进了医学院的人最后都会选择临床。

小松回去当天就报名了。一来，她的成绩非常稳定，不会为保研而焦虑；二来，她对云南那个地方有特别的情愫。那趟旅途，她一路上碰到的都是好人，这是个深入了解当地的机会。

得知小松报名了这次志愿活动，宿舍几人都很吃惊，尤其是吴舒雅："你跑那地方受什么罪啊？"

趴在床头的小松给了一个无可挑剔的回答："咱们以后当医生肯定要面对不同的病人，所以我想见识不同的地域文化，学会和不同文化背景的病人打交道。"

"和病人打交道？你倒是精力旺盛。"吴舒雅夸张地说。

小松把耳机声音开到最大，完全听不到大家在说什么。她手指在笔记本电脑的触控板上滑动，电脑屏幕上的页面停在这次志愿活动的时间安排上。

在假期结束前，有一周的自由活动时间。小松想，可以利用那一周再去一次德钦，也许，可能，没准，万一，或许，有百分之一的概率可以遇到成州平。以前她也不知道自己是这么疯狂的人，这个决定刷新了她对自己的认知。

小松先后给龚琴、李永青、爷爷奶奶等人打电话，转告了自己的安排。李家因为有李长青这个先例，对小松的决定也并不意外。

爷爷给了小松一个电话，让她过去以后跟对方联系，好有个照应。

龚琴起初是觉得小松脑子里有坑，这么重要的假期，居然跑去山沟里支援。但山高皇帝远，她只能瞎着急。

考虑到假期基本都会在医院度过，小松只带了几件轻便休闲的衣服、笔记本电脑、两双换着穿的运动鞋。这些东西刚好塞满她的行李箱。

出发前，王加和宋泽那两只蟾蜍给她饯行，宋泽对小松心怀愧疚，吃饭的地儿让她随便挑。小松挑了一家人均一千五的日料店，宋泽哭着进去哭着出来。

宋泽"割肉"的时候，王加举起酒杯，对小松说："你自己出去，注意安全。"

小松没接她的酒："我喝不惯，你自己喝吧。你也是，看紧点儿宋泽，别让人给撬走了。"

王加像吞了苍蝇一样，做了半天表情管理，觉得自己完全心平气和了，才说："李犹松，你真不简单。"

小松笑嘻嘻地说："你第一天认识我啊。"

第二天一早，学院前往云南的志愿者队伍出发，坐了三个多小时的飞机，横跨几乎整个中国，抵达西南边陲的省会昆明。

接机口，接受他们援助的医院派来欢迎小组，拉着一个巨大的横幅，上面写着"白衣天使情"五个大字。

两方会面后，第一件事是拍大合照，在前往县镇的大巴上，带队老师念了科室分配名单。

虽说是前来支援的，但学生们还是怕辛苦，老师念名单的时候，都希望自己可以避开儿科和急诊。小松本来是随缘的态度，但在宣布急诊科名单的时候听到自己的名字，也不禁心一凉。

第一天，大家分宿舍、熟悉环境，一切还算正常，第二天的时候就赶鸭子上架一样被分去了各科室。

县镇医院和他们学校的附属医院差异实在太大了，首先就体现在流程上。一来，就医流程本来就不够透明；二来，患者的理解程度也相对较低，虽然门诊大楼里摆了好几台自助挂号机，但患者和家属根本不用，他们来医院的第一件事是先抓一个护士问话。

而且，这里的医院出奇地安静，就算是急诊科，也比他们学校附属医院最清闲的科室清静。造成这种现象的原因是医疗资源的不平衡，县城离昆明市里不远，病人一般都会选择直接挂昆明医院的号，而不是来县镇的医院。

待了三天，小松见过的最多的就是急腹症病人，直到第四天晚上，她才见着一个胃出血病人。

今天她上夜班，刚提着送给夜班医护的零食到了更衣室，带她的护士刘珍便催促："赶紧换衣服，来了个胃出血病人，你去观察一下。"

刚说完，另一个护士走进来，用方言说："最烦这些喝酒的。"

刘珍是个胖胖小小的三十岁女人，皱起眉的时候眉头的肉可爱地堆在一起，她问那个护士："家属呢？"

刚进来的护士说："胃出血的是个二十来岁的年轻小伙子，和这帮实习生差不多大，送他来的那男的也一身酒气，你们都注意点。"

刘珍点点头，对小松说："走吧。"

抢救室只有这一床病人，六七个实习生围在旁边观摩。

医生大喝一声："好家伙，吐了快两千毫升，赶紧给上止血针。"

刘珍去拿止血针，同时吩咐另一个护士："你快去准备容纳袋，他这情况可能还得往外吐，别吐地上了。"

刘珍回来后，实习生们观摩了医生给病人输液，其间，病人又吐了一次血。

医生问这群实习生："你们谁有和患者家属沟通的经验？去外面问一下患者家属病人有无其他疾病，平时生活状况好不好，顺便带家属去消化内科挂个号。"

实习生们面面相觑，都不太愿意和患者家属打交道。之前见习的时候，小松有几次跟患者家属沟通的经验，她主动站了出来："我去吧。"

刘珍和另一个护士相互看了一眼。医生说："行，那你去。"

小松出去前，刘珍拉住她，小声吩咐："跟患者家属沟通的时候表现得心急一点儿，动作也麻利点儿，要不然家属觉得医院不重视患者，会故意找你麻烦。"

小松点头说："我知道了。"

小松一到家属等候区，人傻了。人呢？整个等候区空空如也，座椅上连个人影都没有。

她清了清嗓子，喊道："胃出血病人的陪同！"

没人回她。她拉住一个护士，问："刚才送来胃出血病人的陪同呢？"

护士说："哦，好像去外面了，你去外面找找。"

小松心想，这也太不负责了。她跑到大楼外面，又大喊："急诊胃出血病人的陪同！"

灌木丛旁边，抽烟的身影缓缓转过身。

小松无法形容此刻的心情，任何表达震惊的词汇都不足以形容她此刻的心情。如果要让她用一个词去形容她一生中遇到的全部意外，她想，那个词一定是：成州平。

## 02

满身酒气的成州平抖抖烟灰，抬着下巴，走到小松身前的台阶下："怎么又是你？"

什么叫怎么又是她？

小松说："这话该我说才对，成……怎么又是你？"

成州平掐掉烟："你不是找胃出血患者的陪同吗？我是。"

小松顿时没话说了，她抿抿嘴巴，眼珠转悠一圈，说："你跟我进来，我们要了解患者情况。"

她的白大褂在夜色里反着光，像星空下雪山的颜色，不知是因为这一抹纯净而冷冽的白，还是酒精的作用，从成州平的心底生出了"他乡遇故知"的亲切感。

小松就算站在台阶上，也得抬头看着成州平。

现在距离他们在德钦的相遇已经过去了两年。这两年成州平身上发生了一些很显著的变化，她远远看着他的时候，就感受到一股漠视一切的劲。

她一直站在台阶上等成州平的回应，成州平半眯着眼："走啊。"

147

小松："哦，哦，你跟我来。"她边走边问，"你是病人什么人？"

"朋友。"

"他有其他疾病吗？"

"不知道。"

"他平时作息怎么样？"

"和我一样。"

"……"小松意识到他在耍自己。

她猛地停步转身，成州平抬头看着她："你怎么不问了？"

小松倒没有气急败坏，她没有看上去那么好欺负，很快整理好自己的心情，又问："那你的作息是什么样？"

成州平觉得就她这虎头虎脑的性格，今晚碰到的如果不是他，而是其他醉汉，现在指不定会出什么事呢。他把烟头扔进垃圾桶，加快步子往门诊大厅走，边走边说："他平时没有运动的习惯，没有吃早饭的习惯，晚睡晚起，作息很不规律，我和他认识好几年了，没见他生过病。今晚我们在跟人喝酒，他喝了二斤白酒就成这样了，还有其他要问的吗？"

小松："没……没有了。"

县镇的医院夜晚很安静，整个门诊大厅除了值班的医护，见不到其他人影。小松走到自助挂号机前："在急诊输完液，要转消化内科去看看，机子上可以直接挂号，你要是用不惯的话，我带你去人工那里挂号。"

"我会用这个。"成州平说。

小松侧开身："那你挂号吧，急诊病人的陪同最好不要乱跑。"

成州平上前一步走到自助挂号机前，一边在屏幕上点啊点，一边说："以后这种和患者家属交流的事，别往前面冲。如果今晚你遇到的不是我，而是另一个喝醉的人呢？"

小松心想，如果她不往前冲，又怎么会碰到他？不过，他怎么知道自己是来实习的？

她身体微微往前探去，往成州平眼里看去："你怎么知道我是实习生？"

成州平停下手里的动作，侧头看向她挺立的胸前。

"你往哪儿看呢？！"

成州平说："你的胸牌。"

是她的胸牌，不是她的胸。

小松："……快挂号吧。"

成州平扫了一眼她脸上后悔莫及的表情，扭头去完成挂号的操作。

挂号是件非常简单的事，但整个过程中，小松目不转睛地盯着他。

成州平很怕这种注视，以前在警校的时候，这种注视意味着他犯了错，而现在如果有人这样注视他，那可能就是身份暴露了。

小松的脑子不可自抑地想到了自己关于成州平的那个梦——他亲她的那个梦。

她目光不自觉就落到了成州平的嘴巴上。他的嘴角是下沉的，唇线很尖锐，不过他的嘴唇看上去有些干啊……没有涂唇膏的缘故吗？

"挂好了。然后呢？"成州平看向她的时候，不难发现对方正在看着自己的嘴巴。

小松清了清嗓子："你跟我来。"

成州平拿着挂号单，跟着她走到家属等候区。

小松好心地指了指第一排座椅："你先在这里坐着休息，之后会有护士出来让你交费的。"

成州平点点头，说："嗯，你去忙吧。"

小松朝他挥了挥手，然后小跑着回了抢救室，把了解到的病人情况告诉了医生。

这个病人的情况已经稳定下来，没有再吐血的迹象，病床边坐着两个实习生观察他的状况。刘珍拿着一堆单子递给小松："你让患者陪同去交一下费。"

小松清楚这不是自己一个实习生该干的工作，但因为她刚才出头了，所以刘珍把活儿推给了她。成州平说得对，如果今天晚上她遇到的不是他，而是另一个喝醉的人呢？

小松接过单子，夸张地说："刘姐，那个陪同看起来有点儿凶，喝得

149

比病人还多,刚刚我跟他沟通都快吓死了。你们见着了一定躲着点儿。"

刘珍尴尬地说:"你也注意一点儿。"

小松拿着单子,刚出抢救室,便看到走廊墙壁上靠着一个男人。急诊室的灯很亮,在明亮的光线下,他的疲惫无可遁逃。

小松压制了一下自己跃动的心情,递出缴费单,说:"这是缴费单,你看一下明细。"

成州平瞥了眼黄色的单子,并没有伸手去接。

小松说:"你拿着呀。"

成州平双手插在冲锋衣口袋里,靠在墙上的脑袋转向小松:"我不好相处,不接。"

小松知道他这是听到自己跟刘珍说的那些话了,她硬着头皮解释:"我说的是你凶,没说不好相处。"

他们在这里停留太久,被别人看见,势必会引起怀疑。成州平从小松手里抽过缴费单,冷冷地说:"我凶过你吗?"他手指夹着缴费单,走在医院冰冷的长廊里,发现身后一直有人跟着,他停下来,回头质问身后的小尾巴,"你跟着我干什么?"

小松说:"我怕你不知道在哪里交费。"

成州平被她的烂借口搞得哭笑不得:"所以你就跟在我屁股后面,要是我走错路了,就把我拉回去吗?"

小松说:"差不多吧。"

成州平说:"你带路吧。"

小松立马背着手小跑到成州平身前。

成州平从口袋里掏出手机,看了眼时间,现在是深夜零点五十八分。因为喝了酒,他比平时困得更早一些,可看着小松跑步的样子,堪称精神抖擞。

成州平看着那个背影,脚步越来越慢。两年前在机场遇到是巧合,那今天呢?也是巧合吗?两次巧合,那个可能不叫缘分,而是叫邪门。

交完费,成州平合上钱夹,转身问小松:"还有我要做的事吗?没了的话,我先回去了。"

医院在县城边缘地带，周围空空如也，这个时间很难打车。小松问他："你住哪儿？怎么回去？"

成州平被问住了。

他和黄河来这里是收货的，晚上和几个个体贩子在KTV喝酒，按照计划，晚上在KTV过夜，明早拿上货，直接回昆明。结果黄河这毛头小子一个劲给自己灌酒，灌出了胃出血。生意可能都泡汤了。生意……他居然为这种事发愁。

小松见他低头沉默，重新问了一遍："你怎么回去啊？"

成州平不是个体贴的男人，在和女人相处的时候，他绝不是温柔的类型。两年前的那趟旅途，他对这个女孩的照顾完全是因为李长青。

但时间在向前走。距离李长青去世已经三年了，他的影响已经减淡很多，而那趟旅途之后，成州平也没再把她当作李长青的女儿看待。没了这层身份滤镜的加持，成州平对她的态度也不必友好。

他语气颇为烦躁地说："你一个医院的实习生，问这么多干什么？"

"担心你出门被车撞，待会儿急救室又多来一个病人。"

"……"成州平嘴角一沉，说，"你现在有空吗？"

小松抬眉，眼睛带笑："嗯？"

成州平说："找个方便说话的地方。"

小松想了想，想来想去只有家属等候区。

"我先出去抽根烟。"

"医院禁烟。"

成州平被她说得一愣一愣的。她明明语气很好，甚至说话的时候眼里带着很善良的笑，但每句话都要堵死你的退路。而且，谁都没法对这样一张脸生气。

成州平暗自吸了口凉气，淡淡地说道："那直接回去吧。"

没必要非得回到家属等候区再说，他们回去的路上一直没碰到其他人。

成州平走在稍稍靠前的地方。小松并没有紧紧跟着他，而是刻意与他保持了差不多一米的距离。她观察着他走路的方式，发现他走的不是直线，

151

而且动作有点儿慢，和他平时不一样——

她惊讶地发现，自己清楚地记得两年前那趟旅途的每一个细节。

成州平是个很有精气神的人，这次见到他，她觉得他有些萎靡。她问："你是不是不舒服？"

成州平昨晚睡了三个小时，今天白天开了八小时车，晚上喝得不比黄河少，全靠身体那点儿底子撑着。他摇头说："我没事。"

回到等候区的时候，成州平已经想明白了，有些事没有必要说得很清楚，打发人这件事，他还算擅长。

正当他要开口的时候，小松忽然说："你现在，还是刘锋？"

成州平愣了一刻，没想到她知道了。毫无疑问，她肯定是在德钦的那场旅途中得知的，可具体是什么时候，他的哪一个举动出卖了自己，他却想不起来了。当从她口中说出"刘锋"这个名字的时候，他已经造成重大失误了。

他轻声"嗯"了下，说："我叫刘锋。"

小松双手插在白大褂口袋里，大步上前，走到成州平前边，看上去好像是她在给他带路："我叫李犹松，假期来这里的医院实习，假期结束就回学校了。你呢？你做什么职业？方便留个手机号吗？"

她重新自我介绍，成州平听完，有些无奈。不，是很无奈。这话他接也不是，不接也不是。

小松察觉到了对方的压力，又说："你不方便说也行，我可以去问你的朋友。"

成州平果断地警告："你别和他接触。"

"我只是个实习生，医生和护士们让我干什么我就得干什么，没有自主权利哦。"

"我们明天就离开了。"

"你朋友的情况看起来明天是走不了的。明天他转消化内科，得好好检查一下。不能因为他喝了酒，就觉得他是因为喝酒引起的胃出血，万一是胃癌呢？"小松的口吻比她的样貌和年纪都要成熟。

成州平说："那就让他自己待在这儿。"

不管对方是不是成州平，小松和其他医护一样，最害怕没有人管的病人。她说："不能这么不厚道吧。"

成州平声音冷淡："我就是这种人。"

说话间已经到了等候区，成州平扶着椅背站着："我劝告你一句，不要自找麻烦。"

"我很机灵的，而且，我不觉得你是麻烦。"

成州平没见过这样的女孩，或者说女的。非要他说小松这种人像谁，他只能想到闫立军，都是笑着说狠话，让人想跟她翻脸都找不到机会。

成州平的脸色冰冷到极点。

两年前那趟旅途，小松没见他笑过。他是个看上去就拒人于千里之外的男人，总是冷着一张脸，但她还是能够察觉到，他现在不仅是冷淡，而且生气了。

如她所说，她是个机灵的人，知道什么时候该放，什么时候该收："你如果没有地方去的话，晚上可以躺在椅子上睡觉，明天一早医院门口就能打着车了。"

成州平已经不耐烦了，他低头拉开冲锋衣拉链，往椅子上一躺，用冲锋衣盖住头："知道了。"

小松看着这个被冲锋衣包裹的不明物体，再次联想到解剖室里的人体模型。不过人体模型可没成州平这么难摆布。她知道他看不见自己，但还是轻轻招了招手，用唇语说："后会有期啊，成州平。"

## 03

成州平凌晨四点在等候区醒来，他发现自己头对着的那把椅子上放了一个不锈钢保温杯，保温杯上贴着一张黄色便笺。

他拿起保温杯，还是热的。便笺上写道："蜂蜜水，醒酒养胃。"在这行字底下是一串数字，那是一个手机号。

成州平把便笺从保温杯上扯下，揉成一团，本来想要扔进垃圾桶里，但这里好像没有垃圾桶。他拎着衣服坐起来，因为手机突然响了，他便把

153

那张揉成团的便笺随便塞进了裤子口袋里。

"小五姐？"

"刘锋，见到货了吗？"

"明早验货，没问题的话，直接拉回昆明。"

小五说："我一个朋友昨天开车回昆明，说高速最近查得严，我提醒你一下，尽量走小路。"

成州平说："谢谢小五姐提醒。"

挂断电话，他捂着胃部弓起身子，过了好一阵才抬起上半身。他拧开那个保温杯的盖子，喝了口蜂蜜水，从喉咙到胃部都舒服起来，别说，这玩意儿还挺管用的。

现在凌晨四点，天还没亮。成州平靠着靠背睡了半小时，起来后去卫生间洗了把脸，醒了醒神。他给老周发了条报平安的短信，然后一个人静静坐到天亮，穿好衣服离开医院。

小松的夜班持续到早晨八点。

她来这里的第一天就发现分配的宿舍里关系非常微妙。她不想让自己置身于那种压抑的氛围里，所以第二天速战速决，在医院旁边的小区租了间房。

这是她的精神洁癖，她可以忍受学校里的宿舍，因为她对那个地方没有特殊感情。这里不一样。关于日出、雪山、德钦的记忆是非常干净的，她不想自己的记忆被污染。

结束夜班的时候，她没有和别的同学一起离开，而是先去了住院楼的存衣室。管理存衣室的是一个白族大姐，第一眼见着小松，就说小松像她女儿。

小松把刚从外面买的糯米饭放在她面前："我刚买的，您还没吃早饭吧。"

白族大姐热情地说："你这姑娘怎么这么懂事，你爸妈是怎么养的你啊？"

小松说："昨天晚上有个送急诊的病人，叫黄河，送他来的朋友是不是在你这里留了手机号？他刚醒，让我们通知他朋友一声。"

白族大姐从通讯簿上找到"刘锋"的名字："喏，找到了，刘锋，手机号是……"

得到"刘锋"的手机号，小松长长地喘了一口气，她感受了一会儿自己的心跳，感慨真不是谁都能做坏事的。

然后，小松和白族大姐打了招呼离开。

今天天气好，她心情也很好。她回到出租屋，一觉睡到下午，醒来后点了份外卖吃了。

她假期带了五千块出来，花了三千租房。三千块在这个县城里租到的已经是豪宅了。小区环境很好，她租的是大开间，落地窗很大，一到下午，阳光穿过树梢，光斑打在玻璃上，十分漂亮。

小松趴在床上边晒太阳边看一本科幻小说，刚看到高潮的时候，有人打来了电话。

是李永青。李永青对她这个侄女很照顾。

李长青是李家人的痛处，李长青年迈的父母至今仍觉得如果当年他们能拼命拦住李长青，不让他从事这个职业，他就不会牺牲。李家人对李长青的愧疚都弥补在了小松身上。

小松很清楚这种照顾给她带来了很多好处，也很清楚这种照顾和她无关。

接通电话，李永青问了问她在云南的情况，她说："都很好，不过我不太习惯住宿舍，自己租了房住。"

李永青说："一个人住吗？"

小松说："嗯。"

"那一定得注意安全，人生地不熟的，出事了怎么办？"

小松说："我会注意安全的，谢谢姑姑关心啊。"

李永青被她调皮的语气逗笑了："你啊，真跟你爸是一个模子刻出来的。租房花了不少钱吧，我给你转点儿零花钱吧。"

小松说："不用了，我们吃住都在医院，不如攒着开学给我。"

李永青说："手上一定要有余粮，钱不够了立马告诉我，知道吗？"

结束和李永青的通话，小松已经忘了自己刚才看到了哪里。她合上书，又睡了一会儿。

醒来时,屋子昏暗,小松打开台灯,去洗了个澡,洗完澡又煮了一大锅挂面。

她以前没上过夜班,虽说是倒班,但人是日光生物,哪怕白天休息得再好,晚上也没法保持状态在线,她强逼着自己吃完了一大锅挂面。之后她看了会儿手术视频,让自己调整到工作状态。

小松不敢太晚去医院,她晚上八点的时候先去了宿舍,然后随着大溜去了医院。

今晚刚开始,急诊室和昨天一样清闲,深夜一点才接了一个阑尾炎病人。就在所有人都无聊地看手机的时候,前台接到急救电话,一个工地发生坍塌事故,几十个民工受伤,县医院的病床不够,要送到他们医院。

护士长立马打起精神:"大家做好准备,保持通道畅通,实习生别添乱。"

救护车的声音没有停止过,不断有人被送来。

小松在医院见习的时候,遇到过在车祸中受伤的人,当时她以为那会是自己见过的最鲜血淋漓的场面,可比起今夜的场面,简直是小巫见大巫。

建筑支撑体系坍塌,钢筋和混凝土板直接压倒了工人,几个被钢筋穿肺的重症患者被送去了县医院,剩下的都被送到了他们这里。

凌晨四点的时候,护士长才有空喝口水,她对一帮疲惫不堪的实习生说:"你们去休息半个小时,四点半,精精神神地回来干活儿。"

小松去护士那里要了杯咖啡,端到楼下,她远远看到楼梯前坐着一个佝偻的身影。她走到对方身后,向前探身看了眼,发现他的手上全是血,她询问:"请问您要看医生吗?"

对方闻声,回头看向小松。这是位老人,看上去有六十来岁了,满是皱纹的脸上一片乌黑。他另一只没有受伤的手摆了摆,用不标准的普通话说:"不用,我这就走。"

小松说:"您的手被砸到了吗?"

手被混凝土板砸到,很有可能骨折。在小松的认知里,这必须看大夫。

对方点点头，声音充满委屈："我没医保，没钱看大夫。"

小松的心忽然紧巴起来。因为自己学医，她平时也会关注医保普及率。百分之九十几的覆盖率是很高了，可剩下的人呢？

小松知道自己现在该做什么，她说："没事，我先带您去急诊，费用您别担心，我们医院会负责的。"

老人哭了起来："谢谢小姑娘，你们是菩萨，救人命的。"

小松把这事告诉护士长之后，当然免不了挨一顿骂。

护士长说："他那伤口，先止血，再去骨科拍片、治疗，你知道下来多少钱吗？你凭什么跟病人信口开河？"

小松没说话，等护士长骂完，确定她没别的话要骂了，才开口说："我给他付。"

她要是没看见还好，可她看见了，如果不管的话，一辈子良心都过意不去。她又莽撞又轴，这些全是遗传她爸。

"哟，果然是大城市来的啊，这么大方。"另一个护士笑道。

护士长说："行，你掏钱，我真小瞧现在你们这些学生了。"

小松问过护士长，这一套治疗下来，至少得花三五千。她租房花了三千，现在卡里就只有两千块钱，这是她这两个月的全部生活费。早知道就不租房了……她后悔地想，果然不该贪一时之快啊。

她疲惫地离开医院大楼，四下张望了一下，没有别人。她拿出手机，拨了一串数字。

她没有把"刘锋"的手机号存到自己的手机里，否则她手机被偷的话，会很麻烦。她选择了一种最原始的办法记住了他的手机号：背。她的记忆力是真的被医学教材磨砺出来了，记十一位数字不在话下。

她拨通电话，手机里传来嘟嘟的声音。随着这个声音重复进行，她越发紧张。她调整了一下呼吸，这一调整倒好，打好的腹稿全忘了。

电话在她猝不及防的时候被接起。

"找谁？"

"喂……是锋哥吗？我是李犹松。"小松刻意压低声音。

成州平听出来是她。老实说,他吓坏了。

他是被这通电话吵醒的,按接听键的时候是迷迷糊糊的,听到小松的声音,他被惊醒了。她到底是怎么弄到他手机号的?而且,大半夜打给他。

小松感知到对方的沉默,她补充说:"就是嵩县二院的实习医生。"

成州平捋了把头发,沉声说:"我在家,身边没人,你正常说话。"

要是正常说的话,那小松可就直接了:"我想问你借点儿钱。"

## 第九章

### 披着羊皮的狼

**01**

成州平的声音从电话里缓缓传来:"你是不是盯上我了?"

小松看着远处黑漆漆的灌木丛,脚尖抵在地上,扭来扭去:"看在我爸的面子上,拜托你了。"

成州平想,要是老李知道他女儿这么利用自己,会不会气活?

李犹松是个聪明的女孩,不单单是她自夸的"机灵"。而聪明不总是一个褒义词。

成州平活动了一下手掌,问:"你借多少?"

"五千。"小松觉得自己说得太果决了,对方可能不会答应,于是又找补说,"先借三千也行。"

成州平哑声,似是笑了两下。

小松无法分辨那是不是笑,因为她没有见过成州平笑。

"你整我呢?我这会儿上哪儿给你找五千块。"

这回轮到小松沉默了。她想,自己太冒进了。"那不用了。"她又说。

"怎么给你转过去?"

峰回路转!小松用手指压了压上翘的嘴角,说:"我可以给你我的银行卡号,你转给我。"

成州平已经不打算用正常人的方式和她沟通了,只想赶紧打发了她,自己好继续睡觉:"给我发过来。"

小松没想到这么容易,反而警戒起来:"你不会是在打发我吧?"

成州平脖子僵硬，他活动了一下脖子，目光就正好落在房间角落的蜘蛛网上，月色里，那个蜘蛛网被照得微微发亮。

他很快就想通了，最快打发对方的办法是认认真真地跟她说话："我找人借钱，再转给你，总需要点儿时间。反正你知道我的手机号，明天没收到钱，你可以再打给我。"

"我可以再打给你吗？"

成州平声音听上去淡淡的："你不打算还钱吗？"

大部分时候，小松想起一个人都会先想到他的样子。可她想到成州平的时候会首先想到他的声音。他的声音可以代表他的神态。

他不是会笑的那类人，而大部分人不笑的时候都是严肃、冰冷的。冰冷也算一种温度，可他就连这种温度都没有。

小松信誓旦旦地对他说："我一定会还钱的！"

成州平说："行了，我挂电话了。"说完，他利落地挂了电话。

小松舔舔嘴唇，把手机放回口袋，重新回到医院里。

对他们实习生来说，越是像今天这种大场面越能学到东西。小松打起精神，帮医护递钳子，递绷带。忙完这一波，她先帮那位手被砸到的老人打了欠条，之后又立马被同事叫去帮忙了。

天亮后，急诊的病人已经陆续转到各个科室了。下班后，小松带着那位老人去骨科。

到了上午十点，小松手机收到一条进账提示。成州平真的给她打了五千块。她说不出来收到这五千块转账的滋味是怎样的，但绝对不是开心。

老人的情况并不好，手骨粉碎，三根手指神经血管断裂，他们医院做不了神经缝合，只能转去市里的医院做手术。

主治医师把小松叫到外面，问："你跟这老人是什么关系？"

小松说："没什么关系。"

医生问："那你管这个闲事干什么？"

小松猜到他将重复一遍昨天刘珍说的话，她早早地移开视线，却听医生说："我知道你是好心，但有些责任不是你负担得起的。这种事你第一次见，肯定觉得不可思议，心里不好受，但你要真的想当一个医生，就得学会面对这种无能为力的时刻。"

无能为力的时刻。小松知道什么是无能为力，所以想在自己有能力的时候尽最大的力。她点点头："谢谢您，我记住了。"

医生说："这样，市人民医院我比较熟，送老人去医院的事我来处理就行。"

小松说："我能不能跟着您？"

医生点点头："行，你跟着吧。"

医生换了便服，带着小松和另一个实习生送老人及其他几个要转院的病人一起去市人民医院。

相较县医院，市医院就繁忙多了。几乎全省的病人都集中在这里，老人的手术被排在下午，刚推进手术室里，记者就拥来了。嵩县的工地塌陷再一次将社会焦点引向民工权益保障上，记者昨晚就开始在各个医院蹲点了。

带小松他们来的那位医生接受了采访："这位老人的手部被混凝土板砸到，手部出现粉碎性骨折，三根手指神经断裂，为了维持老人以后的正常生活，我们院立马联系了市人民医院的专家，对他进行转院治疗，得知这位老人没有医保，我们医院帮老人出了全部手术费用。"

小松看向医生。原来真的有人可以说谎不打草稿啊。她果真还是见识太少。

医院闹哄哄的，小松想静一会儿，对医生说："郑大夫，我想出去买点儿东西，待会儿我就不和你们一起回医院了，我买完东西，自己打车回去。"

医生说："那你注意安全啊。"

小松很想不理他，扭头走人，但她的教养不允许。她微微一笑："你们也是。"

她离开医院，找了个公园在长椅上坐下来。比起丽江，昆明的生活气息还是淡了些，不过这里有很多植被，她喜欢辨认不同的植物。

她在长椅上坐了会儿，觉得自己不能这么下去。她坚定自己做了一件正确的事，只是办法有点儿笨而已。

161

她看了眼手表，现在是下午四点半，她昨天上夜班，今天白天也没睡，再不抓紧时间休息，晚上肯定熬不住。但是——也不好躺在公园的长椅上休息吧，这多危险。她也不知道自己怎么就想到了成州平，既然想到了，那就想到了吧。

小松立马掏出手机，她打了一通腹稿，在拨通电话之前又改变了念头。她先点开了短信。

文字比语言存留时间更久，所以小松给别人发文字信息的时候都会很慎重。她先输入一行："你在做什么？"

不行，太暧昧了。她删掉，再次输入："你有空吗？有件事想和你商量。"

这太不像她了。她删掉，再输入："你能帮我一个忙吗？"这个合适，发送。

发出这条短信后，她很紧张，呼吸都有些不正常了，又听到自己心脏几近疯狂的跳动声，她的手掌放到自己心口的位置。这时，另一只手里的手机嗡地一振。

她立马打开手机，看到屏幕上的一行信息："什么事？"

小松乘胜追击："我在昆明，你那里有能睡觉的地方吗？"

这次的回答慢了点儿，不过也在一分钟内："你在哪儿？"

小松抬头看到一个木牌匾，上面写着"文明公园"四个字，于是把它发给了成州平。

成州平："你在原地不要动，我十五分钟后到。"

小松轻轻点点头，随后才意识到自己是在和他发短信，她也不知道在跟谁点头。她轻轻敲打手机屏幕："好。"

成州平从商场出来，打开车门，上车先点烟。他发誓这是最后一次理她。

成州平就在文明公园附近，开车过去，加上等红灯的时间，还不到五分钟。他之所以说十五分钟，是给自己留了两根烟的时间。

成州平开车到了文明公园门口，这里路边停了一排私家车，他找了个车位把车插进去，点了第二根烟。

他掐着烟,目光落在公园里长椅上的身影上。那个身影抱膝坐在长椅上,阳光光斑落在她身上,她身上浮动着一个一个发亮的圈圈。

李犹松给他的印象很奇怪,她明明是个小女孩,可是不会让人产生任何保护的欲望。他对她唯一的欲望是想把她打包装进快递箱寄到离他最远的地方。如果不是因为她是李长青的女儿,他压根儿不会管她。

抽完烟,他看了眼车上的时间,刚好十五分钟,他拨通对方的电话。他微眯着眼,注视着她双手紧握手机。

"喂,锋哥。"对方说。

成州平说:"我到了,车在马路边,你出来就能看到。"

小松点点头:"好,我马上出去。"

小松除了手机,什么都没带,她抓着手机,小跑出去。马路边停着一排精致的私家车,其中成州平那辆破面包车很好认。

他为小松打开了门。

小松做贼一样溜进车里,赶紧关上门。

成州平一句话也没跟她说,直接开车去了他住的地方。

小松想开口说些什么,却想不到要说什么。她只好侧过头,看着窗户外面。她上次来昆明是为了去机场坐飞机,当天还下雨了,她对这座城市的记忆是灰沉的,而明朗起来的春城非常繁华,街上车也多,人也多,商铺也多。

小松虽然不了解这里,但能简单辨认出来,成州平正在往远离市区的地方开。

周围的高楼大厦逐渐消失,开始有矮房、工地出现。成州平把车开到了一条叫作"沙河路"的马路上,沿着小路七拐八拐,停到一个小区门口。

小区看上去有一定的年头,门口有几个阿姨提着菜,聚在一起聊天,旁边是玩沙子的小孩。

成州平把车开进去,停在单元楼下:"下车。"

"哦,好。"

成州平住三楼,不一会儿就到了。他这里一层楼有五六户人家,楼道里摆满杂物。他走到唯一干净的门口,拿出钥匙打开门。

他先进门，小松的视线被他挡住。等他换完拖鞋，离开玄关，小松才看清这间屋子。

这是一间开间，没有卧室、客厅、厨房之分。屋里没有沙发，只有一张铁架床，床单和被套、枕套是一套的，都是灰色格纹图案。被子整整齐齐地叠放在床头，床右侧是一个老式的木质衣柜，左侧是床头柜，柜子上放着一个台灯。床边支着一张矮腿折叠桌，桌子旁边放着两个塑料板凳。小松想，那应该是他吃饭的地方。房间窗户很小，又是背阳，整个空间给人的第一印象是压抑。

成州平进了屋，发现她没有动静，他看向门口的她："进来吧。"

小松问："有我能穿的拖鞋吗？"

这间房一眼望去没有任何女性的痕迹，不用问都知道没有她能穿的拖鞋。

成州平说："你非得穿拖鞋的话，只有我的。"

小松想了想，走进屋里，关上门，拉开玄关的鞋柜。鞋柜里放着一双灰色的男士拖鞋，小松拿出那双拖鞋。她脱掉自己的运动鞋，脚踩在那双拖鞋上。当她抬头看向成州平的时候，发现他正坐在床上。他坐在床边的位置，低头点烟。

小松轻咳了一声，说："刘锋——"

"叫我成州平。"

"成州平"这三个字伴着打火机的声音一齐出现，传达到她的耳朵里。

02

成州平似乎完全将自己沉浸在了那根烟里。他抽烟的姿势不像其他这个年纪的人，而是像李长青、老周他们。烟雾后的面容看不出任何享受，只有浓重的疲惫。

小松小的时候常常观察李长青抽烟。李长青的脸总是被白色烟气笼罩，像现在的成州平这样。那时候她觉得那些烟雾好像一个笼子，她的父亲被关在那个白色笼子里,后来见老周抽烟,她也有这种感觉。现在她看成州平抽烟,也是这种感觉。

小松走到他对面,因为凳子的阻挡,她站得离他很近,脚尖几乎和他的脚尖抵在一起。她的视线顺着他黑色的拖鞋往上,他的牛仔裤裤脚有些磨损。

总之,她就是不知道该怎么去和成州平对视。她才察觉到自己又冲动了,这一次,她的冲动让自己陷入一个进退两难的境地。

小松想,自己选的路,头破血流也得走完。她抬起头,虔诚的眼睛看着成州平:"成州平。"

成州平和她同时开口:"什么时候还钱?"

成州平说话的时候脸上没有笑,小松却辨认出这是一句调侃,或者说玩笑。

她认真地回答:"那五千块钱,谢谢你。我回学校了就还给你。"这就意味着他们的联系得持续到那个时候。

成州平说:"钱是从老周那儿借的。我不急着还他,你也不用急着还我。"

小松脑子转都没转就直接说:"那我直接还给周叔就行了,省得转来转去麻烦。"

成州平对她的容忍程度已经和两年前不一样了,他夹着烟的那只手掌抵在床边:"李犹松,你想害死我是不是?"

小松意识到,他还在那个任务中。三年了,他还在干这个。

"我是不是打扰你了……我还是别打扰你了。"她毫无诚意地说,人还真的转身走了。

"回来。"成州平声音有些哑。

小松脚尖转了一下,转过身,歪着脑袋看向成州平。虽然屋里采光不好,但通过那扇小小的窗户照进来的天光还是都打在了她的脸上。

小松的脸在这一刻很清晰,她眼里闪过一丝狡黠。但她的黑眼圈很重,脸色也不是很好。

成州平说:"你不是要睡觉吗?"

165

小松点头说："嗯，我想找个地方睡觉。"

成州平站起来，顺手在床头柜的烟灰缸里弹了弹烟灰："你睡这儿吧。"

小松走到床边坐下，他们两个人的位置瞬间就调了过来。她仰头看着成州平："成州平，我能……"

小松停顿了一秒，因为她已经预判到了，自己直接提出要求，成州平一定不会答应。所以她转变了一下思路，先问道："我能得寸进尺吗？"

她做的每一件事、和他说的每一句话都在得寸进尺。

成州平吐了口烟圈，腿靠着桌沿站着："不能。"

小松又说："那晚一点儿你能送我回医院吗？我还要上夜班。"

成州平整整五秒都没有说话，他在抽烟的同时打量着她。他的目光很直接，没有任何避讳。

小松被他看得有些脸热，可她没有躲避他的视线，而是更加挺直她的腰，迎上他的目光。

两人你看着我，我看着你，毫不避讳。

成州平这两年又有了一些细微的变化，他的样貌比两年前更加成熟，这种成熟体现在他唇角加深的细纹上，也体现在他更加坚毅的面部棱角上。不是说笑的人脸上皱纹才深嘛，他又不笑，纹路依然很深。其他的，都没有变。

小松说："能不能？不能的话，我自己叫车回去。"

成州平说："你睡醒了再说。"

"那你呢？"小松问。

成州平没有打算回她，他要做什么和她没有任何关系。

见对方转身去床头柜前扔烟头，小松对着他宽阔的背影又问了一遍："成州平，你要去哪儿？"

没有人知道，他每次听到"成州平"这三个字心脏都会紧缩。那是一种不可言说的刺激感，好像悬在心口的刀子终于落下来了，扎得他鲜血淋漓，也扎得他浑身畅快。他扭过头看着她，声音柔和些许："我出去一趟，差不多八点回来，送你回去。"

都说女人变脸快，小松觉得男人变脸也挺快的。她站起来："成州平，谢谢你。"

成州平说："你还能睡三个小时，别浪费。"

小松对他微微一笑："那我就自便啦。"

她嘴上这么说，只是为了缓和一下气氛，但她还是拘谨的。成州平没理她，走到衣柜那侧，打开衣柜门，拿了身衣服出来，进了厕所去换衣服。

他换下身上被汗水打湿的衣服，出来后，发现小松睡着了。她很纤细，躺在床上，床垫没有任何凹陷。她睡觉的时候习惯侧着睡，头发全挡在了脸上。

成州平随手拉开床尾的被子给她盖上，在玄关换鞋的时候，他注意到了她的鞋。她把鞋整整齐齐地摆放在他的鞋旁边，也许是被他的鞋衬的，那双鞋显得小小的。

成州平利落地换上鞋，开车前往市南某小区的快递点去"送货"。他把东西放进快递柜里，之后会有买家来取。

他摘掉帽子，开车离开。在路口等红灯的时候，碰到交警查车，他察觉到自己的手抖了一下，内心开始惶恐。这种现象在他运毒的时候都没有出现过。

三年了，尽管他的内心一如既往地坚定，可他出现了习惯使然的条件反射，比如，看到警察第一反应是要躲。刚开始的时候，这种害怕也许是演出来的，演到第三个年头，他也分不清真假了。

好在货已经卸了，交警查到他这里，他冷静地降下车窗，递出驾驶证。

交警查完他的驾驶证，又说："后备厢打开。"

成州平开的这辆面包车很旧，只能手动用钥匙开后备厢，他下车打开后备厢，里面就是一些简单的车辆清洁工具，还有那件他穿了好几年的黑色冲锋衣。

交警说："谢谢配合，可以了。"

成州平说："辛苦。"

167

这一趟花了快一个小时，离晚上八点还有两个小时。成州平自来昆明替闫立军贩毒以后，就很少出门吃饭，平时他都随便在家里糊弄一点儿吃，今天家里有"客人"，他没法做饭，于是去超市买了些面包。

他把车停到自家单元楼下，没上去。车熄了火，他从副驾驶座的塑料袋里拿出一个面包，两三口吃完，又站在楼下抽烟。

他抽了几乎一包烟，时间到了七点五十，他上了楼。虽说这是他家，但里面住着的是个小姑娘，他不能保证自己直接开门进去会撞见什么。这画面实在诡异，因为——他居然在敲自己家的门。

敲了几下没有回音，成州平直接拿钥匙开门进去，小松还在睡。她仍是他离开时那个姿势，侧躺着，双臂紧紧抱着她自己。

成州平开灯，说："八点了，快起来。"

小松隐隐约约听到有人说话，然后听到一阵水声。随着那阵水声戛然而止，她骤然醒来。她的身体是弹起来的，她直愣愣地坐在床上，明亮的环境让她一时不适应。

成州平把洗好的苹果装进碗里，单手端着碗转身，正好看到她这副模样。小松今天穿着一件白色的纯棉 T 恤，她的 T 恤被压出了一层层褶子，漆黑的头发贴在脸颊两侧和嘴巴上，只露出一双正在适应灯光的眼睛。

成州平上前一步，弯腰把手里装着苹果的碗放在桌子上。

也许因为成州平家里整体色调是灰暗的，那几个堆在一起的苹果显得格外鲜艳。

小松双手把头发往脑袋后顺去，熟练地扎了一个低马尾，露出一张清淡、倔强的脸。

成州平拿起一个苹果，扔给她："吃点儿东西再走。"

小松接过苹果："来得及吗？"

"来得及。"

小松拿起苹果咬了一口后，看向站在冰箱旁的成州平："你不吃吗？"

成州平说："我吃过了。"

小松："哦。"

她吃苹果的时候，成州平低头站着，好像在放空。

小松先是偶尔打量他一眼，而后低下头继续啃苹果，再抬头打量他一眼……她意识到这样做确实有点儿麻烦，索性直接直勾勾地看着他。

成州平长得不说多惊艳，但他身上每一寸都是标准的，挑不出一丝错来。人在眼神空洞的时候看起来都会比平时脆弱，成州平也不例外。

"你能换个东西看吗？"成州平不想说出口，但她的眼神实在太直白了。

小松从床头柜上抽了张纸巾，把苹果核包起来："我吃完了。"

成州平的脚踢了下旁边的垃圾桶。

小松走过去，把苹果核扔进垃圾桶。

成州平说："走吧。"

小松说："好。"她从床头拔下自己正在充电的手机，手机屏幕上是几条新闻推送。

上了车，成州平跟小松说："塑料袋里有面包。"

小松拎起塑料袋，抱到腿上，在里面翻了两下，里面除了面包，还有巧克力。她拿出一条巧克力："我能吃这个吗？"

成州平说："你全拿走吧，我不吃这些。"

小松"嗯"了一声，话音提高："你是给我买的？"

成州平说："嗯。"

"成州平，谢谢你。"

"你要是真的想谢我，以后就别再找我。"

小松爽快地答应："好啊，没问题。"

成州平很无奈，觉得她根本就没过脑。

回嵩县差不多两个半小时车程，成州平走高速，夜里大货车很多，速度又快，夜色中全是轰轰隆隆的声音，小松听得胆战心惊。更糟糕的是，车开到半路下雨了。

七月是雨季，雨点不断往车窗上砸。小松身上只穿了件单薄的短袖，她开始觉得冷，于是抱着自己。

成州平说："后备厢有衣服，我拿给你。"

小松说："不用麻烦了。"

"不麻烦，只要你别生病了赖我头上就行。"

小松嘴巴努了努："我不至于那样。"

成州平把车停到旁边的临时停车带，冒雨下了车，打开后备厢，抓起冲锋衣回到驾驶座。

小松接过他的冲锋衣，发现还是那一件。她不禁怀疑，他是不是只有这一件衣服。她把衣服盖在身上，觉得还是有些冷，于是坐直套上它，拉上拉链。

小松对声音敏感，拉拉链的声音勾起日照金山时的回忆。

成州平刚才冒雨给她拿冲锋衣，身上被雨水打湿，小松问："你冷不冷？"

"不冷。"

小松没话找话："那你为什么会觉得我冷？"

成州平侧头，看了眼被冲锋衣遮得严严实实的她，目光中不无轻视。

小松又问："你平时锻炼很多吗？"

成州平说："以前上学的时候训练多，现在锻炼少了。"

小松想到他爸就是个身材走样的中年男人，不知道成州平以后会不会也变成那样。

因为下雨，他们比计划晚了四十分钟到医院。小松看了眼瓢泼的大雨，想到来的时候路况很糟，她转头对成州平说："要不然你今晚住我家吧。"

03

雨点好像要把车的风挡玻璃砸碎一样，发出啪嗒啪嗒的声音。

小松在等待成州平的回答。

成州平思索了一秒，说："我明早有事。"他停顿的一秒钟想了很多事。一是她的目的，二是一个合理拒绝她的借口。

小松说："从这里回市里不远，你可以等雨停了再回去。"

"不行。"

"为什么?"

"不为什么。"

"那为什么不行?"

"你有完没完?"

"嫌我没完没了你可以不用送我。"

成州平完败。

小松脑子极其快,而且她真的很懂怎么气人,这简直像她的天赋一样。

大部分人在陷入和别人的争辩中,语速会加快,面部表情也会微微扭曲。小松却越在这个时候语气越是低缓,她眼里甚至有一丝残忍的天真,早熟而狡猾。

成州平用唇语骂了一声,然后说:"外面雨大,衣服你穿着防雨,不用还我了。"

小松嘴唇翕动了一下,还没开口,成州平突然转过头看着她:"这是咱们最后一次联系,没有下次。"

小松努努嘴:"好吧,再见,成州平。"

成州平看着她拉开车门,跑进雨里。

成州平的冲锋衣穿在小松身上是一件相当合格的雨衣,小松回到医院,除了鞋和裤脚被打湿,其他地方都是干爽的。

成州平这件衣服防水性能很好,从雨里过来,丝毫没有湿。小松把它放在更衣室的凳子上,叠得整整齐齐,放回自己的柜子里。

今天因为下雨,其他晚班的实习生都迟到了,而患者比他们来得更快。下雨最容易发生事故,急诊室依然是忙碌的一夜,先是来了好几个高烧病人,又接了一起车祸事故的伤者。

小松早晨八点离开抢救室,下楼去食堂给医护打早餐。

医院食堂饭菜一般,县城的节奏相对较慢,大夫一般都会在家吃完再来。食堂现在没什么人,小松和另两个实习生站在打饭的窗口,等着阿姨盛饭。

另外两个一男一女的实习生聊着天,其中一个说:"天哪,我第一次见肠子是什么样,差点儿当场给我整吐了。"

另一个说:"我以后连肥肠粉都不想吃了。"

说完,女实习生敲了下小松:"你没事吧?怎么老在发呆?"

小松说:"在想待会儿病历怎么写。"

男实习生说:"天哪,你一说我才想起还有病历,今天就别出医院了。"

给医护打完饭,小松给自己买了一杯豆浆,把饭带给医护以后,她先回到实习生办公室去写病历。写病历是个枯燥、琐烦的事,但她很喜欢做这些细节工作,她觉得把琐碎的事有条理地做好,也是一种成就感。

忙完已经中午十二点半了,她回到更衣室,将成州平的冲锋衣取走,带回出租屋。

第二周周末的时候,成州平来医院接黄河回去。

这期间,小松和他没有再联系过。他把车停在医院门口,给黄河打电话。这会儿正好是中午,周末值班的实习生推着小推车,在门口取快递。

虽然都穿着白大褂,但实习生的样子太好辨认了,青涩、畏畏缩缩、满脸疲惫。看到那几个低头的实习生,成州平想到李犹松。不管她有多难缠,至少穿上那身白色的衣服时,她坚定、自信、有活力。

黄河拎着外套,朝他招手。

成州平打开副驾驶座的门,黄河上车,一通诉苦:"锋哥,流食快吃吐了,咱能去吃大餐吗?"

成州平说:"不想再来医院,就老老实实喝粥。"

县城没有专门的粥店,他们去了当地一家比较大的酒楼餐厅,点了几道清淡的菜。

黄河挠头说:"锋哥,真的不好意思,给你添了这么多麻烦。"

成州平说:"没事,以后多注意身体。"

黄河说:"要不然这顿我请。"

成州平拆开筷子的塑封,挑眉看他一眼:"你哪儿来的钱?"

黄河这两年一直跟着他干,做的都是小生意,平时又大手大脚,有点儿钱全拿去买游戏装备了,现在还欠着一屁股债。这世界你说它不好吧,只要你不放弃自己，就永远有出路。可你说它好吧，同样的二十岁，有李犹松那样的人，也有黄河这样的人。

服务员给他们这桌上菜的时候，一帮欢声笑语的青年热热闹闹地走了进来，直接在他们旁边的大桌旁坐下。服务员起身离开那一瞬间，成州平看到了李犹松。

小松在进门后，没有发现成州平也在这里。成州平不是一个在人群里可以被一眼看见的人，他身上没有那种光芒，或许以前有，可现在没有了。

一个人的经历对外表的影响是巨大的，小松至今还记得第一次在汽修行见他的时候，他拎着水管，满是刺青的手臂，不论她喜欢与否，那时候的他都是很出挑的。她记得他身上亦正亦邪的气息，还有轻佻的笑。

现在的成州平总是低着头，尽力躲着别人的注视，偶尔需要他凝视生活的时候，他的目光也只是冷淡地一瞥。

同行的实习生先看见了他们，消化内科的实习生认出了黄河，上前打招呼说："来改善伙食啊？"

黄河说："你们医院的粥差点儿没给我吃吐。"

实习生说："别说你了，我们也吃吐了。但你刚出院，饮食一定得注意啊。"

小松看到了成州平，不知道他有没有看到自己，自始至终他都没有抬头。她找了一个背靠他的位子坐下。

她偶尔加入聊天，跟同学说些急诊科有意思的事。

小松开口的次数不算频繁，但成州平不知为什么记住了她当天说的每一句话。他想，李犹松真的很会装模作样。

成州平和黄河先吃完，黄河跟认识的学生打了声招呼，两人就离开了餐厅。

趁黄河打招呼的时候，成州平目光掠过这群学生，他没看到李犹松。

这会儿小松则正好去了洗手间，她从洗手间回来，刚好捕捉到成州平推门离开的背影。

有缘无分哪，小松心想。正当她回座位坐下的时候，下意识地扫了成州平他们坐过的位子一眼，然后在地上发现一张身份证。她趁着服务员给

173

自己这桌上菜的时候，蹲下来捡起那张身份证，瞄了一眼，是黄河的身份证。

小松将那张身份证不着痕迹地放进上衣口袋里，为了防止它掉出来，特地拉上了拉链。

成州平和黄河下午三点到的昆明。

闫立军给了他们一家洗车行经营，其实就是平时用来给交易做掩饰的地方。成州平把车停在洗车行："下午有警察来检查消防，你应付一下。"

黄河说："好嘞，锋哥，这种小事就交给我吧。"

这时候成州平手机响了，他接通电话："喂，小五姐。"

小五说："黄河接回来了吗？"

成州平说："接回来了，这几天在医院养着，人还胖了点儿。"

小五说："那就好。闫老板让我跟你说，别顾及黄河是他亲戚，妨碍你做生意了，该教训就教训。"

成州平说："我知道了，闫哥最近身体怎么样？"

小五说："你放心，有萍姐照顾，闫老板是吃得好睡得好，我看都有回春的迹象呢。不说他了，我给你打电话，一是问一下黄河的情况，二是有件事想跟你商量。"

成州平关上车门，靠在车前盖上，单手玩着打火机："你说。"

小五说："我表妹夫家有个小姑娘，在昆明当幼师，比你小几岁，你接触着试试吧。"

成州平说："小五姐，还是算了吧，我这样的，叫人家跟我不是害人家吗？"

"刘锋，这小姑娘我也见过，人挺好的，就是家里爹妈都没了，你别急着拒绝，先接触一下，万一喜欢呢。"小五直接决定说，"今晚你们俩吃个饭，地点我订好了，发给你。"

成州平猜到，八成是小五家亲戚求她给这女孩安排相亲，小五用他来敷衍对方。

电话刚挂，小五就用微信发来了时间、地点，并且说："开我公司的发票，给你报销。"

成州平看了眼时间，还有一个小时。他把车里简单收拾了一下，然后直接开车去那家餐厅。

成州平是准时到的，但对方来得更早。

女孩礼貌、含蓄地介绍自己："刘锋先生，您好，我是何慧，小五姐的亲戚。"

成州平说："你叫我刘锋就行。"

这是一场尴尬到极点的相亲。何慧话很少，很怯，全程都没有抬头看过他一眼。

成州平这人在感情上绝不是省油的灯，高中起，身边就围绕着各种大胆的女孩，妹妹认了一大堆。何慧这种女人是他过去正眼都不会看的那一类。当然李犹松也是。

人是这样的，别看大家都是两只眼睛、一个鼻子，是不是一路人，看第一眼就知道了。

成州平吃饭途中接到了黄河的电话，黄河急道："锋哥，我身份证不见了，是不是落你车上了？"

成州平说："我今天下午才收拾过车里，没看到你身份证。"

黄河"哎哟"一声："那是不是我落在医院了？锋哥，你还有医院的电话吗？"

成周平说："你是怎么发现它没的？"

"刚刚警察来查消防，要看身份证，我这才发现没了。"

成州平说："行了，你明天先去派出所办个临时身份证，我给医院打电话问问。"

他放下手机，对面的女人今天第一次看他："出事了吗？"

成州平说："没有，继续吃吧。"

何慧有轻微的社恐，不知道怎么和这个男人开启第一句对白。直到晚上成州平把她送回宿舍，她才主动跟他说了第一句话："刘锋，我能留你的微信吗？"

成州平说："就是我手机号，你自己搜一下吧。"

何慧恬静地一笑:"好的,那你慢走,路上小心。"

成州平把车停在路边,一直看着何慧从巷子里进去。

他从皮夹夹层里拿出一张 SIM 卡,换到手机上,拨通了老周的电话,汇报了这两天的事。

老周开玩笑说:"你要是觉得这姑娘可以的话,处处吧,大小伙子,总不能一直打光棍。"

成州平说:"还有多久?"

老周说:"现在我们的行动已经不仅针对韩金尧一个人了,还有个闫立军,你能进到他们内部很不容易,现在不是想家的时候。"

想家,如果他还有的话。

见成州平不说话,老周说:"你要是觉得难熬,就想你是刘锋就行了,现在一切以取得闫立军信任、渗入贩毒团伙内部为主。"

成州平讽刺道:"是要我把自己当贼吗?"

老周语重心长:"成州平,这只是咱们侦查手段的一部分,别说你,就算是我,或者刘队上,也得这么做。"

成州平冷哼:"嗯。"

老周:"像今天这种活动,他们让你参加你就参加,尽可能减少不必要的怀疑。"

"你要说完了,我就挂电话了。"

"等等等等……最重要的事,这几天收到缉毒大队那边的通知,过两天他们要开展肃清活动,这次行动很隐蔽,为的就是打当地毒贩子一个措手不及,所以闫立军那边不可能提前收到风声。从明天开始,所有他要你出面的交易,你能推就推,推不了就让别人去。"

成州平说:"嗯,记住了。"

两人都在等对方挂断电话,谁也没先挂断。

老周正想开口再关心几句,成州平就问他:"你是不是又吃泡面呢?"

老周说:"刚下任务,饿得不行了。"

成州平说:"平时吃好点儿,别我人没回去,你先进医院了。"

老周说:"这叫什么话!你这兔崽子——"

176

成州平挂断了电话。他换回 SIM 卡，拿出烟咬上，然后拨通电话开始帮黄河找身份证。他把手机里和小松的通话记录全部删掉了，凭记忆拨通那个十一位的手机号。

手机嘀嘀嘀响了很久，没人接听。成州平怀疑是不是自己记错了，检查了一遍拨通的号码，老实说，他不相信自己会记错。他没有再打过去，直接开车离开。

回到家洗完澡，成州平脖子上挂着毛巾出来，捡起床上扔着的手机，他发现了两个未接来电。果然，他不可能记错数字。

成州平回拨那个未接来电。这一次，对方立马接通。

成州平正想要怎么开口让她帮忙找黄河的身份证，手机里便传来对方急促的声音："喂？刘锋？"

## 第十章

*初恋*

### 01

成州平第一遍打给小松的时候,小松在睡觉,没有听到手机铃声。当她醒来,看到成州平的未接来电,十分纳闷,于是回拨,可她回拨了两遍,都无人接听。

她的呼吸开始紊乱,她知道如果打了两遍对方都没有接,就不该再打了。可她很害怕,她很害怕成州平像她爸那样。

电话接通那一刻,她更加紧张,嗓子都是哑的:"喂,刘锋,你没事吧?"

成州平听出她不同寻常的紧张,他语气松弛道:"你紧张什么?"

他松弛的口吻让小松觉得自己的担心是自作多情,小松心想,他真的是个浑蛋。他一定知道自己在紧张什么。

小松端起床头的水杯,喝了口水,屈起腿蜷住,让自己冷静下来。她说:"你怎么会给我打电话?"

成州平说:"黄河的身份证落在你们医院了,你能帮忙找一找吗?"

小松侧过头,看着床头柜上放着的那张身份证,微微勾起嘴角:"不能。"

成州平说:"那我明天开车回医院去找找。"

小松说:"你怎么对他这么上心?"

成州平说:"黄河年纪小,需要人照顾。"

小松嘴巴嘟起来:"我和他同年,我也需要人照顾。"

"你怎么知道你和他是同年的?"

是啊，她没看人家身份证，怎么会知道？小松觉得成州平一定是知道了什么，可她不怕。她的手指在脚边的床单上画着圈："上次你说那是我们最后一次联系，如果你能收回那句话，我就明早帮你去医院找一找。"

这时，小松听到一声拉拉环的声音，紧接着是碳酸饮料冒气的声音。

成州平坐在床头，喝了口啤酒，爽快地说："行，我收回。"

小松对着空气得意地比出一个剪刀手："明天能见一面吗？我明天和同学去昆明，可以顺便带给你。"

成州平手指钩着易拉罐的拉环，金属弹片发出刺耳的一声。他舌头顶了顶口腔壁，说："这样很危险。"

小松说："外面不行的话，我可以去你家，上次不是都能去吗？"小松没有等他回答，紧接着说，"我明天放假，后天白天也没事，我想在昆明多逛一逛，晚上总得有个去处，而且我听说这里晚上治安也不是非常好，我怕自己出事。"

成州平几乎被她步步紧逼到一个角落里。

小松说完上面那段话，轻笑道："你都知道我的行程安排了，如果我因为住在外面出了事，你会不会觉得对不起我爸？"

成州平捏了捏手里的易拉罐。

其实他知道根本没有危险。他不过是几百万人口里的无名之辈，没有人眼睛盯着他。像在德钦那样，他们可以正常来往，反正，她和他什么关系都没有。

成州平喝完剩下的半罐啤酒，果断地说："不行。"

小松想，就知道你会这么说："那我不能去找你的话，你可以来找我吗？"

成州平把易拉罐抛进垃圾桶："你知道我家的地址，找到了黄河的身份证，快递寄到我家就行。"

小松说："好，不过，你得把你家的地址发我一遍，我不确定自己记得对不对。"

成州平说："我挂电话了，挂断电话之后用短信发给你。"

小松突然插进一句:"你现在一个人吗?"

成州平说:"嗯,怎么了?"

"没什么,晚安,成州平。"

挂断电话,小松向后躺去。她打开灯,天花板白茫茫一片,像雪山的白。

在失去父亲以后,她的许多想法和观点都发生了改变。她下定决心,一定要享受自己的人生,哪怕只活到明天为止,哪怕不计代价,今天也要做自己最想做的事。

现在她就想去见成州平。她不知道这种想法从何而起,可她一定要去。

当然这个时间点太不现实了,第二天,小松起得很早,背了包,坐早晨第一班大巴去昆明。她在商场逛了一个早晨,中午吃了汉堡,然后去化妆品店里买了全套化妆品,又让柜姐帮她化了个妆。

柜姐帮她打着散粉,夸道:"小姑娘皮肤真好,都不用怎么上妆。"

小松微笑着说:"谢谢您啊。"

商场负一楼是个大超市,小松几乎把超市冷冻箱里的速冻食物各拿了一份,然后拎着沉沉的袋子出了商场,拦了一辆出租车。

"师傅,我想去这个地方。"她把手机递给司机师傅,手机屏幕上是成州平家的地址。

成州平家附近都是工地,路上很空,小区周围只有正门对面有一个用彩钢板搭起的简易菜市场加便利店。小松想,早知道他这里有菜市场,自己就不用去超市买这么多东西了。

她进入便利店,买了包成州平抽的烟,又买了一个打火机。她仔细思考了一下,没别的要买了。

小松拎着袋子,进了小区,到了院子里,她先扫了眼停车场,成州平那辆破面包车是停车场为数不多的车之一。成州平这里去哪里都不方便,平常必须有代步工具,所以看到面包车的一瞬间,她可以断定成州平在家。

小松上了成州平住的单元楼。站到他家门口的时候,她调整了一下呼吸和表情,让自己看上去尽可能自然。一切准备完毕,她敲门——

咚咚咚。

成州平以为是快递，他把手机扔在床头，翻身起床，穿上拖鞋去开门。

当小松出现的那一瞬间，非要来形容他的心情的话，就一个字。他在心里骂了一声，低头看着她："你怎么来了？"

小松说："给你送身份证，顺便买了点儿吃的送给你。"

成州平手插着口袋，低头看清她手里提着的袋子。那袋子看起来就很重，将她的肩膀拉得一高一低。

成州平顺手接过她手里的塑料袋，转身走向厨房的位置。今天他穿着深蓝色连帽卫衣和短裤，背影看上去依然坚实、挺阔。

小松跟着他进了门，随手关了房门。她没在鞋柜外见到上次穿的那双拖鞋，犹豫了几秒，自己打开鞋柜，拿出拖鞋穿上，进了屋。

成州平家里虽然简单，但他收拾得很干净。在窗台上养着一株绿植。

小松喜欢植物，却并不能准确地记住植物的名字。她走到那株绿植旁边，腰部正好抵着凸出的窗台边沿，她找了个有光的地方站着，观察着那株绿植。

在它的叶子上有一只瓢虫缓慢地爬着，小松调皮地用手指拨了拨叶片。

成州平蹲下来，把她买的东西放进冰箱的冷冻层。他扶着膝盖站起来，看向窗前的小松。她今天穿了一件深蓝色的紧身针织背心，下身是件白色的纱裙，漂亮的肩颈和纤细的腰身都被勾勒了出来。

成州平肩膀靠着冰箱，打探她的目光带着深意："身份证呢？"

小松从裙子口袋里拿出一张卡片，食指和中指夹着它，放在脸颊旁边："喏，在这里。"她在等他上前来取。

小松是个漂亮的女孩子，那种漂亮和外貌已经没有多大的关系了。当其他这个年纪的女孩还在苦苦探索风格，为外貌而焦虑的时候，她已经有了清晰的人生方向。她的眼睛能够传达出她内心的坚定。

有些行为看起来荒唐，但因为行为主体是她，她无比清楚自己想要的是什么，哪怕是刻意地勾人，也无比坦诚、自然。

成州平下巴朝床头柜上点了点:"你放那儿,怎么来的就怎么回去,我下去买包烟。"

小松说:"烟我买好了,就放在刚才的袋子里,你没看到吗?"

"我去买打火机。"

"打火机也顺手买了。"

成州平的手翻了一下袋子,果然,他在两瓶橙汁的夹缝里看到熟悉的白色香烟包装,还有夹角里藏着的黄色打火机。

在小松很小的时候,李长青和龚琴两个人经常吵架,面对龚琴的咄咄逼人,李长青就会借口说出去买烟。小松就知道,成州平会用这种烂借口躲她。

她走到床头柜前,弯腰放下黄河的身份证。"这是你家,你不用逃。"她说,"不过,你应该看出来我在追你了吧?"

小松双手背在身后,一步跨到成州平面前,勾着嘴角仰头看向成州平。这个角度看过去,他虽然不是双眼皮,眼睛也不大,但睫毛很浓很长,衬得他的眼睛格外深沉。而他的眼皮薄薄一层,非常锋利。

小松得寸进尺地又往前走了半步,成州平的腿抵在桌子上,无处可退。他反手从桌上拿来烟盒,刚抽出一根烟含在嘴里,小松便从他嘴里夺过那根烟,手掌啪一下,把那根烟扣到桌子上。

成州平皱眉:"你有毛病吗?"

小松说:"嗯,你可以这样认为。"她拿起成州平放在桌子上的烟盒,在他面前晃了晃,"不过我可不撒谎,也不逃避。"

成州平转开目光:"别闹了。"

小松说:"我知道听起来很不靠谱,但我是认真的。我没有追过人,可我知道,我在这里的时间有限,假期一结束,我就要走了。成州平,我不想浪费时间去试探你的界线。"

她今天化了妆,眼皮上有一层亮晶晶的粉,随着她眨眼的动作一闪一闪。成州平重新看向她,眉头深深皱着:"我们才认识几天,你数过吗?"

"你放心,就算我没数过,也知道我们认识的时间很短,我会对我自己负责的,这点你放心。"

成州平觉得她就是个疯子,不但要自己疯,还要把他也逼疯。或许他早就在悬崖边缘了,她只是轻轻推了他一把。

在成州平进退两难的时候,他放在桌子上的手机振动了一下。他的手机正好在小松的手旁边。

他们同时朝成州平的手机屏幕看过去,是一条新的微信提示。来信人写着"何慧"两个字。

成州平当着小松的面点开那条微信。

"昨天的晚饭很开心,今天带小朋友们去看小兔子,小兔子好可爱。"这段文字信息紧跟其后的是一张兔子照片。

成州平观察着小松,只见她对着那条微信皱起眉头:"写的什么?我今天没戴隐形眼镜,看不清。"

小松就算没看清文字内容,也知道那条微信是个女孩发来的。要不然一个男的给他发兔子照片,是想问他怎么个吃法吗?

她调侃地看向成州平,肩膀向他那边轻轻摇了下:"不方便告诉我吗?"

而回应她的是成州平突如其来的亲吻。

02

成州平单手捧着小松的脸颊,他从另一边吻她。刚开始,他只是轻轻触碰着她的嘴唇,她的嘴唇很湿润,他的则与之相反。

小松感受到他嘴唇的干燥和粗糙,不由自主地抿了下自己的嘴唇,然后试着含住他的唇。

亲吻间,她看到成州平闭着眼,眉头紧紧皱着。她用拇指擦着他眉心的沟壑,他的牙齿忽然咬了下她的下唇瓣。

小松轻呼了一声,成州平的舌头擦过被他咬过的地方。

酥痒的触感让小松不自控地想要低头,成州平的手向下挪了挪,掌住她的脖子,拇指在她脸庞轻扫着,摩擦着。

小松觉得自己先是被他夺走了一部分，当她察觉到缺失的时候，他又填补上了。

　　她的双手贴在成州平腰侧，随着他吻她的动作，她手里衣服的触感好似变得更加粗糙，她也不由得更紧地抱着他。

　　成州平的腰部肌肉坚硬，小松觉得自己好像抱着一块硬铁。

　　她站在背对窗户的地方，看不到天色，可她知道现在正是日落的时候。因为夕阳将成州平的脸庞照成了橘红色，在他眼里能看到夕阳的影子，这片橘红色令他看起来多了些热情。

　　"该吃饭了。"小松说。

　　成州平又咬了一下她的嘴唇，声音略微嘶哑地问："吃什么？"

　　小松明明买了很多速冻食品，但她一样也想不起来，脱口而出："我想吃火锅。"

　　成州平拍了拍她的腰："我去买菜，你休息一会儿。"

　　小松点点头，她身后就是床，直接坐了下来。成州平拿起手机，开门下了楼。

　　成州平一走，小松立马卸下力气，躺倒在床上。天光将她的眼睛染成琥珀色，她睁眼看着一线夕阳渐渐消失。

　　小松回味了一下刚才的吻。她勾勾唇——她就知道这一趟不会白跑。

　　成州平花了十五分钟，提着一大包东西回来，顺手开了灯。小松正襟危坐："我能帮你吗？"

　　成州平咬着烟："不用。"

　　小松："真不用吗？"

　　成州平把菜放在桌上，双臂抱在胸前："要不你来？"

　　小松心想，什么叫要不她来，这什么语气啊？是觉得她不行的意思吗？小看谁啊？她倏地从床上站起来："锅呢？"

　　成州平朝厨房最上面那一层橱柜看了眼："抽油烟机旁边的柜子里。"

　　小松走到厨房，举起手打开柜门。

　　成州平家的锅是那种多功能型电锅，非常重，她想都没想，就踮起脚去够它。成州平的视线始终落在她身上,看着她固执地去搬电锅。他把烟碾灭在烟灰缸里,走到她身后:"我来。"

小松:"不用。"

成州平直接站在她后面,抬起手,轻松地把锅拿了下来。

这一切显得小松方才的挣扎和努力是多么可笑。

成州平把锅平平稳稳地放到小松面前的平台上,小松的视线随着那个红色的锅身而降落,而她被成州平圈在怀里。

就在小松怀疑他是不是故意这样的时候,他松开手:"你把锅搬到桌子上,能办到吗?"

这问的是什么话?

"你是不是有点儿侮辱人了?!"小松横了他一眼。

成州平朝她脑袋上拍了一下,去洗手池洗菜。

小松趁他洗菜的时候准备锅底,两人虽然各做各的,没有交流,但准备火锅这事也不需要有实质的交流。

这是小松上大学以来第一次和另一个人在家里吃饭。

趁着电锅升温的时候,她从冰箱里拿饮料。拉开冰箱门,除了她带来的果汁,只有几罐啤酒。她的手本来是伸向果汁的,可是一个想法迅速划过她的脑海,她直接拿了两罐啤酒出来。

成州平端着洗净菜的盘子过来,看到桌上挨在一起的两罐啤酒,说:"晚上我要送你回去,不能喝酒。"

小松说:"我晚上可以住你这里,明天坐大巴回去。"

"你今晚不去医院吗?"

"今天休息。"

成州平用脚抽出凳子,弯腰坐下来:"你别把我想得太好。"

火锅汤底咕嘟咕嘟地沸腾,浓雾自然地把他们隔开。

小松透过火锅变化的雾气看着成州平:"怎么个不好法?"

成州平心累地说:"你年纪小,还没进入社会,现在做事情都是贪图一时之快。"

小松冷笑道:"我不贪图一时之快,现在就开始给自己安排后

185

事吗?"

成州平瞥了她一眼:"先下菜。"

吃饭的时候,小松觉得头发不方便,可今天没有带皮筋,她抬起头,问成州平:"你有皮筋吗?"

问完,她想,成州平怎么可能有这种东西?没想到他身子往后一靠,手臂张开,拉开床头柜抽屉,从里面拿出一个黑色皮筋,递给小松。

小松接过皮筋,在手里转了一圈:"你怎么会有这种东西?"她第一个想起的是刚才给成州平发兔子照片的人。

小松突然正襟危坐,严肃地说:"我刚才忘了问了,你现在有女朋友,或者在谈的关系吗?有的话,今天一切作废。"

成州平看着她说:"没有。"

小松说:"那这个皮筋是谁的?"

成州平:"捡的,行了吧?"

"什么叫行了吧……不带这么敷衍人的。"她的眼睛被火锅的热气熏红了,像一只红眼兔子。

成州平语气忽然变得柔软,说:"记错了,是兔子的。"

小松把椅子往前拉了拉:"我是专杀兔子的。"

成州平说:"吃饭呢,别吓人。"

小松说:"真的,我们老师认证过的,我是她见过的最会杀兔子的学生。"

小松追问成州平:"这个皮筋到底是谁的?"如果是别人的,她宁可不用。

成州平是第一次见这么较真的人,他低头说:"你的。"

她的?

小松蓦然想起两年前她遗失在德钦的那个皮筋。"你一直留着啊。"她的声音忽然变软,带着小女孩的撒娇意味。

成州平觉得自己不管说什么,都会给对方得寸进尺的借口。他后悔了,他不该吻她,不该留这个皮筋,或许在更早的时候,他不该回应她的那声"成州平"。他捞了一筷子肉:"快点儿吃吧。"

小松将自己的头发扎成一个低低的丸子头，露出白皙的脖子。

她吃了两口肉，觉得有点儿咸，于是拉开啤酒罐的拉环，咕噜噜喝下一口。成州平看到她被冰得五官都皱在一起，说："你喝慢点儿。"

小松看起来瘦，但其实很能吃。成州平都有点儿被她的饭量给惊到，一桌菜，没剩一口。

吃罢饭，小松说："我来收拾。"

成州平说："一起吧。"

成州平去洗锅，小松把桌上其他垃圾一骨碌倒进垃圾袋里，给垃圾袋系了一个死结。

"我去扔垃圾。"小松拎起垃圾袋说。

"一块儿下去走走。"成州平说。

这句话，以及今天晚上的一切，对小松来说都像一场新奇的梦。关于家庭、吃饭的记忆只有她和龚琴两个人，她无法把"男人"和"吃晚饭"这两样联系在一起。成州平和晚饭、餐桌，对她来说是个全新的组合。

小松靠在门边，问成州平："可以一起下去吗？"

成州平说："这附近一到晚上就没人了。"

这句话有双重含义。一是晚上没人，她一个人下楼太危险；二是因为没有别人，所以他们可以光明正大地一起走，不用担心被看到。

小松担心地问："会有人来找你吗？"

成州平拎起衣架上挂着的外套："不会。"

他的生活很平淡、安静，除了老周，他没有告诉其他任何人自己在昆明的地址。而之所以告诉老周，是想有一天万一他出事了，有个人帮他处理后事。

小松想了想："还是算了吧，万一被人看到了，你没办法解释。"

成州平说："有什么不好解释的？"他走到小松面前，从她手里拿过垃圾袋，"这个没你想的那么惨，没人二十四小时盯着我。"

小松说："那好吧。"

她推开门，和成州平一前一后下了楼。

垃圾车停在小区门口，成州平扔掉垃圾。小松说："我们去外面溜达

187

一圈吧。"

吃饭的时候她就卸了妆，灯下一张脸又白又软，成州平忍不住摸了下她的脸："走啊。"

小松被他摸得有些恼火："走就走，动手动脚干什么？"她也不反对动手动脚，只是这种逗猫逗狗似的触摸确实有点儿恼人。

说实话吧，她都走到这里了，自然是希望他们可以更进一步的。她不是一个保守、骄矜的人，在她确定了自己的心意后就会开始进攻，并且不给自己留后路。就像高三她决定离开母亲，于是宁愿被班里其他人排挤，也要王加帮她补课；高考填志愿，她确定自己要学医，每个志愿都填了同样的专业。

人有时候就是后路太多，选择太多，所以没有孤注一掷的勇气。小松不想成为那样的人。她的人生是这样，她的感情也是这样。

喜欢了就全心全意地去喜欢，去付出，不要有所保留，所有的保留、计较只是说明感情不够纯粹，不够纯粹的感情，就没必要浪费时间。

成州平走了两步，发现小松一直在出神。他问："想什么呢？"

小松抬头看着一排排路灯："你记得吗？我们第一次见面，你送我回家，我家门口那条路的路灯也这么多。"

成州平想，如果李长青泉下有知，肯定巴不得拉自己一起下去。他说："不记得了。"

她刚想着自己什么都不计较，这还没三秒，便开始疯狂地打自己的脸。她清清楚楚记得他们第一次见面的场景，他那条青色花臂、吊儿郎当的语气，还有嚣张的笑。她还记得他给她买了一袋子零食，她拒绝了，记得他给自己钱，被龚琴误会……

小松问："那你记得什么？"

成州平记得龚琴打她的那巴掌和她冷漠的眼神。他说："就记得你挺莽撞的。"

"我有吗？"小松无辜地反问，"我哪里莽撞啦？"

"小心，前面有认识我的人。"成州平忽然压低声音神秘地说道。

小松立马转过身，躲到成州平怀里。更准确地说，她是撞到成州平怀里的。

成州平的胸膛被她的额头狠狠撞了一记，微微发痛。他轻佻的声音从她头顶上方传来："还说不莽撞？"

小松反应了三秒，哪里有什么人？这里只有他们两个人。根本就是成州平在故意耍她。她抬起一双漂亮的眼睛，义愤填膺地看着成州平，气鼓鼓半天，才叫了一声："刘锋！"

成州平说："你别瞎叫。"

小松再怎么闹，也知道底线是什么，她不能让人听到她叫他成州平。她正了正色，想从成州平怀里离开。成州平双手插在衣服兜里，紧紧裹住她的背，把她裹在自己怀里。

"你干什么啊？"小松嘴上这样说，却藏不住嘴角的笑容。她抬头看着成州平的表情，他不用说话，眼神里有种劲劲的欠，像一把钩子钩着她。

小松踮起脚，抱住成州平的脸，他的胡楂有些扎手，也因为如此，存在感更强烈。小松含住他烟草味浓烈的唇瓣，用很轻的只有他们两个人能听见的声音说："成州平，我后来才知道，七月份看到日照金山基本是不可能的事，但我们都看到了，所以你别怕，它一定会保护我们的。"

成州平其实觉得她这句话只是在找借口。谁还真会相信看一眼雪山日出就能得到庇佑？他们看过了日出，但那些被毒品残害的人呢？防弹衣都保护不了的人，那么多在日照金山下虔心祈求的人，凭什么只保护你？

他不置可否地捏起她的下巴，说："你怎么也挺迷信的？"

小松说："我这叫有信念。"

她能没信念吗？

她的家庭破碎了，父亲牺牲了，她想要成为一名在合格线以上的医生，面对被生死病痛折磨的病人，没有信念的话，余生那么长，她怎么过？

可小松不会把这些告诉任何人，她不想要别人对她的感情是带着同情、怜悯的。就算她在深渊里、泥潭里，可她相信，她一定可以凭着自己的力量爬出来。

## 03

晚上，小松在成州平家过夜。

成州平把床重新铺了一下，从柜子里抱出一床新被子在床上摊开，这时他手机响了。他看到手机屏幕上的"小五"两个字，心脏怦怦剧烈地跳动。

手机铃声一直在响，小松也很紧张，小声说："我自己弄被子吧，你去接电话。"

成州平看她小心翼翼地放低声音，玩味地看了她一眼，说："你要是真的害怕，今晚的一切可以当作没有发生。"

手机铃声一下又一下地响，小松都急了，她催促："你快接电话。"

成州平说："我去楼下，你自己先睡。"他握着手机，出门有点儿急。

小松听着那阵下楼声，她想，自己来找成州平其实是个很自私的行为。可她也没有为此而过多地自责。成州平是个成年人了，他有很多个可以把她推开的时刻，可他没有。如果要下地狱的话……一起下吧。

成州平到了楼下，接通电话。

小五问："怎么才接电话？"

成州平说："我刚才在洗澡。怎么了？"

小五先说："今天何慧跟我说，对你挺满意的，你俩要不然再见见吧？"

成州平冷笑："小五姐，你开玩笑吗？就算人家姑娘家里没人，也不能跟我这样的人。"

小五说："行吧行吧，那我跟她哥哥嫂子说一下。今天给你打电话，一来是为这事，二来，你这周有空的话，开车回一趟闫老板这儿，他有事跟你交代。"

成州平说："闫哥说什么事了吗？"

小五说："我只负责传话，你知道老闫那人就爱卖关子。什么时候能回来？我给闫老板回个信。"

成州平说："后天吧，明天我把洗车行交代给黄河。"

小五说:"好嘞。"

挂断电话,成州平换了SIM卡,迅速给老周发了一条短信。他拿钥匙打开车门,回到车上坐着,老周很快打来电话。

这次电话那头不是老周,而是刘文昌。"成州平。"刘文昌叫他的名字。

刘文昌和老周、李长青他们不一样。成州平也算天不怕地不怕,但每次听到刘文昌的声音都会发怵。成州平是个狠人,但刘文昌比他更狠。

这些年,刘文昌一直在缉毒一线。当初成州平要考他们队,别人都很看好他,就刘文昌对他百般质疑。刘文昌总认为他性子太邪了,不能干这个,因此他进入他们队付出了比别人多好几倍的努力。

他喊了声"刘队"。

刘文昌说:"今天我正好在老周身边,就想跟你通一次话。这三年,一直都是通过老周沟通的,今天打给你,一是下达任务,二是给你打一剂强心针。我们的人一直跟踪着杨源进这个关键人物,近期发现他从东北进了一批四号海洛因,货源来自韩金尧,我们已经掌握了杨源进和韩金尧的交易证据。如果这批货是杨源进拿给闫立军投诚的,只要能拿到闫立军贩卖这批货的证据,就能让他把牢底坐穿。"

成州平想了想:"这批货是给闫立军的无疑,但是闫立军手下的分销渠道网络很复杂,他从来不会亲自参与买卖。"

刘文昌思索了一阵,忽然笑了声:"你小子倒是越来越稳了。不急着回来啊?"

成州平抬头,看到自己家窗口亮着灯。这是他第一次在楼下看到自己家房子亮灯,那种感觉说起来怪怪的。不是不好的那种怪,而是好的,只是他说不出具体是哪里好。

他说:"我想回去,但是都三年了,不能前功尽弃。"

刘文昌说:"你说得没错,直接从闫立军入手是不现实的,不过我们可以从他身边的人入手。根据你之前提供的信息,闫立军在云南境内主要的分销商是武红,我们这次的目标是拿到武红贩毒的证据,让她供出闫立军。"

武红就是小五。

成州平说:"我要做什么?"

刘文昌说:"这人和闫立军是怎么认识的?"

"武红以前不干这个,她丈夫是闫立军手下的人,一次抓捕行动中,掉进了怒江,被水冲走了,人还欠着一大笔赌债,为了还债,她自己开始跟闫立军干。闫立军在牢里这二十年,她在缅北先后跟过两个老大,货源就是从那里来的。但因为闫立军回归,以及边境严打,武红和缅北断了联系,现在都是吃闫立军的货。"

刘文昌说:"你盯紧这个女人,最好能拿到她下一次的交易信息。"

成州平开玩笑说:"万一她要我出卖色相呢?"

刘文昌:"没个正经。让老周跟你说,我还忙着呢。"

刘文昌把手机交给老周,老周开口第一句就是:"你在哪儿呢?"

成州平说:"在家。"他看到家里的窗户上有一个身影晃了晃,他心里有一种预感,那个身影一定正在看着他。

老周说:"刚刚刘队跟你说清楚了,你盯着点儿武红这个人。还有啊,以后跟刘队说话正经点儿,人家是你领导,不像我。"

"不像你什么?"

"你还贫上了。昨天武红给你安排的那个相亲怎么样了?"

"推了。"

老周首肯地说:"你这小子还算有点儿判断力,记住你的身份,别说塞给你一个女人,就算塞房子也不行,知道吗?"

成州平的手转了一下方向盘:"上回你可不是这么说的啊。"

老周说:"我那是考验你。"

成州平说:"我用得着你来考验吗?"

老周:"你——"

刘文昌催他:"挂了挂了,别浪费电话费。"

老周说:"我挂了,一切行动安全第一。"

小松一直坐在床边等成州平。她脑子里就一件事:一张单人床,两个人怎么睡?

她听到楼道里越来越近的脚步声，吸了口气，并拢双腿。敲门声响起的时候，她困惑，不是成州平回来了吗？

她赤着脚轻轻走到门边，踮起脚往猫眼里看了眼，成州平的脸透过猫眼看有些变形。她松了口气，拧开门把手："你没带钥匙吗？"

成州平不是没带钥匙，只是不好直接开门进来而已。

小松看到他手上提着的塑料袋，往袋子里瞟了眼，里面装着几支雪糕。

成州平注意到她身上穿着的衣服是自己的，眉头一蹙："你真是一点儿都不跟我客气啊。"

小松趁他下楼的时候洗了澡，她没有带睡衣，所以从成州平的衣柜里挑了件T恤穿着，下身依然穿着那件白色裙子。T恤透光，在灯下，她的身体若隐若现。

可成州平看到她这样的第一反应依然是她真的很适合穿白色。他把塑料袋放到桌子上："你吃哪个？"

小松拿出一支柠果酸奶口味的："这个是新出的吧，我吃这个，你呢？"

成州平拿出一支纯牛奶的，然后提着剩下的雪糕走到冰箱前，拉开底层冷冻室的门。小松来他家这一天，原先空荡的冷冻室便被塞满了。

小松撕开雪糕包装，塑料纸清脆的声音划过成州平的耳朵。他关上冰箱门，撕开雪糕包装。

成州平家里除了那两个矮矮的塑料凳子，没有可以坐人的地方。小松走到靠近窗台的床边坐下来，双腿屈起，脚踩着床沿。

成州平在她旁边坐下，嗍了口雪糕，看着窗户外面的树木出神。

小松低下头，目光顺着他修长的小腿一路向下，落在他的拖鞋上面。她对男士拖鞋很陌生，于是伸手比画了一下，这种比画显然是徒劳的。于是她把脚踩在地上，她的脚和成州平的脚形成强烈的对比。

成州平忽然转头，看到她额头上细小的汗珠。他伸手把立式电风扇往他们的方向挪过来，打开电风扇。

小松猜测，这电风扇一定是二手货，风扇转动的时候，电机会发出奇怪的滋滋声，像机器老化的声音。她并不觉得这声音恼人，正好相反，她喜欢这些带着岁月痕迹的老物件，哪怕是噪声，都是时间留下的信物。

成州平吃雪糕的速度很快，小松还有一半的时候，他已经吃完了。他把雪糕棍子往垃圾桶一抛，拿来烟。

果然，这才是成州平的真爱，雪糕和她都是调味剂。

小松说："你刚吃完雪糕就抽烟，胃受得了吗？"

成州平说："一直这样，没什么事。"

小松懒得纠正他的坏习惯。这是她开启的关系，她想尽可能表现得更成熟一些，而成熟最重要的是尊重彼此，坏习惯也好，错误决定也好。

成州平抖了抖烟灰，烟灰落到了小松脚上。她"嗞"了一声，抬起脚踩在床沿："你烫到我了。"

成州平低下头看着她脚背上青色的血管，还有烟屑。他拇指轻轻拭去她脚上的烟屑，露出微红的皮肤。

他忽然起身，看到这个表示离开的动作，小松拉住他的手掌："你去哪里？"

成州平说："我去找烫伤膏。"

"没事，这么一点儿，都不算烫伤。"

成州平挑眉好奇地问："那你叫什么？"

小松大大咧咧地说："我娇气，行了吧？"

她其实和娇气半点儿也不沾边。

成州平对女人的记忆很浅，尤其是那些生活中不会有交集的小姑娘，可李犹松一开始就是例外，他现在还记得，当初在李长青的葬礼上，她不但没有哭，就连悲伤的神情也没有。她平静地接受了一切。

成州平说："行了，今天太晚了，你睡吧。"

终于，她问出蓄谋了整晚的问题："你呢？你睡哪儿？"

## 第十一章

气味

### 01

当小松问完成州平他睡哪里的时候,成州平就知道了她的意思。他的视线从她裙摆下白皙的脚上移开,他说道:"我去别的地方。"

"你要和那些人待在一起吗?"小松问。

成州平知道,她说的那些人指的是闫立军、小五、黄河他们。

她没等成州平回答,先开口说:"不工作的时候,你不要总和他们在一起。"和那些人在一起三个月、五个月还行。可如果是三年五载呢?除了他自己,谁也不知道他会不会改变。

听到她老成的语气,成州平抬起手,摸了摸她湿漉漉的发顶,半开玩笑半认真地说:"你放心,我不会学坏的。"

小松担心的不是这个,而是他的心理状态。当她以"刘锋"的身份认识他以后,再也没见过他笑。他的正常情绪随着"成州平"这个名字一起被隐藏了。

她很清楚,人可以歇斯底里地大哭大喊,只要情绪有出口,做什么都没关系,最害怕的是压抑。她感觉成州平把自己关在一个没有光的房间里,他自己封锁了所有的门窗。

小松一口吃完剩下的雪糕,等待雪糕在嘴里融化的瞬间,她一直紧紧拉着成州平的手,不让他离开。

"晚上我们一起睡。"小松说,"我是认真的。"

成州平把她脸上的湿发丝拨开:"你想要害死我吗?"如果她因为他出什么事,他这辈子就完了。

小松非常聪明地理解了他的意思，一针见血地指出问题："你本来就没想好好过日子，可不要赖在我头上。"

"过日子"这个词离他们都太远。

小松还在象牙塔里，她的规划是读研、读博，这也意味着她还要在这个象牙塔里待很久。而"过日子"这个词和成州平更是没什么关系。

成州平抬起她的脸。他家里没有吹风机，她洗完澡后，头发、眉毛都是湿漉漉的，因为潮湿，显得更加漆黑。他说："你别把我想得太好了。"

这是他今天第二次说这句话。

小松被他摸着脸颊，脖子都烧红了。她咽了咽口水，脖子上的筋跟着跳动，成州平能够感受到手下的颤动。

小松拉了拉他的衣服下摆："不管发生什么，我都自己承担后果。"

成州平听郁闷了："我怎么觉得你一副很期待的样子？"

小松问他："你听过一句话叫有便宜不占王八蛋吗？"

谁是王八蛋，谁又是便宜？成州平突然一把将她按倒在床上，风扇还在呼呼地转动，他的手掌透过裙子的纱贴住她骨肉均匀的大腿："你别用激将法。"

小松弓起腿，朝他硬邦邦的下腹踹了一下："你也别吓唬我。"

成州平认了，他本来只想吓吓她，结果李犹松这家伙软硬不吃。这不是一个好的信号。

说实话，他也有需求。这辈子这么长，他不可能一个人过。按照他的需求，要么找同类，要么找好拿捏的。

李犹松既不是同类，更不好拿捏。就算他不是在执行任务期间，也不该是她。她太有主见，又太狡猾，他们相处的时间加起来都不到一周，他就拿她一点儿办法都没有。

成州平从她身上翻到旁边仰面躺着："你是不是图我抚恤金呢？"

小松问："能有我爸的多吗？"

"那可能没有。他工作年限长，职级比我高，立的功也比我多。"

小松冷笑："那就不图了。"她也翻滚了一下，变成趴着的姿势，双手压在成州平胸口，"成州平，你害怕吗？"

成州平宽厚的手掌搭在她的背上："不害怕。"

小松能看出来，他没有强装，而是真的不害怕。就算他暂时把"成州平"这个人给藏起来了，可他坚定的眼神依然能够说明一切。

小松的手在他身侧撑起，看到他胸前的凸起，低头轻咬了一下："成州平，我喜欢你。"

成州平的手扣住小松的后脑勺，把她按到自己怀里："睡觉。"

小松嗅到他衣服上复杂的味道，汗味、火锅味、烟草味，如果说这些味道加起来有什么，只能说过于真实了。她说："你要不要去洗澡？"

成州平说："你不觉得很好闻吗？"

小松不会夸张到喜欢一个人便能容忍一切，她推开他："我对你的感情还没那么深。"

成州平按住她推自己的手，低头狠狠吻她的嘴唇。她刚吃完雪糕，整个人有一股淡淡的柠果味。成州平把她口腔里的柠果味一扫而空。

小松感受着自己身上的重量，彼此的胸膛摩擦，他的坚实衬得她更加柔软。

成州平今天晚上第三次说出这句话："李犹松，我没你想的那么好。"

小松擦了下潮湿的嘴唇："我也就比你好那么一点点。"她挣了一下被成州平按着的手，"你再不去洗的话，要不然咱们一起洗吧。"

"你在哪儿学的这些？"成州平松开她，打开衣柜门，拿出一件黑色的短袖。

小松看着他的背一张一合，说："就只准你们男的耍流氓吗？"

她并不觉得这有什么。只不过长久以来的社会规范把女人放在一个被支配的地位，不论是财富还是更加露骨的欲望，女性只有等待被分配的权利。这种社会规范其实很早就被打破了，只是所有人都在装睡。

小松不想自欺欺人。

她喜欢成州平，这种喜欢和高中时代对某个人的白衬衣、打球的背影、翻书动作的迷恋截然不同。高中时代的喜欢大多是一种默默的奉献，它的本质是一场自我献祭。

她本来就比同龄人成熟得更早，内心更为复杂，她的自我献祭大概在

197

小学某个时刻就结束了。而今她需要的、渴望的是不需要任何修辞去掩饰的快乐。她不希望通过讨好、掩饰来获取对方的喜欢。

她相信人和人之间的相处是一面镜子。你想要对方是真的，首先，你得自己是真的。

她听着浴室里传来哗啦的水声，闭上眼睛，眼前浮现出那天的日照金山。她和成州平之间因为那场日照金山有了很好的开始。

可惜的是，她想法很多，精力不够。还没等成州平出来，她先熬不住，抱着枕头睡着了。

成州平穿上短袖出来，看到床上的人，愣了一瞬。他还是不习惯家里突然多一个人，她的存在感让人无法忽视。

他走上去，手掌揉了揉她的背："别这么睡。"

小松说："我困。"

成州平有些失笑，可那个笑最终没有成形。他俯身抱起小松，蹲在床边，把她往旁边的位置放了一下，在她耳边温柔地说："你得给我腾开位置。"

小松拉他的胳膊："你上来吧。"

成州平在床上躺下后，手臂穿过她脖颈后方，把她的身体往自己这边送了一下。

小松自然地靠在了他的肩膀上，睫毛轻扇，闭着眼，振振有词地说："你要做什么，等我醒来再做。"

成州平抬手关了灯："睡觉。"

小松在成州平的怀里睡了一夜，第二天早晨她醒来时，成州平已经跑步回来了。

她一睁眼就看到他在厨房的背影。她想到自己昨天晚上的那些话和行为，忽然对自己恼火起来。她是不是太莽撞了？她敲了一下自己的脑袋，静悄悄地去洗手间洗漱。

成州平说："昨晚你喝了两罐啤酒，早上吃点儿面条，胃里会舒服些。"

他会不会以为自己昨夜所做的一切都是酒后乱性？

小松可不想自己的面子是白白摔碎的，她一个箭步冲到成州平面前，抱住他的腰："成州平，昨天晚上我说的话、做的事和喝酒没半点儿关系。"

成州平问："你抱这么紧干吗？我能跑了吗？"

小松低头看了下那双腿，要跑起来，她还真追不上。她直接赖到他怀里："再抱一会儿吧，又不要钱。"

成州平觉得这个程度再抱下去，真该向她收钱了。

说起钱，小松想到问他借的那五千块钱，乍然松开他："在我还你五千块钱之前，可以用别的东西抵债。"

成州平上下打量了她一眼。她今天穿回了她自己的衣服，没有化妆，一张脸很素净，在深绿色的衬托下，显得有几分苍白，像纸一样脆弱。她看起来人模人样，脑子里想的都是什么乱七八糟的？

成州平说："那行，你先把饭吃了。"

小松看了眼桌上的那碗面，说实话，有点儿不太愿意吃。

成州平不是会做饭的男人，今天要不是她在，他根本想不起家里还有一捆挂面。他吃饭很简单，要么点外卖，要么吃剩饭剩菜，要么吃速冻食品。他最爱吃的和老周一样，都是泡面，简单、方便，味道也满足他们的日常需求。

小松一点儿也不相信这些男人做饭的水平，她记得小时候李长青给她煮了一碗面，把她给吃吐了。做饭这种事真得靠实力，不是好心就能成事的。这就是发挥聪明才智的时候了。

"成州平，我想和你一起吃。"

成州平看了她一眼："行，一起吃。"

小松绕过他，走到他身后，蹲下来拉开橱柜的抽屉，拿出另一只碗。她把大半碗面都给了成州平："我吃得少。"

成州平想了想她吃饭的场面，她只是看起来瘦，吃得真不少。

小松没有刻意减肥，他们实习消耗量巨大，有时候跟手术，一站就是半天，他们不像医生、护士那样可以休息，暂停的时候，就得立刻去给医护买饭或者买咖啡。她的生活很健康，她很主动自觉地把那些不健康的事物从她的生活里剔除掉了。

成州平没说什么，埋头吃饭。

小松拿筷子卷了一大把挂面,刚吃到嘴里,便偷偷笑了。她就知道难吃,没有技巧,全是酱油。

不过小松还是老老实实去扒这碗难吃的面,甚至记住了酱油的味道,这些小小的瑕疵也成为他们之间共同的回忆。

成州平先吃完了,他抽出一张纸巾,擦了擦嘴,再把纸巾揉成团,放在碗旁边:"吃完了我送你回去,明天我要去别的地方待一段时间。"

小松的手颤了一下:"去多久?"

成州平说:"不知道,我回来联系你。"

小松点点头:"嗯。"

成州平说:"你照顾好自己。"

小松:"嗯。"

成州平不会安慰,不会哄人,让她照顾好自己已经是他能想出来的最体贴的话了。

小松低头吃着面,她能感受到成州平的目光,她知道,他正在以一种愧疚的目光看着自己。她不需要他的愧疚。

小松忽然抬起头:"成州平,我一出生我爸就是干这个的,我找你的时候就想清楚了。咱们两个也不知道能走到哪一步,在一起的时候开开心心就好了,其他时候,你有你的事,我也有我的事。"

她的语气格外稳重、成熟,让成州平觉得自己才是一个需要安慰的孩子。他故作轻松地说:"不该担心我吗?"

"我担心你你就不去了吗?"

小松想:人和人之间的彼此吸引、彼此靠近是得有共同的特质做连接的。如果是她认定的事,所有的牵绊与牵挂都要为之让路。因为成州平也是这样的,所以她才会坚定地走向他。

吃完饭,成州平开车送小松回嵩县的住所。

小松租的房子在医院附近最好的小区里,成州平把车停在小区对面的喷泉旁边,说:"我就送你到这里。"

小松看着他:"你跟我一起上去吧,吃了午饭再走。"

成州平说:"你别麻烦了。"

"你赶时间吗？"小松问。

成州平和她在一起并不轻松。每一分每一秒，他都背负着强烈的道德压力。就算他和那些所谓的坏人待在一起三年，也不曾像现在这样觉得自己是个坏人。

小松紧追不放："到底上不上去？"

成州平感觉她并不是在邀请自己去吃饭，而是邀请自己去刀山火海。他把车掉个头，开到马路对面小区旁的临时停车位上："走吧。"

02

小松是从一个摄影师手里租到的房子，房间的布置很独特，在客厅沙发背后的墙上悬挂着一幅巨大的梅里雪山照片。和他们看过的日照金山不同，那张照片上雪山被白雾笼罩。

成州平站在那张照片下。

好像那天的画面又重复了一遍，小松靠在转角的墙壁上，静静凝视着这一幕。

没有日光，成州平也暗淡了。她走上前，从他身后将他抱住："你真的不想和我试试吗？"

在成州平的理解中，女孩子不该像她这样。他也很武断地把这归为一种"不自爱"，他克制住缓缓升腾的欲望，压低声音劝她："你别这么不自爱。"

小松的手指在他运动裤的松紧绳上绕来绕去，语气半是撒娇半是讽刺："要你教我啊。"

成州平握住她的手腕："等我回来再说。"

"你要是不回来呢？"小松脱口而出，说完，她发现这句话对成州平来说太残忍了，她立马解释说，"我不是那个意思，我就是觉得你们男的都很不负责，而且三心二意，我不找你的话，你不一定会来找我。"

"我不会。"成州平的语气十分肯定，但也因为太过肯定，显得不真实。

他原本是想要直接走的，下次会不会再见面也不一定。可就在他试图前行的那一瞬，他的脚下好像被什么东西阻碍住了。在他身后，有股无形的力量拽着他回头。

成州平知道，那股力量并不是来自别人，而是来自失去理性思考的他自己。他忽然转过身，扣住小松的后颈，如她所愿，牢牢吻住她。

成州平从来不是一个温柔的人，他的吻比昨夜凶狠了一些。小松被吻得快要窒息，她想稍稍推开他一下，可她的手掌使不出半分力。她的脚向后退了一步，肩膀撞在了墙上，一颗心扑腾扑腾，似乎要冲破她的胸膛。

成州平本想退缩，可是，小松看向他的目光清冽又坚定，好像只要和她产生联系，什么罪过都能够被原谅。他的眼神因为克制而变得幽深，可他的喉结又因箭在弦上的欲望而轻轻颤动。

他的矛盾都落在小松眼底。这一刻，她想，成州平真是个有趣的男人，她再也没有在第二个人身上看到过这种剧烈的矛盾。

他们静静地看着彼此，都在试图读懂对方的心思，但是两个人都藏得很深，谁也不愿先打开自己。

成州平不能让这种试探再进行下去了。

小松阅历浅，还没有完全成熟，其实成州平也不是成熟的人，他和大部分男人一样晚熟，可这一刻，他被逼得必须承担一个男人应该承担的责任。

他视线一低，目光左右扫了一遍，重新抬起，看着小松，他的语气比之前每一次开口都要更深沉："你得想好了，跟我在一起你什么都没有。"

小松将他的裤子抽绳往自己的方向轻轻一拽，那个结就散开了。她说："我是那种势利的人吗？"

成州平彻底失控。他低骂了一句，然后抓住她的手："我自己来。"

小松深吸了一口气，说："去卧室，床单是我自己的。"

成州平一边亲她，一边把她推进了卧室。

小松被按在蔚蓝的床单上，紧密的吻落在她的脸颊上、脖子上。成州平吻过之处变得湿热无比，小松好像要化了一样。

她的拇指按在成州平额角的青筋上，在他的触摸中，她的呼吸紊乱。

直到他伸手去掀她的背心，她忽然护住自己的衣服，说："不用脱。"

成州平声音嘶哑："你不热吗？"

小松摇头："不热，你快点儿啊。"

成州平对她温柔而克制。他带给她的感受游移在深刻和淡薄之间，在即将抓心挠肺的时候，又开始虚无缥缈。

总体来说，一切都在往好的方向平稳地进行着。

不过这事有点儿耗费体力，小松觉得自己明明什么都没做，结束后，却什么都不想干。

她抱着膝盖坐在床沿，成州平坐在她身边抽烟，就像昨晚在他家那样。不同的是，她和昨天一样，衣服穿得严丝合缝，而成州平的上衣被扔在了床尾，赤着上身。

他刚出过汗，身上好像有一层淡淡的光泽，随着他取烟、按打火机的动作，他背部的肌肉不断张合，高低起伏，如山川河谷。

他们对着窗户坐，树影投射在透光的白纱上，光照进来，打亮成州平身上肌理的轮廓。

小松突发奇想："你可以做遗体捐献。"

成州平朝她吐了口烟："你能不能盼着我点儿好？"

烟雾里，她的面容暂时模糊，烟雾散开的时候，她回他一个非常清晰的笑："我是说真的，你可以考虑一下。"

成州平意识到他该打断这个话题。他问："见到尸体害怕吗？"

小松说："第一次见有点儿新奇，第二次害怕，后来就不怕了。"

她真的很胆大，可成州平觉得胆大只是一个表象，不能说她假，或是不够坦诚。她像被强光切割成了两部分，亮面很亮，暗面很暗，而你永远只能看到她被照亮的那一面。

成州平的手拿着烟，绕过她的肩膀，烟头正好停在空调风口的地方，烟屑在空中飞舞。

小松枕在成州平的肩膀上，说："你能不能戒烟？"

成州平问她："不喜欢我抽吗？"

小松说："也不是，只是我不习惯这个味道。"她的生活干干净净，没有一丝多余的杂质。

成州平不想戒。小女孩一天一个想法,今天心血来潮要跟他好,明天呢?她又不是要一直留在这儿,假期结束,她就离开了。而他已经不再想离开这件事了。

第一年的时候,他还想也许明年就能回去了,现在都第三年了。他必须要一些稳定的不会抛弃他的精神寄托。就像他考警队的时候跟老周说过的一句话:我可以保证不走歪路,但不能保证不沾染歪风邪气。

他另一只手接过烟,朝着和小松相反的方向吸了一口,说:"我试试。"

小松知道成州平只是在敷衍自己,她也知道自己还年轻,未来的事不能过早地下定论。所以她不会为成州平去改变什么,也不强求对方能为她有所改变。

小松租的房子窗户很漂亮,采光非常好。成州平想,等一切结束了,他也要找个采光好的房子。

谁都没心情去做饭,最后这顿还是点了外卖。两碗麻辣烫,互不干涉。

成州平离开的时候,小松下意识地看向手腕,当她看到自己空荡荡的手腕时,才意识到她把表落在成州平家里了:"成州平,我的表落在你家里了,应该在洗手台上。"

成州平看到她提起来的时候面容十分严肃。他问:"很重要吗?"

小松想了想:"也不贵重,就是戴习惯了。"

成州平把吃完的麻辣烫盒装进塑料袋里:"我回去给你寄过来。"

小松说:"不用了,等你回来,我去你家里取。"

成州平说:"那也行。"

小松把他送到门口,她想,自己应该说些什么。

但成州平没有说特别的话。他只是提着垃圾袋,淡淡地说:"我走了。"

小松说:"路上注意安全。"

成州平离开后,小松想抓紧机会再睡一觉。她一进卧室,就闻到浓重的烟草味。屋里的一切都很有冲击力,画面也好,气味也好。感官的记忆是相互串通的,这样的画面、气味立刻勾起她关于听觉的记忆,仿佛成州平就在她耳边喘息。

她的脸热得不行,立马把床上那条全是她和成州平痕迹的白裙子卷起来,扔进洗衣机,然后回到卧室打开窗户通风换气。

她躺倒在床上,拿起手机,点进自己的手机相册。这两年她很少去别的地方,很少拍照,手机的相册更新很慢,往回翻两屏,就回到两年前的德钦。

她拉大那张照片,成州平的脸被放大成了深深浅浅的像素块。拍照的时候,有光正好照在他的脸上,因此看起来他好像是在笑。

小松赌气地自言自语:"我就不信你能一直不笑。"

成州平下午开车先回了洗车行,对黄河叮嘱了几句,回到车上,给老周报了信,就开车回了大理。

从昆明去大理差不多四个小时车程,他刚好赶上闫立军家里的晚饭。还没进门,他就闻到了饭菜的香味。味道很不错,这和他跟李犹松两个人糊弄吃饭时候的气味截然不同。

上次闫立军被韩金尧软禁过后就找人从藏区拉来了三条藏獒,三条藏獒一见成州平,便此起彼伏地叫着。

闫立军家里的厨房和住宅是隔开的,段萍穿着围裙,双手各端一盘凉菜从厨房走出来:"阿锋回来啦,正好赶上饭点,今天我做了毛血旺,你一定得尝尝。"

夏天的时候,闫立军在院子里搭了个吃饭的棚子,周围五台风扇吹着。

成州平从段萍手里接过菜:"嫂子,我去厨房帮你。"

段萍说:"不用了,男人不要往厨房里跑。你去楼上喊一下你闫哥跟小五姐,叫他俩准备来吃饭。"

成州平问:"小五姐也在?"

段萍说:"嗯,一来就上楼找你闫哥谈事了,我啥也不懂,不好打扰他们。"

成州平说:"那我去叫他们。"

他进屋上楼，还没到二楼就听到一阵乒乒乓乓的响声。成州平来到闫立军书房外，他的书房门没有关严实，留着一条缝隙，成州平透过那条缝隙看到闫立军的背影和一双白花花的大腿。

　　成州平跟了闫立军三年，闫立军还坐牢的时候，他就做了身份来到闫立军身边。

　　闫立军这个人神经敏感，有轻微的被迫害妄想症，成州平为了取得他的信任，在监狱帮他挡过好几次群殴，后来刚出来，闫立军仇家找上门，成州平直接替他挡过一刀。就算他做到这个份儿上，还是不知道闫立军和武红有这样一层关系。

　　他想，脚步声这么明显，说他没听见、没看见，太假了。他咳了一声，说："闫哥，萍姐做好饭了。"

　　成州平一直在门外等到他们结束。

　　闫立军穿着一身白色polo衫，端着一个精致的水晶茶缸走出来："阿锋回来了？怎么样，今天路上堵不堵？"

　　成州平说："高速入口处堵了会儿。"

　　闫立军扶着他的背，带他下楼。

　　段萍已经在院子里摆好了菜，闫立军对着她的手艺一通夸："我在里面待了二十年，啥都不想，就馋你嫂子这口饭。"

　　没多久，武红也从楼上下来了。武红是个精致的都市丽人，她的妆非常完整，衬得一旁的段萍土里土气。

　　饭桌上，武红一直给段萍敬酒，段萍嘴笨，不会拒绝，后来还是闫立军出面："行了，小五，你嫂子就这点儿量，今天够给你面子了。"

　　武红说："我敬重嫂子，才想跟嫂子多喝两杯。闫哥，我嫂子真的是个好女人，等了你二十年，不婚不嫁，你一定要好好对她，别让她受委屈。"

　　成州平都听出了武红话里有话，就段萍那个傻女人还以为她是真心的。

　　闫立军给成州平使了个眼色："你小五姐喝多了，你先把她送回去。"

　　成州平扶起武红："小五姐，我送你回去。"

武红横了他一眼:"你就听你闫哥的话,他是你哥,我就不是你姐了吗?"

面对这些人的纠缠,成州平只会冷眼旁观,他把自己撇得很清,丝毫不会和这些人共情。他强硬地把武红拉到了车上,武红一路挣扎,高跟鞋都踢掉了。他把她放在副驾驶座上,用安全带控制住她,又回马路上给她捡回高跟鞋。

他上车挂挡,武红的身体突然凑过来:"刘锋,你能抱抱我吗?"

## 03

成州平扳正武红的身体:"小五姐,你喝多了。"

武红冷笑,从包里拿出一根细细的女式香烟,噙在嘴里。

成州平给她点上火。

武红说:"把车往河边开。"

成州平把车开到热闹的地方,武红打开窗户,朝着草坪上玩耍的小孩吐了口烟,冷笑道:"今天你也看见了,刘锋,是不是觉得小五姐挺可悲的?"

成州平摇头:"你们的事,我也不知道,不敢问,不敢说。"

武红悲哀地看着那群嬉嬉闹闹的小孩:"你知道吗?我不能生。我结婚当晚闫哥要了我,当时我那个男人看着老老实实的,但在外人面前就是一条狗,闫立军跟我在房里,他在外面听着,屁都不放一个,闫立军一走,他就开始打我。他把我打流产了,以后我就不能生了。"

成州平问:"怎么说也是闫哥害的,你恨他吗?"

"恨?"武红大笑起来,"他现在能赏我一口饭吃,我为什么要恨他?我就是恨自己年轻的时候瞎了眼,跟了那么个孬种。"

成州平看到几个孩子围着一位扎气球的老人,他突然解开安全带,下车去那位老人跟前买了一个小狗形状的气球,通过车窗递给武红。

武红这种过尽千帆的女人也很容易被这种可爱的小东西收买。她眼里闪过的天真神色丝毫不假,这一瞬,成州平想到了小松。要是这种东西拿

207

来哄她，她肯定觉得你敷衍。

成州平说："小五姐，我送你回去，你先休息，估计闫哥那里找我还有事，我不能耽搁太久。"

武红"喊"了一声："杨源进说得没错，你真是闫哥的一条好狗。"

成州平把武红送回她的别墅，又开车回了闫立军那里。

他在门口看到了杨源进的车，进去的时候，正好碰上段萍要打车回家。他说："嫂子，我送送你？"

段萍说："不用了，我叫了车，闫哥等你呢。"

成州平看着段萍上了车才进门。

闫立军和杨源进正在喝茶。杨源进和闫立军都是本地人，对喝茶很讲究。

云南是举世闻名的茶乡，在这里可以找到各种价位的茶，几十块的有，几十万的也有。但这里最好的茶是不在市面上流通的，有钱也买不到。杨源进自己有个茶园，专门用来做礼品茶。

"刘锋来了。"闫立军说。

杨源进回头斜了成州平一眼。杨源进以前虽然油腻，但长得也白白净净，自他两年前被闫立军用雪茄伤了眼睛后，整张脸都扭曲了。

成州平被杨源进看得不寒而栗，他站在书桌旁，说："闫哥。"

闫立军说："你杨哥今天除了好茶，还有更好的东西要带我们见识一下，你开车，咱们去茶园转一圈。"

对毒贩来说，能被叫作好东西的无非一白一红，白是白粉，红是钞票。对缉毒警察来说，也有一白一红，白是白粉，红是鲜血。

杨源进开车在前面带路，成州平开车跟着他，走了两个小时夜路到了他的茶园。

杨源进直接带他们去放茶的库房，库房里里外外都有人守着，一个抽条的少年正点头哈腰地给杨源进点烟，杨源进朝他的脖子上打了一巴掌："先伺候闫哥。"

少年张口喊道："闫哥。"他甚至还没有完全变声。

杨源进带他们走到最后一摞茶叶包装前，拿出一个礼品盒，从里面掏出茶饼，撕开包装，递给闫立军："闫哥，你看看。"

闫立军拿手指搓了一下，脸上露出不自觉的笑来。

以前管制差的时候，边境经常有一些制毒的小作坊，闫立军从小就在那种地方做童工换家用，一辈子都在和毒品打交道，什么档次的货，看一眼就知道。

他首肯地拍了拍杨源进的肩膀，杨源进介绍说："这是墨西哥来的货，韩金尧最近被警察盯得紧，手上的货出不去，我捡了个便宜。"

闫立军叫成州平："刘锋，过来看看。"

成州平走到杨源进手上那包白粉前，他用手捏了一小撮，放到鼻子下："我进去的时候，是四号海洛因的天下，等出来的时候，纯度大不如前。这批货跟我们当年的有一比。"

杨源进说："这批货纯度都在百分之五十以上，市面上绝对见不到这么高纯度的。"

成州平就知道，闫立军这个老狐狸不可能把这么好的货交给武红。可他身边只有杨源进和武红这两个人，不把货交给武红，交给谁呢？

今晚闫立军在茶园休息，成州平和他一起在茶园住了一晚。

在监狱的时候，成州平就和闫立军住一间，监狱晚上睡觉时不熄灯，必须留着暗灯。所以闫立军睡觉的时候必须开一盏暗灯。

第二天他们吃早餐，闫立军突然跟杨源进说："这回让刘锋跟你去。"

杨源进用那只独眼斜着看成州平一眼："这小子行吗？"

闫立军看着成州平，缓缓地笑问："你行吗？"

在一双双带有试探性眼睛的注视下，成州平说："我没干过这么大的单子，怕给杨哥拖后腿。要不然这回算了吧。"

杨源进说："你就这出息啊。"

闫立军一掌拍向他的肩："人都是一次次磨炼出来的，我像你这么大的时候也畏畏缩缩，看到警察眼睛都不敢眨，让你杨哥多带带你。"

成州平只好说："那我试试，杨哥，我头一回做大单子，有不懂的，你多教教我。"

下午，杨源进带他们去 KTV 玩。

闫立军坐牢这些年正是杨源进起来的时候。他表面身份还是个做小买卖的茶商，但私底下KTV、茶室什么都经营。

KTV里，他叫来几个女孩，都是按闫立军口味挑的，穿着清一色的露大腿旗袍，她们包围着闫立军，一口一个"闫先生"。

闫立军当然玩得很开心，杨源进拍了拍成州平的肩："你喜欢啥样的？别跟你杨哥客气啊。"

成州平只觉得反胃。那些陪闫立军的女孩比闫立军外孙女大不了多少。他从桌上拿了一包烟："杨哥，我就喜欢这个。"

杨源进突然说："你这怎么跟那帮臭警察一个毛病？"

成州平点上一根烟，慢悠悠地说："杨哥，你是不是盼着我死呢？"

杨源进说："既然这单闫哥让你和我一起干，我就把你当亲兄弟了，咋能盼着你死呢？"

他打了个响指，包间里又进来几个穿萝莉装的女孩，不过这几个看起来比伺候闫立军的那几个年纪大多了。她们围着成州平和杨源进两个人，身体跟蛇一样软。

成州平拎起白酒，灌了半瓶，然后借机去厕所吐，离开了乌烟瘴气的包间。

厕所里，他立马编辑短信发给老周。老周回得非常及时："刘队：先答应他们拿到交易信息，等通知。"

成州平回了一个简单的"收到"。

当天晚上，他把这批货装到自己车的后备厢，开回昆明的洗车行，然后把毒品分别藏在车胎和清洁剂的瓶子里。

黄河见到这些货，傻了眼："锋哥，你是从哪儿弄到这么多货的？"

成州平说："闫哥给的。这批货你看稳了，要是出点儿问题，闫哥能要你命。"

这是小松和成州平失去联系的第四天。这周急诊室不忙，但要写的病历很多，她忙忙碌碌地度过了一周，周末和同学一起去西山玩，行程填得很满，又都是和别人在一起，她几乎没空想成州平。

周六他们去爬山，爬到龙门的位置，带队老师把单反给一个路人，请路人帮他们拍合照。他们为这次短暂的登山活动准备了横幅，在并不宽敞的观景台展开横幅："援滇白衣护卫队"。

小松就混迹在这些白衣天使里，混迹在这些单纯的笑脸中。

爬完山第二天小松浑身都散架了，在床上瘫了一天，看了两部电影，一部灾难片、一部战争片。其间，李永青打来了电话，她们聊了十分钟。

小松在结束和李永青的通话后，滑动了一下自己最近的通话列表。

她会给认识的人添加礼貌、友善的备注，但现在是外卖和快递的鼎盛时期，只要有点外卖或是网购的习惯，就免不了会接到外卖小哥、快递小哥的电话。和那些熟人之间的通话不同，他们之间的通话只有一串数字，没有任何备注。而她和成州平为数不多的通话就隐藏在那些没有备注的通话里。

有什么大不了？小松心想。她点开成州平现在用的那个手机号，在备注里写了"刘锋"两个字。

打完字，她又删除了。她能看出来，成州平不喜欢她这样叫他，她尊重他。所以最后，他留在她手机里的痕迹仍然只是一行十一位数字。

话说回来，她确实该加强锻炼了，爬完山歇了整整两天，周一下午喝了杯奶茶，元气才恢复了七八成。

护士长看她今天有点儿蔫，用那不怎么标准又口吻严厉的普通话训她："你要再这样就别来了。"

小松知道自己只是被当成靶子了，她行事鲁莽，又听不进劝，不怪别人。

小松无所谓了，她做了自己想做的事，对错轮不到别人来教她。她老老实实挨完训后，去病房检查心电监护仪。

急诊室是打破理想的地方。没有去过，或者第一次去急诊室的学生，很容易把这里想象成"拯救生命的圣地"，碰上忙的时候，脚不沾地，就恨不得病人少一点儿。

他们累归累，但该干什么还是得干。

今天晚上病人也多，只要来一个车祸，县城医院的医护人手根

211

本不够。

护士长大步走出来,看了眼待命但又帮不上大忙的实习生,最终对小松说:"你去输液室看着八床病人,注意病人反应,有了输液反应立刻找刘大夫。"

小松郑重地点头:"八床病人。"

护士长说:"对,赶紧去。"

小松来到输液室,除了八号病床上因为肠炎正在输液的中年妇女,其他床上也坐满了等待输液的病人。有满脸是血的男人,有哭个不停的小孩。一进来一个穿白大褂的,他们的眼睛就放一次光。

小松扫视了一圈,看到角落里有一个干瘦干瘦竹竿一样的青年摇头晃脑不断地走来走去。她和对方眼神对视上的一瞬,发现对方的瞳孔黑得不正常,就像两个巨大的窟窿。

小松立马躲开注视,那个青年一直不停地走动,状态亢奋。她虽然没有见过真正的瘾君子,但那个人表现出来的不正常状态,让她无法不怀疑他是毒瘾发作。

小松捏紧放在口袋里的手,跑出输液室,找来同学:"你帮我照看一下八床肠炎输液的病人,明天请你喝奶茶。"

她迅速跑到更衣室,打开自己的柜子,从外衣口袋里拿出手机,颤抖着拨出了成州平的手机号。

在响了两声后,这个电话突然被挂断了。小松知道,这会儿一定是他不能接电话的情况。她求助不了成州平,只能去找主任,但她根本不知道主任人在哪儿。

小松坐在椅子上,看着自己放在膝盖上的手不断颤抖,手背上血管起伏,她知道不可以这样下去,再抖的话,也许本来没什么事都要被她抖出事来。

就在她调整呼吸的时候,手里的手机振动起来。她看到手机屏幕上那一串数字,差点儿激动得哭出来。

小松立马按下接听键,但她有点儿不知道要怎么开口。如果开口,她该叫他什么呢?人就是这样,越不能做什么越想做什么。她越不能说出"成州平"这三个字的时候越想叫他一声"成州平"。

在她快速组织语言的时候,成州平的声音平稳地传来:"遇到什么事了?"

## 第十二章

### 无人问津

**01**

在和小松的相处中,成州平能察觉到她画的那条无形的界线。所以他知道,她给自己打电话只会是一种情况,就是她遇到无法解决的事了。

小松的手紧紧捏着白大褂,她用几乎只有成州平才能听见的声音说:"医院输液室有个人,亢奋地走来走去,抖手抖脚,一直没停,我怀疑他毒瘾犯了,我刚刚看了他一眼,他的眼睛很可怕,我要不要报警?"

成州平立马说:"你不能报警。"

他和小松相处时间不算长,却清楚她的脾气。你要是直接跟她说不能做什么事,她肯定不会听你的,所以必须给她一个合理的解释。他细心地解释说:"只是吸毒,不会定罪,顶多被送去强制戒毒,他出来后很有可能会对举报人进行打击报复。"

"那……我怎么办?"

"你们科室主任呢?"

"他在做手术。"

"你照我说的做,你把这个人的状况告诉你们护士长,不要说你怀疑他吸毒,以他们的经验能判断出来,然后让他们以医院的名义报警。"

小松点头说:"我记住了。"

她发现成州平的声音也是故意压低了的,他压低声音说话时声音醇厚。她捏紧手机:"你是不是在做任务?"

成州平拨弄着宾馆尽头的剑兰叶子,说:"没事。你害怕了吗?"

小松说:"没有怕,只是……有点儿无力,那个人看起来好像是个高中生。"

成州平知道她在无力什么，他冷静地说："没人逼着他吸，你不用同情这种人。"

成州平的声音和夜晚一样让人心安，小松对着手机点头说："我知道了。我去找护士长了，你注意安全。"

她的语气很有力，成州平一听到，脑海里立刻浮现出她亮晶晶的眼睛，就和此刻窗外的灯火一样明亮。就在他以为她要挂断电话的时候，电话里传来很轻柔的一句："成州平，晚安。"

成州平知道工作过程中不该和她联系，可当他听到"成州平"三个字，他知道不论自己付出什么代价，都是值得的。

他挂断电话后第一件事是删除通话记录。

成州平回到宾馆房间，刘文昌、老周和本地缉毒大队的副队高远飞正坐在床上打牌。本来四个人在玩跑得快，成州平因为那通电话中断了牌局，他们三个人改玩斗地主。

刘文昌瞥了他一眼："忙完了？"

刘文昌这个人和老周不一样，他声音很厚实、压抑，有一种强烈的不近人情的感觉。

成州平看了眼他的牌，走到方桌前，往一次性纸杯里倒了杯水。流水的声音响起，他说："洗车行账上的事，已经解决了。"

刘文昌砸下一对二："手机拿来我看看。"

老周和高远飞都看向他。检查手机传递出的信息是强烈的不信任。

成州平把手机扔到他们牌面上，刚好挡住了刘文昌出的对二。

高远飞跟老周说："你们队的都挺有个性啊。"

老周说："你可别对我们队产生误解，我们作风很严的，就成州平同志一个人是大爷。"

刘文昌点开他的最近通话记录，最近一次通话还停留在三个小时前。刘文昌回忆起他刚才接到电话时那紧张样，敏锐地问："你小子是不是处对象呢？"

成州平说："处着玩的。"

他表现出一副吊儿郎当的样子，刘文昌才没多怀疑，把手机扔还给他："赶紧断了，自己什么处境不知道吗，祸害人家姑娘干啥？"

　　老周找补说："人家年轻小伙子，还不让人家处对象了？回来的时候光棍一个，你负责给他安排相亲啊？"

　　高远飞点头帮忙说："咱是缉毒又不是贩毒，毒贩子都能谈恋爱，咱们凭啥不能啊？我们这儿妹子多才多艺的，带回去一个多好啊。"

　　刘文昌是个嘴笨的男人，不会解释。

　　成州平也坏，趁机为难他："你是不是怀疑我呢？"

　　刘文昌说："身正不怕影子斜，你怕人怀疑吗？"

　　成州平坐在床边，床陷下一块："我不敢瞎保证啊。这回运的货，我要是自己吞了，还用得着跟你们窝这儿受气？"

　　刘文昌瞪了他一眼："你试试看，老子毙了你。"

　　说起这批货，刘文昌和老周正是为了这批货来的。这批货量大，交易双方可以直接把牢底坐穿。本来他们以为武红会吃下这批货，没想到由杨源进亲自进行交易，这回还真是瞎猫碰着死耗子了。现在只要成州平拿到交易信息，他们提前埋伏，便能抓他们个人赃并获。

　　打完牌，老周泡了四碗泡面。

　　刘文昌安排工作："这段时间有严打，他们的最佳出货时间是严打过后。老周之前应该已经通知过你一次了，我再重复一次，成州平，严打期间，你不要参与任何毒品交易工作，全力保障能够参与到杨源进的这次交易中。按照我们以往的经验，这种大批量的交易地点双方会经过多次协商变更，信息变化很快，你和老周的通信不能断。这次任务在云南境内，咱们以辅助为主，但你放一万个心，当地警方会全力支持我们的卧底侦查任务。"

　　成州平思考了一瞬，问："我跟杨源进一起去交易，你们抓了他，那我呢？我自己跑了，回去怎么跟闫立军交代？"

　　刘文昌在沉默中翻眼皮子看了他一眼。

　　成州平说："行了，知道了。那边我会看着说，行动的时候看着点儿，别把我也整进去就行，我真不想再进去了。"

小松把那个疑似吸毒的人的情况汇报给了护士长，护士长又汇报给了主任。主任和护士长临时开了个会，决定报警。

便衣民警到来拉走了那个吸毒青年，对方被带走的时候嘴里说着乱七八糟的话。这一场动乱随着新病人的转入而平息。

一个晚上忙下来，小松感觉自己人都快飘了。

早饭她努力让自己多吃了点儿，又被同学逼着喝了口葡萄糖。本来她站了一晚上都没事，现在差点儿被这口葡萄糖给齁没了。

她离开医院，回到自己住的地方。一回家，她便彻底垮了，人像长在沙发上似的，根本离不开。

她躺在沙发上，呆呆地望着阳台上挂着的那件白裙子。看到那件白裙子，她就想到成州平身上的烟草味、浓重的呼吸声。而在它旁边挂着的是成州平的黑色冲锋衣。一软一硬，挂在一起有种道不明的暧昧。

小松是个懂得适可而止的人，她已经得到了自己想要的，就不会有更多的期待。

成州平的工作性质决定了他们之间的关系不可能如漆似胶，小松见识过父母之间的歇斯底里，她对自己和成州平这段关系唯一的期待是：好聚好散。因此成州平无法主动找她，她不会有丝毫的不开心。一来预期过低；二来她的生活除了成州平，还有其他许多事。

小松拿起沙发旁的书，翻了几页。这是本科幻小说集，和其他科幻小说酷炫的封面不同，它的封皮上只有一行简单的楷字：你一生的故事。

正当她看得入神的时候，手机开始振动。她在身下翻了翻，从沙发夹缝里找到了自己的手机。

看到那一串来电显示，她的心跳都有些紊乱了。这种紊乱和以前接到父亲电话那种单纯的欣喜不同。它有不知所措的怯，也有跃跃欲试的勇，两种截然相反的情绪拉扯着她的神经。

小松没有立马接电话，她先喝了口水，平复了一下心情，然后才轻柔地按了接听键。

在这场通话的前三秒，谁都没说话。

她试图去辨别他所处的环境，除了低浅的呼吸声，还有一些滋滋的响声,好像电钻的声音。除了这些,一切都很安静。她说出自己的猜想:"你回家了?"

"嗯。"成州平回答。

其实在打这通电话之前,他没有想到会出现沟通困难的现象。干他这行的总需要一些见人说人话,见鬼说鬼话的能力。而他本身也不是一个内向的人,从来没有存在过不知道该怎么跟人说话的问题。

他昨天凌晨四点从宾馆回到家,也没睡几个小时,便被楼上的装修声吵醒。

手机新闻都在早八点扎堆推送,他举起手机划过那一条条新闻推送,看着干干净净的手机屏幕。

他是个很懒的人,手机除了看看新闻和球赛,对他来说没有别的用途,他懒得拍照,更懒得更换手机屏保。手机屏保是手机出厂自带——一个简单的纯色渐变背景,从蓝到黑。整个手机屏幕上唯一的特别元素是时间。

现在是早上八点四十,成州平想,小松应该下班了,所以拨通了她的电话。他没有在手机里留下她的备注,却记得那十一位手机号。

他需要记住大量的信息,人脑储存空间就那么大,一些不必要的东西他不会去刻意记忆。他甚至也不知道他是什么时候记住小松的手机号码的。

小松感知到电话那头的沉默,能够想象到成州平因为她而语塞的样子,于是得意地勾起唇角:"你为什么给我打电话呀?"

"昨晚的事怎么处理的?"

"主任打电话报警了,民警出警很快,他们来了三个人,先装成病人去了输液室,偷偷摸摸靠近那个人,抓他的时候他一直在反抗,看起来那么瘦的一个人,三个民警才把他给制伏。"

"你没事就好。"

"成州平,你是不是在担心我?"

"正常情况下,不都该这么说一句吗?"

小松听他这么说就不乐意了。她拎起一个沙发靠垫抱在怀里:"你这么说,我可就不满意了。"

成州平的语气里也带着丝丝撩拨的意味:"那你要怎样才能满意?"

"这几天我有点儿想你,你呢?想我了吗,成州平?"

他想,自己之所以会打出这个电话,无外乎这个原因。可让他说出口又是另一回事。他的嗓子好像被卡住了,如鲠在喉,喝了口水后,沉稳道:"周末来我家吗?"

小松憋住笑,她在沙发上翻了个身,下巴支在沙发靠垫上:"周末啊,我得看安排,我们上周去了西山,这周可能要去翠湖公园玩,要是有集体活动的话,可就不一定了。"

成州平听出了她口吻里的骄傲。他拿着水杯,在手里晃了晃,说:"那以后再说。"

"哎哎哎,你再问我一遍啊,我说不一定又不是说一定不。"

中文的精髓就在此,不一定和一定不,变一下语序意思截然不同。

成州平说:"这个周末你休息吧,下个周六,晚上我去接你。"

小松说:"成州平,一言为定。"

其实这就是个平常、随意的约定,但因为"一言为定"这个词之前出现了他的名字,这句话对他而言变得格外郑重。他声音低柔地说:"一言为定,李犹松。"

结束通话,成州平闭上眼,安心地睡了一觉。

02

成州平睡醒后,从冰箱拿出小松买的速冻馄饨,直接扔进冷水锅里。水开的时候,馄饨皮散开,肉馅漂在汤里。他直接拿来汤勺往锅里一舀,将烂皮肉糜一起吞进去。

他用这样的方式吃完了一锅馄饨,检查了一下手机电量,拿上车钥匙,出门去洗车行。

洗车行本来就是个幌子,闫立军没花多少心思在这里,平时成州平也懒得来,都是黄河在看店。他进了里屋,黄河正在和一个妹子连线打游戏,地上摆着还没收拾的火锅外卖。

219

成州平看到那个火锅外卖绝不是一个人的量:"你带别人来店里了?"

黄河拿着手机,两根拇指不停按屏幕,嘴上讨饶说:"锋哥,就带了俩妹子来,俩高中生,屁都不懂。"

成州平抢来他的手机:"我跟你说过几次,不许带人来?"

黄河立马跪在椅子上:"哥,我错了,你别跟闫哥说,让闫哥知道我就完了。"

黄河不算个坏人,只不过一直在社会上游荡,没接受过教育。他和小松同年,还没来得及见识大奸大恶。在他的认知里,闫立军就算他的天了。

成州平把他的手机扔到柜台台面上,说:"今晚金华小区的单子你替我跑一趟。"

黄河贱兮兮地凑上去:"锋哥,约会啊?"

成州平说:"你少管。"

黄河之前就一直跟成州平叫嚷着要独立跑单子,成州平没给过他机会。现在要配合当地的肃清活动,他按照刘文昌的安排暂时停止这种散单的行动,专心放在之后杨源进的那单大生意上。

黄河拍胸脯保证:"锋哥,我跟你干这么久了,精髓都掌握了,你就放心吧。"

成州平把桌上揉作一团的抹布展开,把它四方四正叠好。他说:"要是碰到警察,放下货赶紧跑。"

黄河说:"锋哥,你不知道吧?我是我们学校初中百米冲刺的纪录保持者。"

其实不难看出来,黄河小腿肌肉发达,跟腱修长,如果不是他在的地方太过落后,也是个当运动员的好苗子。

成州平冷漠地扫了他一眼:"没看出来。"

他安顿完事,和黄河交了班,自己在洗车行看着。

晚上成州平请黄河下馆子吃了顿他最喜欢的酸菜鱼,把车给了他。成州平点完货,黄河就开车去交易地点了。

成州平等他回来期间,给老周打了通电话。

大男人说完公事就没的聊了,成州平冷酷地挂了电话。

老周在宾馆里对着手机骂:"当年谁招了这么个大爷进来?"

刷手机的刘文昌抬起头:"李长青啊,当年跟我信誓旦旦地说这人能行,我看他看人的眼光不咋地。"

成州平进来后,老周和李长青他们轮流带,老周骂归骂,可终究还是护犊心切,为成州平找补说:"这小子确实可以,他第一次卧底,当时扮我马仔,零下二十摄氏度,我们躲在草丛里等着跟人接头,我都受不了,这小子一声不吭,我对他信心十足。"

刘文昌把手机扔一旁:"他家里知道他干这个吗?这三年跟家里联系过吗?"

老周:"你管多了啊,有人给你干活儿你就偷着乐吧。"

刘文昌说:"你误会我的意思了。我的意思是,想办法让他和家人联系一下,哪怕打个电话,也能让他心里舒服点儿。"

老周点燃烟,摇摇头:"老李在的时候提过一嘴,这孩子爹妈都没了,所以整天不着家。"

刘文昌的手敲了几下床单:"那你平时多关心他一下,以后归队了也是,多照顾他一下。"

成州平看了眼表,深夜一点五十三,距离黄河去送货已经四个小时了。他有一种强烈的不祥的预感,虽然他们干这行的凶吉在天,不能过多依赖预感,但他还是很不安。他把洗车行关了门,在里面等着,差不多过了半个小时,有人拼命敲门。

成州平从里面把卷闸门推上去。黄河一脸血,出现在门口。

成州平把他拽进来:"出什么事了?"

黄河崩溃地大喊:"锋哥,怎么办?我杀人了。"

成州平握住黄河的肩膀,大力地把他压到玻璃门上:"你把话说清楚。"

"今天我去快递点送货,一个民警突然冲过来,我想都没想就跑了,他一直追,一直追,我被堵到死胡同里,没辙了。我想他要是抓了我,我就得坐牢,我还不如捅死他!反正刑期都一样!"

成州平一脚踹向黄河的肚子,边踹边骂。

还敢同情这些人吗?成州平就算和他们朝夕相处,也永远不会怜悯这

221

些人。因为今天被杀的那个警察可能是他的同学、他的同事、他的老师,甚至是他自己。

成州平泄愤地踢踹着黄河,最后捏住他的后颈,提着他的脖子把他拽起来:"你去自首。"

黄河惊恐地跪下,扯着他的胳膊:"锋哥,我不能去自首,我现在偷渡,找闫老板帮忙,闫老板肯定有办法把我弄出去,你帮我求求闫老板!"

成州平极力压制住想杀人的心,问道:"你回来的时候有警车跟着吗?"

黄河摇头:"没有,今晚就碰到那一个民警。"

杀人偿命,不可能让他逃过这一劫。成州平冷静下来,问:"你有信得过的朋友吗?先去那儿避避风头。"

黄河想了想:"有,有,我有个表哥在丽江做藏药生意,我可以躲他那里。"

成州平说:"行,你连夜准备一下。公共交通肯定不能搭乘,开车去,闫哥那儿我帮你问问。"

黄河擦了把脸上的鼻涕、眼泪:"锋哥,只要你帮我这回,以后让我干啥都行。"

黄河匆匆收拾了一下行李,开车跑路。成州平立马把车的信息发给了高远飞。

晚上他关了店,走了大半座城市,回到家里,趁着洗澡的时候想好跟闫立军的说辞。闫立军对黄河就是个可有可无的态度,但对他就不一样了。闫立军身边的人各怀鬼胎,不想信他也得信。

成州平把这事告诉了闫立军,果然闫立军的意思只是别让黄河影响他们接下来的那笔交易。

成州平这天晚上没能睡着,他一直在想被黄河捅死的那个素未谋面的民警。他可能是某个女人的爱人、某个孩子的父亲、某个母亲的儿子。

如果今天他没把这件事交给黄河,而是亲自去了……但是没法去设想如果,他没有软弱这个选项。他软弱了,那些被毒品侵害的家庭呢?谁来保护他们?

只不过,成州平没想到黄河能逃脱警方的追捕。清晨他接到高远飞的电话,说昨天半夜交警在安楚高速公路出口的树丛里发现了一辆报废的面包车,车上没有任何人。

成州平对着电话沉默。

高远飞以为他内疚,安慰他:"这种小毒贩,多花点儿时间怎么都能找到,咱不就是抓贼的吗?"

成州平说:"他没有去丽江,可能中途决定去大理直接求闫立军。"

高远飞思考了下,说:"倒是有这个可能。"

成州平说:"黄河没什么朋友,社会关系很简单,吃喝都指望着闫立军,犯这么大的事,最稳妥的就是去找闫立军。"

高远飞说:"我们的交警同志正在调取抛车点附近的录像,这事你已经提供给我们非常有用的线索了。务必把所有的精力都放在接下来的行动上。"

成州平说:"嗯。"

果然,第二天他们在大理警方的协助下在一个山村里找到了黄河。

刘文昌跟这边的警方打了招呼,警方去洗车行走了个过场。成州平提前把杨源进那批货放回了家里,撇清了他贩毒的嫌疑。

车废了,洗车行也废了。闫立军没想到一个黄河坏了这么大的事,几天脾气都不好。

成州平这些天为了避免麻烦闭门不出,周四傍晚的时候,他接到一个意料之外的电话。是武红打来的。

自从上次他撞见武红和闫立军的事情之后,武红再也没联系过他。他起初把这理解为女人的自尊心,直到今天接到武红的电话。

成州平对着电话说:"小五姐。"

武红说:"我来昆明了,晚上一起喝个酒。"

成州平说:"你在哪儿?我车没了,不能去接你。"

武红说:"我把酒吧地址发给你,你打车过来,姐给你报销。"

闫立军之前出事的时候被几个手下联合起来背叛,因此他一直有个忌

223

讳，就是手底下的人背着他来往。成州平的目标是闫立军，所以他把这事老实地汇报给了对方。闫立军在电话里说："你正好去看看这娘们儿卖什么关子。"

今晚天气预报说有中到大雨，成州平出门时带了把伞。武红发的地点是郊区的一家酒吧，那一带治安出了名地乱。成州平打车过去，进了酒吧，里面没其他客人，武红正在卡座上抽水烟。她今天没化妆，脸上素淡，疲态尽显。

武红跷着二郎腿，眯眼招呼他："阿锋来了？"

成州平说："小五姐，过来怎么不提前说？我去接你。"

武红说："你现在是闫老板面前的红人，这么大一笔交易都让你跟，我哪敢让你接我？"

成州平在闫立军身边一直不敢太冒进，通常都是闫立军让他干什么他就干什么，如果不是任务需要，他从不会主动打探闫立军和武红之间的事。可武红说话的语气让他怀疑武红之前并不知道闫立军让他跟这个单子。如果她之前不知道，又是怎么突然知道的？

成州平说："小五姐，你别拿我开玩笑。还是那句话，我这命是闫哥给的，他说什么我做什么。"

武红摇头说："你们这群男人压根儿没把我放在眼里过。要不是黄河来找我求救，我他妈现在还被你们蒙在鼓里。这么纯一批货，我武红不配见吗？"

成州平镇静地说："我不太懂货，我还以为这回闫哥让我跟着是不放心杨源进。"

武红冷笑："刘峰，你嘴真严实。"

服务员拿来一瓶白酒。武红跟成州平说："姐知道你是给闫哥卖命的，不为难你，这瓶喝了，这事我就不为难你了。"

成州平说："还是小五姐痛快。"他握住酒瓶纤细的颈部，二话不说，从嘴里灌下去。

武红满意地拍拍手："闫哥说得没错，刘锋，你一身是胆。"

武红抬起手腕，看了眼自己的卡地亚手表："我还有约会，不陪你喝了,回大理见。"

成州平酒量好,一瓶白的对他来说也就是休息十来分钟的事。

武红提着包走了,他在酒吧的皮沙发上躺够十分钟,又去洗手间洗了把脸,带着伞离开这里。

他刚出门,一个混混儿打扮的人便撞上他,他正想躲的时候,对方袖子里钻出一把瑞士军刀,抵向他的腹部。他举起双手做投降姿势:"兄弟,有话好说。"

一辆黑色越野车背面走来四五个混混儿,成州平吸了口凉气,那个拿刀抵着他的人把他往旁边消防通道的地方逼。他知道不能让他们把自己逼到死胡同里,他趁对方不注意的时候弓起腿朝对方胳膊肘踢去。

对方被袭击,刀掉到地上,成州平一脚把它踹远。剩下五个人围攻过来,他们带着棍子,朝他前胸后背袭来。

成州平拿伞挡了一记袭击,接连干倒三个人。成州平抓住刚才那个拿刀子的,把他摁在地上往死里打。

这时候,一棍子砸到他头上,他的头晕晕乎乎,手下的力气也越来越小。好几只脚往他身上踹,好几根棍子往他身上招呼。乱哄哄的围殴中,一个人吐了口痰,说:"还能打不?"他刚才被揍得最凶,所以踹得最狠。

另一个胆小一点儿的说:"哥,小五姐吩咐别闹出人命,咱赶紧办事吧。"

几个人把成州平拉到黑暗、逼仄的消防通道里,三个人按住他,一个人拉住他的胳膊,还有一个从口袋里掏出一个针管,朝他小臂上扎去。一股空前的寒冷侵入他的血液,他浑身肌肉僵住,眼神开始模糊不清。

"有人来了,赶紧跑!"

那几个人走了。

这个无人的巷子里,垃圾箱、电动车、电线杆、空调外挂机都在雨雾里失去原本的颜色。针管的针头还插在他的肌肉里,他弓着身子靠着墙,强烈的恶心让他吐出胆汁,他倒在那片污秽里,发抖、抽搐,呼吸越来越困难。

225

两个从隔壁 KTV 走出来的学生看到他，慌张地走过，一个对另一个说："那个人是不是吸毒了？咱们要不要报警？"

另一个赶紧拽着同伴走："你不怕打击报复啊？赶紧走。"

成州平后半程完全昏迷了，他不知道这个巷子是否有人来过，是否有人看到了他又无视地离开。他不知道。

## 03

周四晚上，是一位拾荒老人报了警，民警叫来救护车把成州平送去医院的。他醒来的时候正在挂水。

护士告诉民警他醒了，民警进来问话。

成州平把当时的情况一五一十地告诉了民警，一个民警安慰了他几句。晚上的时候，老周提着盒饭来看他。

老周说："先吃口饭。"

成州平开口对他说的第一句话不是问自己的身体状况。"我还能干这个吗？"这是他开口问的第一句话。

老周是个心肠很软的男人，疲惫的他眼眶立马湿了："怎么不能干了？谁不让你干这个我跟谁急。"

没人收他这条命，那就接着干。

成州平不想回忆那种感觉。和那些主动吸毒的人不一样，他这辈子都不想有第二次，提到"海洛因"这三个字，他就生理性地想吐。

现在是关键时刻，他们怕暴露了前功尽弃，所以老周只来了那一次，后来他们还是用手机联系。

成州平住了一周院。这一周，闫立军那里也没什么特别的动静，此次云南省厅主持的肃清行动快准狠，禁毒力度空前，他们都在避风头。

成州平回到家的晚上，夜色安静。他站在窗前，不知道干些什么，一直盯着被对面单元楼灯光照亮的过季玉兰树。

他隐隐约约想起一些面孔，但它们只是划过他的脑海，仅仅停留了一瞬间，他就不想了。他不允许自己陷入消极，不允许自己有任何质疑。他穿上外套，去门口那条路上跑步。

他回来的时候，心里先出现了一个时间，然后翻开手机一对，果然，猜得没错，现在是夜里十一点四十五。这个无聊的胜利给了他一些信心。在他住院的这一周，小松没有给他打过电话。

她的工作在晚上，成州平也找不到给她打电话的时间。像很多人的感情，你不找我，我不找你，大家在沉默中各走各路，幸运的话，才会在某天偶然驻足的时候在记忆的间隙里想起某个人。

本周五是小松最后一次上夜班。暑假志愿支援的时间一共是两个月，中间会变更一次排班。

周五晚上聚会多，送来的几乎全是醉汉。周六早晨小松回家后，立马把自己的衣服扔进洗衣机里。她回到卧室刚躺下的时候，便接到了成州平的电话。

小松一直觉得是自己追成州平的。她能看出来成州平的生活态度很随便，他什么都行，而自己也是钻了这一点儿空子。

因为一开始就对他没什么期待，所以接到他的电话，小松非常好奇。他会在什么情况下给自己打电话呢？是要中断交往吗？以她对他的了解，也只有这个可能了。

小松按下接听键，把手机放到耳朵旁边："喂？"她因为熬夜，嗓子有些哑。

成州平说："帮我开一下门。"

"你在哪里？"

"你开门就知道了。"成州平的发声位置低，他说话的时候会给人一种独有的安全感。

小松立马从床上翻下去，赤脚跑到门口。她站稳脚，探身朝猫眼里看了眼。成州平穿着一件浅蓝色的衬衣站在门外，握手机的那只手袖子卷起，小臂肌肉线条流畅。她向后退了一步，靠在鞋柜上，对着手机故意说："我刚刚从猫眼瞅了瞅，外面没人啊，你是不是走错了？"

只听那个低缓的声音说："那可能是我走错了，我再找找吧。"

他说完，小松就听到离开的脚步声，她箭步冲到门口，打开门："我在家呢！"

成州平站在楼梯口，对着她晃了晃手机："我走错了吗？"

小松一手扶着门框，身体前倾，另一手拽住成州平的手腕，用力把他拉了进来。

她一脚踢上门，成州平这么大个男人被她按在门上。她牢牢地抱着他的腰，意想不到的见面让她内心产生一种前所未有的激动。

成州平后背撞在门上，脊椎发疼。

小松身上穿着淡蓝色的睡衣睡裤，成州平的手指插进她的头发里："你是不是要睡了？"

小松说："没关系。"

"……你先去睡觉。"

小松从他怀里抬起头，一动不动地盯着他的眼睛看，他的样子看上去有些憔悴，甚至比上次见面的时候瘦了。小松的直觉告诉她，他一定是经历了什么。

成州平工作上的事，她没法过问。她踮起脚，抱住成州平的脖子，吻住他的嘴唇，她很灵巧，轻轻浅浅地变换，就让成州平的呼吸加重，他把她翻过来，抵在门上。

这一下动作不轻，门被撞出声响，成州平的手按在她的后脑勺上，防止她撞到。

成州平的身上有一种很罕见的冷气，这种冷气比他的容貌更加让人印象深刻。就算他可以伪装得很温柔，小松还是可以识破。

她也许没有那么了解成州平，但她对自己很了解。她的成长需要一些和其他人不同的养分。如果他们注定有未来，她也许会犹犹豫豫，止步不前。

成州平没有正面回应过他们的关系，小松默认他们之间是短暂的。也因为短暂，所以一切浅薄和自私、有始无终都是被允许发生的。

她一夜没睡，一通吻下来，大脑缺氧，她晕乎乎地抱着成州平的腰："不行了，我要睡觉，去卧室。"

她推着成州平进了卧室，成州平说："你睡吧，我去沙发躺一会儿。"

小松坐在床上，拉住他的手："一起。"

成州平坐下来："嗯。"

屋里平常温度就很合适，不用特意开空调，但对成州平来说有一点儿热。他把衬衣解开，叠放在床头。

他身上是一件白色背心，因为他之前总是穿运动短袖，小松没注意过，他斜方肌到背阔肌的肌肉群非常标准，斜方肌是完美的钝角三角形，背阔肌隆起，肌群之间的交界线很明显，就像从解剖书上照搬下来的。她调笑说："成州平，你身材真好。"

成州平"啧"了一声："你到底困不困？"

小松抱着他的胳膊倒下："说会儿话吧。"

成州平把枕头往下拉了点儿："你想说什么？"

小松说："你热的话，可以开空调。"

成州平说："我没事。"

小松的手在枕头边瞎摸了半天，没摸到空调遥控器。成州平的手从她面前横过来，拿起她手旁边的空调遥控器，放到她手里。

小松把空调开到二十三摄氏度，没一会儿，屋里开始变凉。她拉起床尾堆着的空调被一角，盖住自己和成州平。

小松问："你今天是怎么过来的？"

成州平说："坐大巴。"

"那是不是很早就起来了？"

"还行。我七点起来，下去跑了会儿步，吃了早点过来的。"

"你生活真健康。"

成州平的拇指轻轻擦着她的手腕，他轻声问道："你经常要上夜班吗？"

他难得对她生出一些好奇来，结果她极其不给面子地睡着了。他把她脸上的头发拨开，拇指在她的唇角摩挲了一下。

这一觉两个人睡到中午十二点，差不多是同时醒来的。小松看到成州平搭在自己小腹上的手掌，有些不好意思。她工作消耗大，所以吃得不少，但由于没有运动习惯，她的腹部并没有棱角分明的腹肌，而是软软的，平时放松的时候有一道微微隆起的弧线。

她翻身躲过成州平的手:"我去做饭,家里有剩下的白米饭,我做蛋炒饭吧。"

成州平懒懒散散地说:"点外卖吧。"

小松坐起来:"我都吃两周外卖了。"

她低头看着成州平,他还躺在床上,眼睛松弛地闭着。他不睁眼的时候,这张脸看上去温柔许多。她弯腰在他额头上轻吻一下:"你再睡一会儿,我去做饭了,饭好了可得起来吃啊。"

她租的房子厨房是开放式的,不过和成州平家里那种开放式不同,它宽大敞亮,做饭的时候,阳光从外面摇晃的树叶间透进来,在冷灰色的大理石料理台上投下漂亮的光圈。

小松从冰箱拿出剩米饭、两个鸡蛋,用勺子把米饭舀到碗里,搅了几下,散开。她又拿起一个鸡蛋,在料理台边缘敲了一下,敲开一道裂缝,然后手指沿着那道裂缝掰开鸡蛋壳,把鸡蛋液倒进碗里。

她擅长注射、缝合,按理说,做饭应该得心应手,但她打鸡蛋的功力实在有些弱,一片小小的鸡蛋壳掉进鸡蛋液里,覆在清澈的蛋白上。

她刚伸手去拿筷子,身后便贴上来一个坚实的怀抱。她的手臂被他环抱住,很难有其他动作。

成州平的动作有些强制,小松觉得自己好像被绳子结结实实地捆住了。她低声说:"我弄饭呢。"

成州平把那个盛着鸡蛋的白陶瓷碗挪到一边,低头在她无瑕的脖颈上亲吻。

小松被他吻得浑身发热,那股热潮把她从内部催熟。她无力地挂着大理石台面,低着头躲避他的吻:"痒。"

成州平呛了一下她的耳垂,他的声音很近:"叫我。"

"成州平。"小松挣了挣,不过很快反应过来,自己并不是真的想要挣脱,她的挣脱只是因为渴望一些更强烈的东西。她的手向后摸去。

成州平握住她的手腕,低声说:"你的手表我忘带过来了。"

小松说:"下次再说吧。"

成州平知道那是李长青送给她的，他有点儿内疚。但这时候，其他的东西占据他的大脑，控制着他的理智。他拨了下小松的耳垂："难受的话跟我说。"

　　小松点头，隐忍地说："嗯。"

　　她不知道他们之间将要发生什么，可是有一种无名的恐惧突然向她压过来，她透过光滑的大理石看到自己狂热、狰狞的内心。当然，还有成州平的面容。他不像她一样迷失，恰好相反，他在这个时候依然沉稳坚硬，眼神清醒。

　　小松的社交不算丰富，她见过人最多的地方是医院。不论平时是什么样的人，躺在病床上的时候都很脆弱，所以她觉得人都是脆弱的。她不知道成州平有没有脆弱的那一面，也许他也有，只不过，强大的自尊心让他不屑示人。

　　忽然她的肩头一阵凉，成州平扯下了她的睡衣。

## 第十三章

*秘密*

### 01

"你别脱我衣服。"小松声音有些恼火,但她没有拒绝成州平。

成州平的声音一如既往地冷漠而傲慢:"装什么,你不就喜欢这样吗?"

小松的目光落在自己右手的手腕上,没了手表遮挡,那里有一道非常明显的疤痕。它可能已经淡化许多,但在她洁白的手臂上依旧清晰。或许是那道疤痕给了她一些勇气,她的声音骤然冰冷,质问成州平:"我装什么了?"

小松知道怎么伤人。她本意不愿意这样,可想要不被伤害,有时候就得主动拿起武器。她听到自己颤抖的声音无情地说:"你自己心理有问题,不要拿别人发泄。"

她就这么淡淡一句,甚至连怒气也不愿意分给对方,换作谁都会抓狂。但成州平是个冷漠的人,除了他的工作,其余的人或事影响不到他半分。

他系上裤扣,从口袋里掏出皱巴巴的烟盒,他把烟从烟盒里抽出来,又突然塞了回去。忽然间,他仗着天生力量的优势把小松翻过来,不顾她的反抗扯开她的衣服。

本应该干净、无瑕的身体上藏着深深浅浅的疤,新新旧旧,分布在胳膊上、腹部、大腿上。她被撕开,不论她情不情愿,都已经完全暴露在这个男人面前。

尽管是以这样一种方式,她却没有羞怒,也谈不上伤心,而是仰起头,冷冰冰地看着他。"你说我喜欢什么?"她声音并不高,却带着严厉地追问。

成州平的余光里出现那一碗剩米饭，还有已经微微发白的蛋液。这一幕多多少少滑稽、狼狈了些。

小松又问了一遍："你说我喜欢什么啊？"

他熟练地点上一根烟，用和她一样冰冷而傲慢的目光看着她："你不就喜欢别人虐待你嘛，要不然你明知道我是干什么的，还上赶着找我？"

自己的伤害和别人的伤害是完全不同的体验。成州平不需要像她一样虐待自己，他只需要说这么一句话，就能让她体会到那种战栗的快感。

小松问："你看清楚了吗？你要是看清楚了，我就穿衣服了。"

小松听到打火机的声音，她无法窥探成州平的行为算不算是在逃避，她唯一能控制的只有让自己不要逃避。在成州平灰色的目光里，她从容地穿上睡衣。

"你走吧，成州平。"小松无力地说。她说出这句话的时候就在心中做出了决定，这是他们最后一次见面，她不会再见他了。

成州平嘴里叼着烟，他的手捧上她的脸颊。

小松没有躲，也没有迎合。她低下头，突然冷笑了一声，然后抬头看他："我一直觉得，人和人的关系，只要双方都愿意努力，是可以有很好的结果的。但现在弄成这样都是你的原因。"她这句话是故意说的。她知道这话有多伤人，所以故意说给他听。

成州平收回手，弹弹烟灰，声音晦暗："照顾好自己。"他直接走向门口的方向，拉开把手，离开这个压抑的空间。

小松听到那声关门声，才想到去喝口水让自己冷静下来。

她的生活一直都算健康，但就是没有喝热水的习惯。她从冰箱冷藏室拿出一瓶矿泉水，拧开瓶盖一口喝下半瓶。这半瓶凉水让她的心静下来，她赤脚走到阳台，透过窗帘的白纱看到一个落单的影子。

成州平手里夹着烟，往大门的方向走。窗帘遮挡的缘故，他的身形有些模糊，虽然模糊，但依然冷漠、坚硬，好像他永远正确。

小松直接把遮光帘也拉上了，屋里一片黑，她打开灯，回到厨房的位置继续做饭。她冷静地把鸡蛋倒进米饭里，用筷子搅动，然后打开燃气灶的火，把油倒进去。油被烧热，发出滋滋的声音，油星子溅到她的脸上，她才回神，把和着蛋液的米饭倒进锅里。

她伸手摸了摸被油星溅到的皮肤。

她清楚地记得，第一次自残是李长青和龚琴离婚的时候。当时她上初二，是传闻中别人家的孩子，成绩好、开朗、懂事，对于父母离婚她的态度很成熟。李长青从家里搬出去那天晚上，她拿起了文具盒里的裁纸刀，自那以后，那把裁纸刀一直没有离开她。

要不是这次碰到了成州平，她依然会持续这个习惯。那个男人可比裁纸刀疼多了。只不过现在，一切都结束了。

因为她有虐待自己身体的习惯，所以在其他方面，她会尽可能弥补自己。

小松把蛋炒饭小心地转移到盘子里，吃饱后她去洗了个澡，又躺回卧室。她的床单上全是那个男人的味道，他的形象过于模糊，气味又过于清晰。

小松知道自己不可以这样下去，她不能让那个人影响到自己的正常生活，于是下午的时候，她给龚琴打电话，母女俩聊了一下午电话。

晚上同学们约好明天去翠湖公园，她也答应一起去了。

成州平坐大巴回到昆明，打车去了刘文昌他们住的宾馆。宾馆里，高远飞正在教老周用电脑打牌，成州平问："刘队呢？"

"下去买烟了。"高远飞说，"你没事吧？"他是指上次成州平被武红的人围攻的事。

成州平说："肌肉注射，他们的货纯度低，没大问题。"纯度低，但是注射量不小，他不想丢了工作，只能选择性地隐瞒这点。

高远飞说："你别硬撑啊，有事赶紧说，大家都会想办法帮你的。"

老周也说："我们不在你跟前，高副队他们就是你的组织，有事尽管麻烦他们。"

成州平摇摇头："我没事。"

屋里能坐人的椅子上都堆满了衣服，成州平坐在老周床边，他看着办公桌前老周笨拙地点击鼠标，走过去说："不是你这么玩的。"

老周说:"你想玩就说。"

"哈,我想玩?"成州平讽刺道,"我可不想被网警抓到。"

高远飞说:"我们就是娱乐一下。"

这阵轻松愉悦的气氛在刘文昌刷房卡进来时戛然而止。

"刘队。"成州平叫了他一声。

"人没事就好。"刘文昌说,"抽烟吗?"

成州平说:"不了。我来是想跟你们商量一下,我想明天回闫立军那儿。"

刘文昌单边眉毛抬起:"说说为啥。"

成州平看着他说:"杨源进一直没给我交易信息,我怕他留了一手,还得闫立军亲自去催。"

高远飞问:"他会吗?"

成州平肯定地说:"闫立军非常看重这次交易,我也是通过这次的事情才认识到闫立军现在是单打独斗,身边的人各怀鬼胎,所以他肯定会的。"

刘文昌拍了拍他的肩膀:"好小子,工作态度很好。"

时候不早了,老周点了外卖,一个毛血旺、一个水煮肉片、一个凉拌黄瓜、一个皮蛋豆腐。大老爷们儿爱吃主食,四个男人点了七碗米饭。

吃饭的时候,老周想到李长青,他夹了一块皮蛋放碗里,感慨地说:"李副队就爱吃这。我第一回吃这口还是跟他一起。"

刘文昌边嚼边说:"他女儿咋样了?听说学医了。"

老周说:"人家那姑娘有想法,逢年过节还给我打电话问候,去年过年,打电话把咱们几个都问到了,真的很不错。"

刘文昌说:"以后还是少来往,别给人家惹事了。我也是在李长青葬礼上从段局那儿知道李长青家背景的,咱虽然穷,但腰杆子不能弯,别让人家家里觉得咱们是为了套近乎故意和李长青闺女来往的。"

老周说:"这李长青真就是个'奇葩'。"

大老爷们儿八卦起来也是停不下来,他们说了很多李犹松家里的事,成州平或许听进去了,或许没有。他们的话在他耳边进进出出。

他吃完饭,买了明天回大理的车票,深夜的时候离开宾馆。走之前,

235

刘文昌拉住他,目光如炬:"那玩意儿打死也不能碰第二次,听见了吗?"

成州平点头:"嗯。"

他回家收拾了几件衣服,丢进旅行包里。洗完澡躺在床上,他删掉了手机里和小松的最后一次通话。

第二天一早,他坐火车回大理。他到闫立军家里的时候,闫立军正在喂狗。那几条藏獒还是一见到他就叫个不停,闫立军丢给它们一盘子棒骨,转移了它们的注意力。

成州平说:"闫哥,黄河的事,是我没看好。"

闫立军说:"早点儿摆脱也好,这孩子脑子不行,容易拖后腿。货呢?"

成州平说:"我放我家里了。"

闫立军面容一怔:"安全吗?"

成州平说:"货肯定安全,只是杨源进一直不告诉我交易信息,我有点儿慌。"

"这个吃里爬外的防着我。"闫立军面色阴狠。

"闫哥。"成州平欲言又止。

闫立军发现他有难言之隐,说:"你有话就直说。刘锋,是不是杨源进为难你了?"

成州平低声说:"是小五姐。"

他把武红给他注射毒品的事一五一十地告诉了闫立军。闫立军端着茶缸,喝了口茶,缓缓地说:"虽然原则上咱们卖这个的不碰这个,但你有需要,尽管跟我张口,我闫立军不委屈自己的兄弟。"

"闫哥,"成州平突然从沙发上站起来,他肩膀都在颤抖,"我不想碰这个。"

闫立军皱起眉头:"这不是你说不碰就能不碰的,你是干这个的,不知道多难受?"

成州平的眼睛发红:"我爸妈就是吸这个没了的,我发誓我这辈子都不碰这个。"

闫立军走过去,拍了拍他的胳膊:"刘锋,你说闫哥能信你吗?"

成州平不明其意。

闫立军说:"跟我上书房来。"

成州平跟在他身后上了二楼。

闫立军端着茶缸走到书架前,打开保险箱,从里面拿出一把仿92式手枪,放在书桌上:"你拿着自己去报仇。弄死小五,以后她手上的渠道都归你。"

## 02

成州平没有拿闫立军的枪。他不知道自己不拿这枪的结果是什么,但只要他拿了,就真的完了。他只是跟这些人混,碰了毒,还有回头路,但杀人完全不同。

两年前闫立军让他杀杨源进,他不能动手,现在让他杀武红,他依然不能动手。他的同事都质疑他,这些坏人都想要同化他,只有他始终提醒自己他是个警察。触碰底线的事他不能干。

成州平意识到,他需要迅速把这场对话掌控在自己手里。他转了一圈手枪,问闫立军:"闫哥,你信不信我?"

闫立军依旧一副笑面:"当然信你。"

"不用这个。"成州平说,"只要闫哥你准了,我有别的办法给自己报仇。"

闫立军说:"也别闹得太难看,小五男人是为我死的,这事一直是我心里的疙瘩。"

闫立军这么说,成州平就知道自己赌对了。

闫立军是经历过大富大贵的,他入狱之前是金三角最大的进口商之一,现在的他不如过去的二十分之一,对他来说钱最重要,他不可能在还没东山再起的时候闹出人命。连杨源进他都能忍,又何必在这个关键的时候杀了武红?闫立军之所以给他枪让他去杀了武红,只是为了试探他的态度。

成州平讽刺地想,他们真把自己当什么江湖儿女了?还打打杀杀,就是一帮落伍的文盲而已。他们的侦查技术与时俱进,而这帮毒贩的贩毒手段还停留在二十年前，一把手枪，吓唬谁呢？

阎立军给他倒了杯茶，说："刘锋啊，这单生意成了，咱们以后接触的就都是大客户，你不用一个点一个点地去跑了，要成大事啊，先得学会忍。你和小五的事，等这次交易结束，老哥给你出头。"

成州平说："我记住了，阎哥。"

成州平晚上住在阎立军家里的客房。阎立军很会享受生活，他家每个房间的窗户都能看到洱海。

今晚月亮弯弯的，很明亮。成州平拿出手机，拍了一下月亮。他不是有情调去记录生活的人，但就在这个微小的瞬间，他产生了一个空前的想法。这么好的景色，是不是可以和别人分享？

反正也回不去了，他关掉手机——睡觉。

今天晚上带队老师请客，带学生们去KTV。

大学生是个非常特殊的群体，他们不像高中生那么没心没肺、活力满满，不像有些社会人士那样麻木不仁。他们千奇百怪，各有特色。男生们猛地给女生灌酒，要不是老师在，真的就玩疯了。

小松知道怎么逃离这种场合，她以进为退，主动灌别人酒，就轮不到别人给她灌酒了。

一个男生反抗："你一个女的怎么这么能喝啊？"

小松张扬地说："家族遗传，不服气啊？"

"服气服气，你厉害！"

其实小松就喝了半瓶啤酒而已。

酒后该干什么？吐真言就对了。实习期间，学生很难凑在一起，各有各的苦，现在聚会的都是自己学院的人，没有这边医院的人在场，他们开始畅所欲言，吐槽这段时间碰到的事。

小松没有参与这个话题，虽说她也遭遇了一些为难的事，但收获也很多。再说，当初是她自己选择要来这里的，好的坏的都是她自己的事。

说着说着，他们就提到了小松帮没医保的民工垫付医药费的事。

带队老师何欣说："咱们学生不能吃这个哑巴亏，宣传组的同学，等支援结束了，就把这个事迹放到咱们学校的公众号上。"

小松识趣地说:"我当时就是不想丢咱们学院的脸,你们写的时候不要放我的名字,就说是咱们整个集体的。"

所有人都为她大公无私的精神感动。

当然,她没那么无私。这只是她用来保护自己的方式,这件事情公布出去,她就会成为所有人目光的焦点,到时候,那些人是会真心地赞扬她,还是试图扒开她呢?她的家庭,她自己,也许还会有更多。他们会像成州平那样,用蛮力将她扒开,会有人怜悯她吗?她不相信,也不需要。

不过这件事重新被提及提醒了她,她还欠着成州平五千块。

他们今天在KTV待到很晚,小松回到家一看,已经凌晨两点。

她记得李长青的一些生活习惯,凌晨两点是个相对安全的时间。她笔直地坐在沙发上,拨通那十一位数字。

电话响了三下,就被挂断。小松知道他会打给自己,果然十分钟不到,她就接到了成州平打来的电话。

他一开口,就是疏远的口吻:"找我什么事?"

小松淡淡地说:"你给我卡号,我把那五千块还给你。"

成州平现在从闫立军家里出来了,夜晚很静,他不知不觉走到了一家民宿的露台上。露台上靠栏杆的地方有一套桌椅,桌子上摆着一个花篮,里面装着几枝干花,晚上光线暗,看不清它们原本的颜色。

成州平一手插着兜,一手握着手机,站在栏杆前。"不用了。"他戏谑地说,"我没那么小气。"

小松可是龚琴的女儿,龚琴是个战斗机,她从小耳濡目染,伤人的本事自然不差。

她记得,李长青工资不高,龚琴发起疯就拿这事来说事。李长青的抚恤金是留给她的,比他的工资多多了。

小松说:"你跟我装大款啊,我又不是不知道你们干这个挣得怎么样,啊,对了,不会是干坏事拿的钱吧?"她每一句话都碾压在成州平的自尊心上。

"我看你一个小姑娘,放着好日子不过,愣头愣脑跟了我,不想和你计较而已。"他还是那副语气,轻慢、懒散,句句透着一个成年男性的自以为是。

小松突然笑了声，她的笑声很真挚，因为她真的觉得很好笑。她和成州平现在才算坦诚相待、知根知底。

不过，成州平的话并没有真正伤害到小松。她已经接受了命运能赋予一个人的最大的伤害，成州平这点儿对她来说算不了什么。

"实习结束我就走了，以后也不会再来云南了，我怕以后没机会还你。"

信号的缘故，他们的对话中断了两秒，那两秒信号故障像是来自成州平的沉默。

他说："行，回头我把银行卡号发给你。"

小松说："我挂电话了，不打扰你工作了。"

小松在挂断电话的时候，觉得自己可能说得有些重了，不过电话都挂了，她没有机会去弥补自己语言带来的伤害。

过了一分钟，她就收到了成州平发来的银行卡号。她回了两个字："收到。"

成州平看着这两个字，胸口被堵住了。他一脚踹向脚边的椅子，骂了一句，椅子被他踹得哐啷响。宁静的洱海，明亮的月色，他成了这里唯一的罪过。

第二天中午，成州平跟着闫立军去见了几个老朋友。闫立军现在请人都在段萍的馆子里，段萍除了川菜，也会做别的菜系，他们想吃什么段萍都能做出来。

午饭结束，回到闫立军家，杨源进就发来了交易的信息。闫立军把手机递给成州平看了眼："这个地方。"

杨县刘家村，2 组 108 户，八月七号。离交易时间还有四天。

成州平要把毒品运到交易地点，需要车。之前那辆面包车因为黄河报废了，闫立军给了他一辆白色皮卡，他一路开回昆明。

小松中午在医院食堂吃饭的时候，打算用手机把钱转给成州平，操作的时候，手机汇款软件跳出这样一条提示——"对方银行不支持手机业务办理，请至银行柜台进行业务办理。"她第一反应是，成州平不会给了她一个假的账户吧？

小松的表情看上去很困惑，一个本院的护士走来："遇上啥事了？"

小松问："你知道泸水镇银行吗？"

护士说："我还真没听过，你用手机搜一下吧。"

小松说："好，谢谢你。"

她在百度地图上搜了一下，果然有这么个地方。她打了百度地图上提供的电话，第一遍没人接，等下午两点到了营业时间，她又打了一遍。

这次有人接听了，接电话的是一个软软糯糯的小姑娘，她说着一口标准、优雅的普通话："请问有什么需要吗？"

"您好，请问一下，给你们行里的账户汇款需要去哪家银行？"

业务员说："省行就可以了。"

但嵩县没有省行，只能去昆明市里。小松想来想去，第二天请了一天假，去了银行把那五千块汇到成州平的卡上。她在银行的等候区编辑了一条短信发给成州平："已汇款。"

成州平回她的也是冰冷的两个字："收到。"

小松删了他们这两天的记录。

她请了一天的假，现在还不到中午十二点。她去了点评软件上排名第一的过桥米线店，这家店位于一座商场的四楼，一出电梯，她就看到排起长队的人群。她反正也没别的事做，就排起了队，排了二十来分钟，终于可以去座位等候区。

她坐下的时候，服务员贴心地拿来菜单和一杯果茶。

小松说："谢谢。"

果茶拿在手里冰凉凉的，她忽然后悔了。那条短信也许是她和成州平拥有的唯一联系。等她真的离开云南，她无法保证自己还记得他的手机号。

小松室友以前恢复过手机短信，小松记得只要手机有备份就可以，她手机是有备份的。她迅速点开手机浏览器，搜索手机恢复短信的方法，按照步骤一步步去做。

手机恢复备份需要先抹去原本的数据，她按了那个还原按钮，手机还原成了出厂设置，然后自动关机。服务员叫了她的号，她先去吃饭了，吃饭的时候，手机就放在桌子旁。

一整顿饭时间，手机都是黑屏。她的手机坏了。

所以吃完饭，小松做的第一件事是去对面商场的手机店里修手机。在店员的帮助下，她的手机进行了刷机，但是数据无法找回。

这时一下午已经过去了。

她和成州平的最后一条短信丢了，日照金山的照片也丢了。折腾了这么久，她的内心空前地疲惫。面对无能为力的事，她不想再纠结了。

今天晚上，成州平去了刘文昌他们的宾馆。

他们已经定位好了交易地点，那是一个农户家，户主是杨源进的亲戚，他进城务工，房子空了下来，被杨源进征用。

今晚开始，警方就要进行部署工作了，高远飞他们参与抓捕工作，刘文昌和老周负责后方。

刘文昌交给成州平一张纸："我们已经打好招呼，村子东边有一处废田可以逃脱，你到时候开车从那条路离开，去这家宾馆躲一个月，先遛遛闫立军，等他快绝望了，你再带着赃款回去。"

刘文昌给他的那张纸上写着一个地址，他很清楚全国道路网络，那里是云贵交界的一个县城。他说："你们行动注意安全。"

老周"喊"了一声："成大爷，我们都会穿防弹衣的，您才应该注意安全。"

成州平搂住老周："这么跟你大爷说话啊。"

老周用胳膊肘打他下腹："臭小子，反了你了。"

刘文昌咳了两声："严肃点儿。成州平，做戏做全套，你说说看，如果你真的是个犯罪分子，想要完全躲避警方，最先丢掉的该是什么？"

成州平和老周对视一眼，说："脸吧。"

老周和高远飞大笑起来。

刘文昌眼睛极大，瞪人的时候跟牛发怒似的。他一瞪眼，几人都不敢笑了。

成州平正色，说："手机。七号晚上我会把刘锋的卡扔了。"

刘文昌点头说："嗯，手机里有什么重要信息，提前备份。"

成州平说："我手机你都可以随便翻，能有什么重要信息？"

高远飞插嘴说:"银行卡密码呀。"

老周说:"就他,卡里能有几个子儿?"

今晚刘文昌去了成州平的住所,清点了一下这次的货。

"闫立军是真看得起你。"刘文昌首肯地说。

这批货的纯度、数量是以前成州平很难接触到的。他想,要不是命大,他都替闫立军死多少回了。这点儿信任还得不到的话,只能说当初选他是个错误的决定。

刘文昌半夜就打车走了,他走以后,成州平家里一股烟臭味。

成州平坐在床边,双手握着手机,弯着腰出神。

风扇吹着他敞开的衬衫边角,他就这么吹了半晚上风扇。烟瘾犯了的时候,他才换了个姿势躺在床上,单手拿烟,另一只手在手机屏幕上轻轻滑动。他删除了那条短信,他和小松的最后一条,也是他们之间唯一一条短信。

## 03

两省警方都格外重视杨源进手头的这批货,如果能够人赃并获,可以直接给目前最猖狂的毒贩韩金尧定罪。

杨源进他们选择八月出货是因为肃清活动刚刚结束,按照他们以往的经验,在严打之后会有一段宽松期。但他们不知道警方早就掌握了他们全部的交易信息,以交易地点为圆心,封锁了所有可能出逃的交通线。

六号晚上,成州平把杨源进接到家里验货,之后送杨源进回去。

他第一次去杨源进昆明的住宅,还没进门就是两个巨大的罗马柱,这比闫立军在大理的那座院子大三倍,统一的欧式装修,后院还有个天使喷泉。

成州平这才知道,原来杨源进还是个基督徒。他家里的电视墙上挂着一张横幅照片,照片上写着"信善爱"三个大字,底下是一行小字:九四级基督仁爱协会。

见成州平在看那张照片,杨源进走过去:"兄弟,你也信这个?"

成州平摇头说:"我不懂这些。"

杨源进说:"这笔赚了,问闫老板要个假期,去欧洲走一圈,回来你就信了。"杨源进兴致勃勃地把他拉到照片前,指着其中一个英俊、青涩的小伙子,"哥年轻的时候,帅吧?"

成州平看着他那只独眼,淡淡地说:"现在也不差。"

晚上,成州平负责拉货,杨源进去带客户。

今天的客户是个广东人,杨源进一路用粤语跟他交流。到了交易的农户家里,对方验了货,给他们一个黑皮箱——二十万美元。

就在杨源进点钱的时候,警方从屋外冲进来。高远飞是云南方的负责人,冲在最前面。有成州平这个内线,他们知道这次对方也有武装,所以加大了警力投入。

在两方争斗的过程中,成州平带着钱,按刘文昌给的路线离开。

他没有直接按照刘文昌给的路线走,而是绕了一百公里,把平时用的那张手机卡扔进路边的水沟,然后往云南和贵州的边境驾驶。

一路大山巍峨,江水嘶吼。第二天日出的时候,成州平到达宾馆,办理了入住。

经过一晚上的逃亡,他的心脏已经超负荷了。在那濒临昏厥的瞬间,阳光打在他的眼皮上,他出现了短暂的幻觉。

"德钦在藏语里的意思是极乐太平,我们去了德钦,以后都会很好的。"

多谢你,日照金山。

他睡了两小时,然后拿出备用手机。这是出任务前他们分配给他的翻盖手机,那年智能手机还没有普及。后来大家都用智能手机了,他嫌这用起来不方便,就换了部双卡双待的手机。为了这次任务,他才重新给这部手机充了电,安上卡,随时待命。

他打开手机,发现老周给他打了五通电话。

他打电话过去,老周扯着嗓子骂:"谁让你不接电话的?要不是给宾馆打电话,我还当你死了!"

成州平缓缓地说:"你是担心我吗?是怕我卷款跑路吧。人抓到了吗?"

老周说："人赃并获，昨晚杨源进就供出了韩金尧的名字，这死胖子想着减刑去欧洲养老，把韩金尧老底都揭了。"

成州平手里玩着打火机："那闫立军呢？供了没？"

老周说："他没提闫立军名字，之后会再审的。"

成州平说："杨源进爹妈都在闫立军手上，他大概率是不会说了。有人受伤吗？"

"高副队肩膀中了一枪，已经做完手术，没大问题。"

成州平说："那就好。"

这次任务难度高，高远飞肩膀中枪已经算是最小的损伤。

老周又唠叨了他几句，自己也回宾馆睡觉了。

成州平松了口气，下楼吃了碗火腿炒饭，回去继续补觉。

八月剩下的日子，小松没有任何想要再联络成州平的想法。急诊室不分黑夜白天，反而好像她不用日夜颠倒之后更加忙碌了。

中午吃饭的时候，新来的规培医生跟他们说："据我这段时间统计，咱们急诊室晚上最高人次是六十，白天是八十。"

另一个活泼的男实习生说："这正说明人类就该在白天活动。"

规培医生刚结束学院生涯，对这些实习生很亲切。他乐呵呵地说："你们这段时间感想如何？以后碰到这种活动还来吗？"

男生信誓旦旦："还来！"

规培医生嘲笑道："你毕业了还干这个再说吧。"

医学生和其他专业的学生一样，都面临着毕业转行的问题。难得这个规培医生愿意和他们交流，实习生们就说起了自己对未来方向的困扰。

规培医生说："其实你们选择很多啊，不是学医就一定得当医生。你们以后可以当医药代表，去制药公司，或者考研，去生化那边，以后回高中当老师，也能搞科研，不是说学这个就非得上临床。"

他说得头头是道，说了也等于没说。

在这种紧张和清闲交错的节奏下，他们迎来了支援生涯的最后一周。

周末的时候，医院提前为他们举办了欢送会。

欢送会结束，带队老师在群里喊话："重要的事说三遍！实习报告！

实习报告！实习报告！不交没学分！！！"

假期只有一周的时间是真正属于这拨学生的。小松不想把实习报告拖到开学前一周，整个周末她都在写实习报告。

她本来就不差学分，所以实习报告写得很敷衍。但是当她打完最后一个字从头检查的时候，觉得不该这样。她删掉了刚才写的全部内容。

她来这个地方仅仅是为了有机会再看一眼日照金山，可这一个多月的实习带给她的远超于此。她把这段时间点点滴滴的感悟、医生行医、医护互动的细节都写上去了，最后写了整整一万字。

令她意想不到的是，周二这天，那位她帮忙垫付医药费的老人来了医院，他背着一个背篓，里面用麻布包着自己家里做的鲜花饼和熏火腿，送给了她。

收到这份礼物，小松更加坚定了自己的心。中午她把鲜花饼和科室的人分了分，然后把剩下的熏火腿寄回了家里。

龚琴接到她的电话，第一反应是："你是不是多管闲事了？"

小松说："你怎么能这么说自己的女儿呢？这个叫医患情深。"

"小松，妈妈不是说你，而是担心你。见义勇为这种事是很危险的！你不要学人家见义勇为！"

"天哪。"小松语气夸张地说，"知道的是我多帮了人家病人一点儿，不知道的还以为我牺牲了。"

小松的语气已经很像是开玩笑了，但龚琴突然对着电话吼道："你再说！再敢说那两个字，你就永远别回来了！"

小松忙哄她："知道了，我好好的。以后不说了。林叔在吗？你让他接电话。"

林广文就在龚琴身边，他从龚琴手里接过电话，说："小松啊，实习怎么样？哪天回来？我去接你。"

小松说："还没定呢，不过学校的安排是先统一回校，回校车票会报销，回家学院不给报销。"

林广文说："你要想回家就先坐飞机回家，别管你们学院的安排了。"

小松说："嗯，等定下来我就通知你，谢谢林叔！"

她把手机放进白大褂兜里,回了急诊室,还没进门,便听到里面的骚动。

小松和不明就里的"白大褂"们聚到急诊门口,一个穿灰色汗衫、戴帽子的矮小中年男人拿着把刀,对着急诊的护士台大喊:"是你们谁告我儿子吸毒的?"

没有一个人敢上前。医闹的事在医院不算稀奇,只不过这家医院已经十几年没有过医闹了,大家都很害怕。

关键时候,还是得主任出来挡。他来到最前面,护着几个护士:"这位家属,咱们慢慢商量。"

"我跟你商量个屁,我儿子今年就上大学了!你们冤枉他吸毒!他这辈子都毁了!"

这时急诊的医护都想起来,他是前段时间输液室里那个吸毒患者的父亲。

当天晚上,民警直接把吸毒患者送去了戒毒所。但谁冤枉他了?谁又毁了他?他自己毁了自己。在一开始他就可以选择不吸,有人拿刀逼他吗?没有。

主任举起双手:"孩子的前程咱们要好好考虑,我也是为人父母的,孩子有什么问题,我都可以帮你解决。"

"你怎么不告你自己孩子吸毒?为啥不让你孩子去戒毒所?!为啥祸害别人家的孩子?!"持刀的男人更激动了,一把揪住主任的白大褂,一刀插进他的肚子里,拔出来,又插了一刀。

围观的人不是不帮,而是吓傻了,根本反应不过来发生了什么。

急诊室里,除了医护,还有送来的病人。病人当中有老人,有小孩。老人被吓得不敢说话,小孩哇哇大哭,被家长捂住嘴。

几个高大的医生上前去拉行凶者,但他们只不过是看起来高大,在手术台上连轴转了几天后,力气所剩无几。

凶徒是工地上的包工头,一身结实的肌肉,抓住一个医生便开始乱砍。谁还敢上去?

小松也吓傻了,她攥紧手里的手机,定定地看着眼前这幕。

247

只能如此了吗?

不,这个世界一定会变得更好,只要有人不计后果地勇敢,像她的父亲。

小松握紧手机,使劲砸向那个男人的后脑勺。

这个世界会变得更好吗?她其实也不知道。

人常说日照金山是种现象,但对日照金山来说,匆匆而过的旅人才是现象。她有幸得见,只有不退缩,才不辜负那片金色的山峦。

## 第十四章

## 01

成州平自从在这家宾馆住下来以后就和外界脱节了。他心大,每天也不看新闻报纸,醒来就去爬山、打球,要不是每天晚上老周必打一个电话过来查岗,也没人知道他的死活。

待了几天,宾馆老板也和他熟络了。

中午,他正在前台吃饭,看到成州平拍着篮球出门,提醒说:"今天有雨,别去了,小心淋感冒。"

成州平欠收拾地说:"你们这儿天气预报哪天准了?"

老板说:"小心浇死你。"

成州平刚到后山的球场就下雨了,他回到宾馆,人也被淋湿了。

老板说:"过来喝一口吧,我媳妇刚送来的,自家养的老母鸡哟,别的地方吃不到。"

成州平没搭理他。

宾馆前台的背景墙上挂着两台老电视,一台显示房间价位,另一台播放地方新闻。地方新闻台正在播的是嵩县的一起医闹事件。成州平注视着那台播放新闻的电视。

"十八岁吸毒高考考生的父亲不满医院的处理态度,持刀行凶,致一死多伤。包括实习生在内的多名医护、患者遭受刀伤,三名重伤患者正在进行抢救,目前,警方已将行凶者制伏,本台将持续报道本起恶性伤人案件。"

成州平收敛了一下情绪,连忙往电梯的方向走去。

老板在后面喊："你端碗鸡汤回去喝！"

电梯太慢，他等不及，直接从楼梯跑上了五楼。

宾馆设施都很旧，门也得拿钥匙开，他对准几次才把钥匙对准锁眼。门开了，他没有关门，冲到单人沙发旁，从旅行包的夹层里拿出手机，迅速拨通了那十一位数字。

按键手机发出嚓嚓的声音，终于拨出去了，电话却一直占线。下雨的缘故，占线的声音还带着轻微的电流震动。

打到第十三遍的时候，成州平砸了手机。他不想再管这事了，多一秒都不行。

他蒙头睡了一觉，醒来的时候天已经黑了，外面的雨越来越大了，房间湿冷。他冷静下来，走到床边弯腰捡起手机，检查了一下，好在只是电池盖裂开了。他重新拨打了那个电话，结果是漫长的等待，永久的寂静。

小松的手机和她同时被送往嵩县第一医院了。

和她一起被送去就医的实习生评价："还是 iPhone 质量好，飞出去跟块砖似的。"

小松事后总结，她之所以能砸到持刀行凶的人，而且起了作用，不是因为 iPhone 质量好，而是手机壳选得好。她怕手机掉，所以手机壳一直用的是带拉环的。不要小瞧那一小圈拉环，它不但可以保护手机不掉，而且拉环的尖角砸人是真疼。

带队老师在救护车上义正词严地批评他们："你们怎么不上天？叫你们交个实习报告，一个个给我往后推，见义勇为一个比一个上得快，我跟学院说一下，干脆给你们都保研算了，最好直接送你们去医院规培。"

其中一个实习生语重心长地说："老师，你能这么说是因为你没见着当时的场景。那场景，有一个先上了，其他人就都跟着上了。"

"哟，哪个英雄好汉这么厉害？"

其他人不约而同地看向小松。

带队老师愣了一下，因为平时小松不是一个爱出风头的人。她很开朗，很懂事，长得舒服、讨喜，是人群里最招人喜欢的那种女孩子。她语气不由得放软："李犹松，你是个女孩，一刀就能要了你的命！以后不管是实习，还是当医生，你碰到这种情况能不能多考虑一下后果！"

小松说："当时我也蒙了，我现在都不知道自己做了些什么。"

实习生的伤都不重，都是些划伤，去医院消了毒，该贴创可贴就贴创可贴，该缝合就缝合。小松被划伤了胳膊，她的胳膊上又添了一道别人划伤的伤口。

给她缝合的护士和龚琴差不多年纪，帮她包扎完，说了一句："三天换一次纱布，还有，以后别伤害自己了。"

小松友好地说："谢谢你。"

带队老师正在走廊跟学院书记打电话："这次学生们真的很英勇，咱们就私下予以奖励，这事我看还是不要拿出去说，要不然家长该闹翻了。"

小松轻松地跟带队老师招了招手。

带队老师挂断电话，从包里拿了瓶咖啡递给她。

小松说："我手机砸坏了，想明天去市里找个地方修。"

带队老师说："我有一部备用手机，先借给你，你把卡插上，跟家里报个平安。"

小松暂时借用带队老师的手机，她把自己手机的 SIM 卡拿出来，放到这部手机的卡槽里。

刚换上，小松先给李永青打了个视频，作为迎接龚琴的缓冲。

她抱着自己的膝盖坐在沙发上，点开和龚琴的微信视频："妈，今天医院出了点儿事。"

"出啥事了呀？你有没有事？你怎么给我打视频了？"

"今天有个患者家属来闹事，我们好多实习生都受伤了。不过我的就小小一个伤口，结果给我治疗的护士小题大做给我贴了块纱布。"

"你是不是往前冲了？你是不是自己找死了？"

小松不知道要怎么回应母亲的话。

龚琴喊道："李长青在地底下知道他女儿出息了，跟他一样会找死了，他肯定高兴死了！"

小松深深吸了口气："我说了我没事，还有，我爸都走这么长时间了，

251

你能放过他吗?"

"你替他说话?啊?他不要你的时候你怎么不替他说话?你要气死我吗?"提起李长青,龚琴就会变得不可理喻。

视频另一头,林广文走来拿过手机:"你跟孩子说什么呢?孩子受伤,你不问一下?"

小松对手机屏幕上的林广文说:"林叔,我真没事,你照顾好我妈,我挂电话了。"

手机通话就这点儿优点,不想面对的时候,挂断就行。

小松饿坏了,她把手机放在茶几上,去厨房把剩下的最后一把挂面煮了。本来还想煎个鸡蛋,但她看到清澈的蛋白,就联想到那天在这里成州平对她的羞辱,想到自己恶毒的言辞。她反胃、想吐。为什么不能好聚好散呢?

小松端着奶锅回到沙发上,拿起手机,发现有一个未接来电。

SIM卡转移到另一部手机上,通讯录是会消失的,小松也是第一次知道这件事。现在她只能从未接来电的归属地去判断电话来源。那一个未接来电的归属地是她的家乡。

她想,大概是龚琴给她打电话了。刚才龚琴用那样尖锐的言辞伤害了她,她不想因为对方是母亲就忍让、纵容。

小松没有回电话给她,直到这通电话接二连三地打过来,她确认无疑,肯定是龚琴。除了龚琴,谁还会这么不可理喻地给她打电话?她索性把手机关机了。

第二天,小松和同学一起去了昆明市,她先去了官方店里问了维修的事,她的手机虽然在保,但这属于严重且明显的人为损害,无法提供保修服务。

从商店出来拐个弯,就是一排手机修理店。她和同学走进去,问道:"手机摔坏,开不了机,能修吗?"

店员是个黄毛小帅哥:"我先看看问题。"

小松从口袋里把手机拿出来交给对方。对方一看那四分五裂的屏幕,立即摇了摇头:"你这内屏都坏了,打不开,我估计是里面排线也坏了,要修的话，怎么也得小五千块钱，你还不如再等一个月买新的。"

对方说得有道理。

但明知道没必要再修的情况下，小松的心还是在微微挣扎，她想修好它，哪怕是有裂痕，也没关系："大概多久可以修好？"

"少说也得三天。我们这儿没内屏，得寄到深圳去。"

小松的同学说："要不然咱们去别家看看吧？"

黄毛小帅哥说："我看你俩都是学生，就跟你们实话实说了，这边都这样，你去别家还是同样的方案。"

小松不信邪地跑遍了所有手机维修店，结果都一样。她也不能一直借别人手机，最后回到黄毛小帅哥的店里，低价买了一部二手手机，换上自己的卡。

不过好消息是自从上次手机备份出问题后，她一直保持着备份的习惯，她通过手机备份找回了通讯录。

学校非常重视这次的医闹事件，连夜开会，让受伤的学生提前结束实习，统一回校。

一回嵩县，小松就开始收拾行李。

她来的时候带的行李不多，走的时候多了几个化妆瓶，也没怎么用过，就和房东联系了一下，放在这里，之后由房东挂在二手网上售卖。带来的书，她也没看完。这是一趟有始无终的旅程。

第二天中午她回医院吃了午餐，大巴来统一接他们去火车站。

有学生吐槽："春运还没到，火车站就挤成这样，是不是全中国的人都跑这儿来旅游了？"

带队老师瞪他一眼："你实习报告要是能写这么精彩，我掏腰包给你买机票。"

说起实习报告，没人吱声了。

大家在火车站统一吃了晚餐，买了些在车上吃的零食就上了火车。

这趟 Z162 火车由昆明始发，开三十四个小时才能到目的地。三十四个小时，经停十三个车站，六个省份。倒也不是学校抠门不买机票和高铁票，而是他们是临时决定订票的，票太难订了，正好有个旅行团集体退票，才抢到了这趟车。他们加上带队老师一共八个人，刚好住满两间软卧。

火车轰隆隆地开启，一个小孩满地跑来跑去，他的爸爸边抓边骂，父子俩在车上闹得不可开交，其他人都在看乐子。

小松坐在窗边，翻着自己没看完的那本科幻小说。

"小松，手机响好几遍了！"带队老师拉开软卧的门，把她的手机放在窗户前的边桌上，"你怎么不随身带手机呢？手机可别再出事啊。"

小松微笑着说："谢谢老师啦。"

带队老师觉得这孩子跟其他人不太一样，真的不太正常，她正想多唠叨几句，小松的手机又响了，手机屏幕上是一串陌生的号码。

"你接电话吧。"说完，老师转身进了软卧。

在过去的两天，这个号码不断地打来，小松不断摁掉它。号码属地的缘故，她默认这是龚琴的手机号，一直不愿意接。

但都两天了，她赌气赌成这样也有点儿过分了，还是应该跟家里报个平安。

直到她决定接通电话时，才意识到一个问题：现在她的手机通讯录已经找回来了，如果是龚琴的电话，来电显示会是龚琴的备注，而不是一串数字。

在决定接听到她按下接听键的短暂瞬间，她脑海里闪过几乎所有的可能性。可能是快递出问题了，可能是林广文的电话，可能是龚琴拿别人的手机打给她……

"喂，请问——"

她的话还没有说完，就被对方直接打断了："你为什么不接电话？！"

小松长这么大，没人这么凶地跟她说过话，就连龚琴都没有。

她的世界里偶尔有语言的利刺，但因为她的外表太过柔软，哪怕犯再大的错，或是再坏的人，对她都是温和的。没有人用激烈的言辞对她说过话，从来没有过。她不知道怎么回应对方的这份怒火，也许，也是关心。

"你说话。"第二句话，对方的情绪缓和了一些。

他的话好似一根看不见的细线，在她身上的每一道伤疤上拉扯着。

随着熄灯，火车车厢里变得安静无比，对比之下，火车前行的声音很吵闹，还有一些咆哮的风声。她看着窗外漆黑的村庄和树林，还有车窗上自己的影子，她和那些疾驰而过的黑色剪影交融在同一个画面里。

小松开口，她的声音听上去苍白无力："成州平，我——"

## 02

成州平终于知道他在哪一个环节做错了。在两年前的丽江机场，他不应该在她喊出他的名字时予以回应。他应该低头走开，果断，再果断一点儿。他看着灯泡里黑色的虫影，恢复惯常口吻："没事就行。"

"谁说我没事？"小松握着手机来到两节车厢的过道里，她的脚尖不断磨蹭地上凹凸不平的板子。

成州平察觉到她背景的杂音，问她："你现在人在哪里？"

"我在火车上。"

"哪一趟？"

一个中年女乘客半夜起来去厕所，经过的时候看了她一眼。

小松看向对方。她的眼睛发红，脸上没有什么表情。对方见她也看自己了，立马低下头进了厕所。

厕所指示灯的小人儿从绿色变成红色。她对着电话说："跟你有什么关系？"

小松不服气地想：为什么你想要伤害我的时候可以没有理由，要来找我也可以没有理由？

他们之间的通话信号并不好，断断续续的，小松不知道是信号的缘故，还是成州平在沉默。她说："信号不好，我挂电话了。"

这时候她听到一阵冲水声，那个厕所里的女人打开厕所门，见她还在那儿，疑神疑鬼地瞟向她。

对方看着她，她也看回去，就这样忘了挂断电话。

"你告诉我是哪一趟车,我把手表还给你。"

"不用了。"

成州平吸了口烟,压制怒火,说:"那是你爸留给你的,别因为跟我赌气把它给丢了。"

李长青是他的第一个领导,是个老好人。当年他报缉毒大队,刘文昌嫌他争强好胜,嫌他爱出风头,说他性子邪,不适合干这个。他就去李长青那里软磨硬泡,李长青耳根子软,又见他态度真诚,就去劝刘文昌。他在警校的时候各方面表现都很突出,最后刘文昌经过综合考虑,还是要了他。

因为他是李长青保的人,进队后,一直是李长青带着他。他和李长青一起进行过很多次卧底活动,李长青乔装打扮当主角,他就给李长青当马仔。

李长青经常提起他的女儿。

那一次,成州平印象很深刻,他们抓了一个毒贩,去毒贩家里取证,毒贩女儿不让他们进去,她在门另一头说:"那不是我爸,我跟他没任何关系。"

他们缉毒,不可能同情毒贩,但那天回去的车上,李长青说:"这毒贩子也怪可怜的,三个亲女儿没一个认他的。我女儿比她们强得多得多,她小时候我送她一块电子手表,她一直戴到现在。"

那趟德钦旅程,他一直觉得奇怪。小松很有自己的穿衣风格,搭配和谐,唯有右手一直戴着一块蓝色儿童手表,非常违和。

直到上个月她把这块手表落在了他家,他才把她的手表和李长青说的话联系在一起。她是李长青葬礼上唯一没哭的人,却也是记他最久的人。

可他不知道的是,这块手表对小松还有更多一层意思。这是她的盾牌,她用这块手表巧妙地掩盖住自我伤害的痕迹,这样,就无人看见她内心的泥泞。她平静,甚至开朗地融入人群中。

现在她身上那些疤痕被揭开了,老实说,除了第一次在成州平面前袒露时她羞愤不已,后来在医院包扎被护士看到,她已经能坦然面对别人的目光了。她想,她可以试着不再掩饰,所以也不再需要那块手表了。

　　漫长的沉默，成州平把它归于信号的问题。他心中也知道她在犹豫，只是无法猜透她犹豫的原因。

　　她犹豫，是因为他说要来。就在这个时候，她的手机响起电量不足的提示，这个声音好像在催促她做出决定。

　　"Z162，今天晚上八点发车，你在昆明吗？我可以明天早晨在中途下车，回到昆明。"

　　"不用。"成州平说，他在脑海里迅速搜寻这趟列车的信息，它是要经停贵州的。

　　成州平问："上一站是哪里？"

　　小松说："我不知道那个地名，不过刚才我听一个乘客问乘务员，这趟车会在凌晨两点到达贵阳。"

　　成州平看了眼手机上现在的时间，晚上十点四十分。这趟列车会在云南境内经停曲靖、宣威这两个地方，然后进入贵州境内，按照时间推算，下一站应该是六盘水。他现在的位置离六盘水很近，正常情况下，开车过去差不多一个小时，所以最佳方案是她在六盘水下车，他开车过去，他们在车站见面。

　　可是现在是下着雨的深夜。他开车过去的时间得多一倍，而且，他不能让她一个人晚上在车站等着。如果是贵阳的话，他这边来不及。

　　成州平小时候就喜欢看地图，后来工作需要，他必须对全国交通道路网非常熟悉，现在他没事的时候也会点开手机的地图软件，漫无目的地浏览。

　　他回忆这趟车，Z162，它是快车，由西往东走，过了贵阳，下一站就直接到了湖南境内。他们之间的距离只会越来越远。唯一能追赶上这趟车的方法，是他坐最近的一班高铁去湖南的某个经停点，然后改乘火车。

　　成州平对着手机说："这趟车几点到湘潭？"

　　小松哪里知道这些？她坐车和大部分人一样，只关心起点和终点。正巧这时乘务员在通知下一站的到站信息，她对着手机说："你等我一下。"

她没有挂断电话,快步走到车厢里,拦住乘务员。成州平听到电话里一个轻柔的声音在询问:"请问这趟车几点到湘潭?"

乘务员翻了下手上的时刻表:"明天下午三点三十二。"

小松说:"谢谢您。"

乘务员说:"小姑娘快睡吧,大半夜的。"

小松回到走廊,说:"明天下午三点三十二到湘潭站。"

成州平刚才听到了乘务员的话,他立马用另一部手机搜索六盘水到湘潭的高铁,只有一趟,而且到站时间是明天下午三点二十一分,他来不及搭乘那趟 Z162。

成州平对着电话说:"你去睡觉吧。"

小松满心恼火。按她的性子,只要他说要见面,让她跳车她可能都会照做。可他没说让她在哪里等,也没说他何时来。

"成州平——"她要直接骂人了,但一张口,发现自己根本不会骂人。她说不出那些恶劣的字眼。

这时,通话忽然中断,信号的杂音消失,她的手机没电关机了。她无力地蹲下。

成州平听到通话中断,猜到可能是她的手机没电了。

他打开手机里蓝色的购票软件,先买了在湘潭上车的 Z162 车次车票。这会儿已经没有卧铺了,就连硬座也没了,他只能买站票。

然后他又在搜索栏里输入"贵阳"两个字。贵阳是大站点,去湘潭的车次多,最早一班高铁是上午九点发车,G2304,差不多中午十二点到湘潭北站。票的余席不多,他立马点击了购票。

买完车票,成州平拎起在椅子上挂的夹克,拿起车钥匙下楼。晚上看前台的是另一个年轻小伙子,成州平走到前台,问他:"有充电宝吗?"

小伙子从柜台拿出一个白色的充电宝:"这儿有个刚充好电的。"

成州平问:"租一天多少钱?"

小伙子说:"租啥啊?跟我们老板说一声,你直接借走吧。"

成州平说:"谢了。"

他拿起充电宝,装到夹克口袋里,戴上帽子冒雨走到宾馆后面的停车场,打开车门上了车。

车淋了雨,他点了半天火车才发动。下雨的山路上,他不敢开太快,一路开得都慢,到达贵阳北站时已经早晨七点了。

还有两小时才发车。成州平松了口气。他把车停在临时停车场,检票进了高铁站。

贵阳北站刚投入运营不久,站内一切设施都很新,他去洗手间洗漱,镜子里是他不修边幅的脸。

他把夹克衣领整理好,出了洗手间,烟瘾犯了,但整个候车大厅都是无烟区。要是再出站去抽就来不及了。他的指节烦躁地敲着旁边空的座椅,然后拿出手机,拨通小松的电话。

小松睡得晚,起得晚。

她看到手机上那串数字,上下张望软卧车厢,老师在对面的上铺看电脑。她先按了接听键,说:"您好,我待会儿打给您。"她猫手猫脚地起来,对老师说,"我快递出了点儿问题,我去打个电话问问。"

老师说:"你先去洗脸!"

小松说:"知道啦。"

她抱着洗漱包穿越了三个车厢,确定这里不会遇到她的同学,才回拨了刚才的电话:"喂,我现在可以说话了,你可以说话吗?"

成州平听到她的声音,顿了一秒,说:"嗯。我下午在湘潭上车,你有什么需要的东西,我带给你。"

小松第一次知道居然有人能追赶上火车。

她听到成州平的声音虽然疲惫,但是比起刚开始那声怒斥,现在已经完全轻松下来。他们两个好像只是在随意地聊着天。

小松微微一笑,她给手机插上耳机线,戴上耳机,把手机放在口袋里,挤出牙膏,一边刷牙一边含混不清地说:"我有哪些选项?"

"吃的用的都行,或者药物。"

"那我想吃过桥米线,可以吗?"

成州平叹了口气:"你能吃点儿现实的吗?"

"嗯……那我想想。"她边漱口边思考。

成州平听到一些泡沫爆开的声音,那是属于家里的声音,让人感到十足的安全。

过了很久,那声音消失了。成州平问:"想好了吗?"

小松说:"算了,吃的东西还有很多。你能给我带一盒创可贴吗?"

"嗯,这个可以。有什么想起来的,你可以在下午一点之前发短信给这个手机号。"

"谢谢你,成州平。"

成州平说:"不客气。"

在他们为数不多的共同记忆里,试探、追逐、伤害占据了百分之九十九,唯有那片金色山峦,在百分之一的夹缝里屹立不倒。

成州平本来就不会和女孩聊天,他决定适时地结束这通电话。但手里小小的翻盖手机突然变得很沉重,让他难以放手。

小松看着镜子里的自己,调整了一下表情:"我会在车上等你。"

成州平声音低沉地说:"好,等我上了车会发短信给你。"

结束通话,小松回到自己的车厢。车窗边,带队老师举着手机在跟他们还留在云南的同学通话。来一趟云南真的太艰难了,因此剩下的同学决定最后一周在云南境内游玩。

小松邻寝室的女生对着摄像头说:"小松,你之前不是去过云南旅游吗?有什么好地方推荐吗?"

小松来到镜头前,认真地说:"你们可以去香格里拉,然后去德钦,运气好的话,能够看到日照金山。"

很多人都知道"日照金山"这四个字,但是不知道它特指梅里雪山的日出。

视频那头,一个同学迅速搜索这个地方,一看复杂的交通,立马说:"这也太偏了,有没有人间一点儿的地方?"

"丽江、大理都很热闹,交通方便。再往边境的话,我就没去过了。"说完,小松微微一笑。不够执着的人永远见不到日照金山。

火车在铁路上疾驰，到了湖南境内，没了大山阻碍，视野宽广。

天南地北，不见不散；日照金山，有始有终。

03

小松的手机一直连着充电宝，确保电量足够。几个同学窝在隔壁车厢打牌，有人喊她："小松，你会斗地主吗？"

小松摇摇头："我不会玩，你们玩吧。"

同学趴到她面前仔细看了看："你在火车上还化妆啊。"

小松微笑着开玩笑说："我乐意，管得着吗？"

她坐在床边安安静静地看着书，科幻故事营造出一个和现实截然不同的世界，却又在结尾让人感慨艺术源于现实。她看入迷了，下午四点的时候，手机发来一条短信。

她盯着手机看了三秒，然后把书扔回自己的床铺，她的脚步越来越快，越来越快，最终变成了奔跑，跑向火车尾——12、13号车厢之间的走廊，她的目的地。

白天车上人多，乘务员推着一个很宽的推车在每个车厢间来来回回，叫卖特产。小松跟在乘务员后面，急得不可开交，她也不能催促人家，只好握紧手机，手腕不断发抖。

乘务员突然停下，给一个小孩介绍玩具。小松回头看了眼身后的车厢——07号车厢。

小松拿起手机，找到昨天和成州平的通话，她点了下那串数字。

和以前他们的通话不同。他们通话的次数不多，每次通话开头都是三秒沉默，那个主动联系对方的人总是准备不好开场白。这一次，电话一经打通，小松立马说："我在06、07车厢间的走廊等你。"

"嗯，我现在过去。"他的声音一如既往没有多余的情绪，只有他自己知道他握着手机的手也有轻微的颤抖。

他买的是站票，没有座位，刚好方便抽烟。车厢靠门的地方除了他，还有一个农民工打扮的人也在抽烟。他把手机放在口袋里，掐灭手里的烟，走向 07 号车厢。

车厢后半截都是硬座,这趟车的硬座大部分都是北上务工人员,他们买不到坐票的话,就会把行李放在地上,直接坐在地上。成州平长腿在大包小包的行李间穿梭,这么短一段距离,意外地花了他一些时间。

终于,他来到了他的目的地——06、07 号车厢之间的位置。这里是卧铺区,人相对较少,但也只是相对较少。两节车厢的连接处依旧有人对着车门抽烟。

成州平停下来,他先回头张望 07 号车厢,并没有看到小松的身影,又向前看 06 号车厢。06 号车厢有几个返校大学生,她们坐在床边看书。但他看了一眼她们的背影,就知道不是她。

他掏出手机,正打算打她的电话,厕所门咔地一响,里面伸出一只白皙、干净的手,抓住他的衣角,把他往厕所里拉。

按照常理,以她的力气是绝对拉不动成州平的。但他允许自己随着那只手的力量进入那个狭小的空间里面。

厕所刚被清洁过,消毒液的味道很刺鼻。这里面空间很小,成州平一进来,就更小了。他的肩膀往后一撑,反手关上门。

"你也真是会挑地方。"成州平说。

在见到他的前一刻,她的内心有紧张、有雀跃。可是在她的手触碰到他衣角的那一刻,这些情绪就消失了,取而代之,填满她的是一些更加激烈的存在。

小松看着面前这个胡子拉碴的男人,心里又有一点儿不痛快。她为了这一面特地收拾了一下自己,还戴了隐形眼镜,他就不能刮一下胡子吗?

不管了,管不了那么多。她扑到对方怀里,紧紧抱住他。她闻到他身上的烟味,听到他沉重的呼吸声,感受到他衣料的冰凉,还有他手掌的粗糙和热。

成州平的手掌抚上她的脖子,那片皮肤因为他的触摸而发烫。

在他温柔的触摸下,小松抬起头。

他们两个也是像,倔到谁都不肯先说话。在这次注视中,小松发现了成州平目光的变化。他的眼睛一向没有过多的情绪，但她能肯定，刚刚在他的眼中有一点儿笑意。它消失得很快，但她确定自己一定看到了。

"创可贴呢？带来没有？"小松的手还抱在他的腰上，压住他衣服的口袋。

成州平说："口袋里，你自己拿呀。"

"左边还是右边？"

成州平微微仰着下巴，低垂着眼睛看她。她的眼睛很漂亮，当她认真看向别人的时候眼睛亮晶晶的。她涂了唇彩，嘴巴也是亮晶晶的。

成州平说："你自己找。"

"你这人怎么这么欠？"小松说了他一句，但已经开始上手找了。

她在左口袋摸摸，没有，右口袋摸摸，是烟和打火机。她灵机一动："你可别放在裤子口袋里占我便宜啊。"

成州平双手摊开："随便搜。"

她的手已经大方地向他的臀部摸去了。成州平臀部紧实，她大胆地在他的臀上掐了一把："你到底放哪里了？"

成州平挑眉："接着找啊。"

小松才不惯着他，她突然收回手，双手交叉放在胸前："我不找了。"

成州平的手拉开她一条胳膊："伤哪儿了？"

小松另一条胳膊往前凑了凑："这条胳膊。"那天患者家属拿刀子在她的右胳膊上划了一道八厘米长的口子，出了很多血，她的整条胳膊都浸在了血里。现在她想起来都后怕，如果割伤了神经，这条胳膊就废了。

成州平握住她的手腕，把她的衬衣袖子拉上去，首先看到一块巨大的纱布。他无语，语气听起来很严厉："创可贴能管用？"

小松想，如果不是自己心脏强大，肯定得被他说哭。她说："创可贴是为了贴这里。"她张开五指，朝他挥挥手，食指上有道浅粉色的口子，"昨天看书的时候被纸划到了。"

成州平从衣服内侧的口袋里取出创可贴，撕开包装，抽出一片独立的创可贴："手给我。"

小松把自己的手放在了他的掌心。他的手捏住小松的五指，拇指在她

263

食指指腹的那道伤口上轻轻摩擦。

成州平贴创可贴的手法比医生还要细心,小松发现他好像有点儿强迫症,贴的创可贴很工整。她的指腹被创可贴包裹,木木的。

小松有些痒,试图收回手。成州平紧紧抓着她的手。他从装创可贴的口袋里拿出她的手表:"还有这个。"

小松甚至都忘了。

成州平怕弄丢她的东西,所以把它们都放在了衣服内侧的兜里。他把手表重新给她戴上,遮住她手腕上的伤痕。

对于那条疤,成州平什么都没说。他沉默的动作无疑拉长了他们在一起的时间,却又像一种无情的提示,他们在一起只能是这么长时间。

小松收回手,正色问:"你的工作完成了吗?"

成州平摇了摇头:"但进展很顺利。"

"你工作结束之前,我不会再找你了。"小松说。成州平能来火车上找她对她来说已经算好聚好散了。他们有各自的路要走,和大部分让她无能为力的事一样,这次也是,不是强求就能得逞的。

成州平的视线错开她的脸,他说:"如果……"如果,他也只是说如果,"在你毕业前我能结束这项工作,我会给你打电话。"

在大家的常识里,列车会有起点、终点,其实它只是在等全部旅客下车以后继续前行。它没有起点、终点之分,只有时间有限的旅客才会在意起点、终点。

"成州平,"小松信誓旦旦地看向他,她的目光一向坚定,却从未如此执着,"如果我毕业之前没有接到你的电话,我会回德钦再看一次日照金山,哪怕是我一个人,也要有始有终。"然后我会彻底开启新的旅程,并且忘记你。

"行啊。"成州平摸了摸她的头顶,低下头,在她的额头上吻了一下,"走吧。"

他们一前一后离开这个小小的空间。

成州平走向车尾,小松收拾好心情,走向车头。

成州平在长沙站下车。

264

这趟 Z162 次列车于一天后的清晨七点整抵达它的终点站，晚点了五分钟。

这晚点的五分钟发生在湘潭到长沙的路段。按照原计划，火车从湘潭到长沙的运行时间是一个小时零七分钟。因为这五分钟的晚点，这段路程的时间变成一个小时十二分钟。

五分钟时间对一些人来说只是匆匆一瞬，对另一些人来说，它足够漫长了。